JN100158

WINGS・NOVEL

敵国の捕虜になったら、なぜか皇后にされそうなのですが!?

和泉統子
Noriko WAIZUMI

新書館ウィングス文庫

SHINSHOKAN

敵国の捕虜になったら、なぜか皇后にされそうなのですが!?

目次

敵国の捕虜《ほりょ》になったら、なぜか皇后にされそうなのですが!?
登場人物紹介
趙 月樹
ヂャオ・ユエシュー
趙(ヂャオ)藩王国の藩王。大樹の異母兄で、紫華の異母弟。
高 赫独
ガオ・ホードゥー
輝陽皇国宰相。大樹とは乳兄弟の間柄。紫華の夫。
輝 紫華
フェイ・ツーファ
輝陽皇国の皇女であり、皇国でもっとも権威ある神官。大樹の異母姉。

輝 大樹《フェイ・ダーシュー》
もうすぐ18歳。輝陽皇国の皇帝。
蘇 春珠《スー・チュンヂュー》
蘇(スー)藩王国の王女で、大樹の第四位の妃の一人。恋愛小説家。
オーガー
人間を喰らう化け物。輝陽皇国での呼び名は〈屍魔(シーモー)〉、オーガーの王にして始祖のことを〈屍魔祖(シーモーヅー)〉と呼ぶ。
ケリー・ウェストクリフ
グラン・アーク共和国第七聖騎士団団長。
リラン・バード
18歳。グラン・アーク共和国第七聖騎士団に所属する聖騎士。父母を早くに亡くし、ソフィア(17歳)、マシュー(15歳)ら六人の妹弟の面倒を見てきた。

イラストレーション◆北沢きょう

敵国の捕虜《ほりょ》になったら、
なぜか皇后にされそうなのですが!?

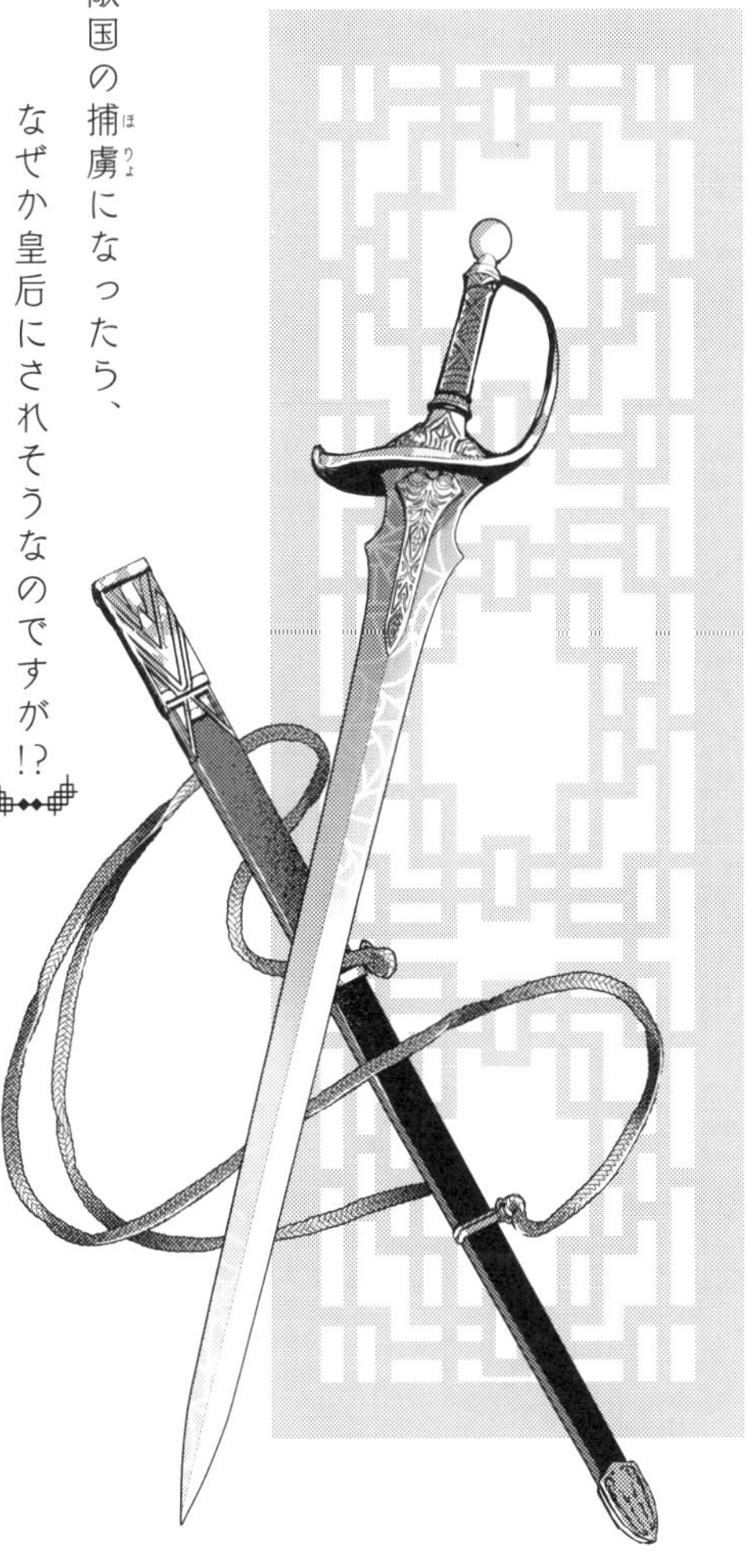

一　後宮初夜（1）

——文化が、違う！　違いすぎるでしょう!!

と、この皇国に来てから何千回思ったか判らないことを、今度こそリランは両拳《りょうこぶし》を握り締め、声を大にして、いやそれこそ大陸中に響き渡るほど絶叫したかった。

——文化が違うぅうっっ!!!!!!

しかし、無駄なくらい長くヒラヒラした袖《そで》の下で、幾重《いくえ》ものブレスレットと何個も嵌《は》められたリングで重くなった指は、やたらと長い付け爪のせいで折り曲げることも叶《かな》わなかった。

——お、落ち着きなさい、リラン・バード。そんなこと、今さら叫んでなんになるの？　と言うか、文化が違うで終わるレベルの話では、もはや到底ないんじゃない、この状況は？

リランの現状は、絶体絶命の危機——主《おも》に精神的にだが——にあった。

あくまで危機は精神的で、肉体的には殺されはしないはずだ。

命があればなんとかなるとは、長らくリランが座右の銘《めい》にしてきた言葉だ。今回もなんとかなると信じたい。

――借金の形《かた》だし。命までは取らないよね？　いくらなんでも？　うん。大丈夫、だよね？　所属するグラン・アーク共和国第七聖騎士団が負った借金の形としてリランは、この皇国に残ったのだ。借金の形である以上、返済完了まで殺されないはずだ。多分。おそらく。きっと。

――借金の形と言うか、一応捕虜《ほりょ》なのに、首都の、皇帝の宮殿に連れてこられて、お風呂に入れられた上、異常なくらい着飾らされてるのは、十二分に変だけど……。

この宮殿の前に立った時点で、かなり妙だと思ってはいたのだ。捕虜の扱《あつか》いにしては変だと。だが、捕虜の分際で待遇《たいぐう》に文句など言える訳がない。少なくとも不当に暴力を振るわれるなどの、何らかの虐待《ぎゃくたい》を受けた訳でもないうちは。

――しかし、ある意味、これから虐待が始まる……の、かも？

今現在、無闇《むやみ》やたらに着飾らされたリランの目の前にいるのは、目も眩《くら》むような豪華な服を着込んだ大柄《おおがら》な少年だ。しかも、その衣装に負けないくらい顔が良い。

「――」

リランは視線と意識を室内に移した。とりあえずここは逃走経路の確保が先決だからだ。少年の顔が良すぎて正視できなかったなんてことはない。断固として、ない。

二人が向かい合っている部屋は八脚もの椅子が並べられた大きなテーブルを置いてなお四方に空間が余りあるほど広いが、出入り口は西側、少年の背後の扉だけだ。扉の左右に均等に並ぶ窓も明かり取り的な飾り窓で、人が出入りできるほどの大きさのものは一つもない。

東側の続き部屋――ただし、部屋と部屋の間には天井からリランの身長の半分ほどの長さしか壁がなかった――には、お昼寝向きのゆったりとしたソファーと天井から床までの大きな窓があった。

が、複雑な模様の格子がついているし、窓枠《まどわく》の造りを見るに完全な嵌《は》め殺《ごろ》しの窓だ。

北側にも同様の続き間があり、天蓋《てんがい》つきの巨大なベッドがドンと置かれている。ベッドの陰になっている部分は解らないが、見える限り窓らしき物は、小さな飾り窓が一つだけだ。

南面は壁で続き間はない。その南壁一面には金箔《きんぱく》が貼られ、派手な螺鈿《らでん》が施《ほどこ》されたチェストと陶磁器が並んだ飾り棚にモノクロの風景画が一枚。つまり窓も扉もない。

「――」

結局、逃走口が彼の後ろにしかないことを確認して、リランは再び少年を見やる。

少年は共和国の平均的な男性より頭半分は上背《うわぜい》があるリラン比でも、頭一つは大きかった。

黒地に色鮮やかな刺繡《ししゅう》が見事な帽子――前後に長方形の漆《うるし》塗《ぬ》りの鍔《つば》があり、その鍔には光り輝く宝石が連《つら》なる飾り紐《ひも》が何本も下がっていた――を被《かぶ》っているので、一層背が高く見える。

――え、……と。頭にやたらと宝飾物が着いた帽子を被っているってことは………。

その意味するところに、リランは一瞬、目眩《めまい》を覚えた。

齢十五でリランは、オーガー――主《しゅ》アーネスト神の敵対者にして、あらゆる災厄《さいやく》を連れてくる魔物であり、人を喰らう化け物――討伐《とうばつ》を行う聖騎士となった。

だから、この春、十八歳となったばかりの彼女は高等学校や大学で学んだことがない。故《ゆえ》に生国《しょうごく》から遠く離れたこの皇国のことはもちろん、自国の歴史さえ最低限の知識しか持っていない。

それでも宝飾品が着いた帽子が、自国の大昔の皇帝が被っていた物とデザインが異なっていても、いわゆる王冠とか帝冠とか呼ばれる物だと推測できる程度の知恵はあった。

——つまり、この少年は皇帝……？

皇帝ならば従者の一人や二人いそうなものだが、彼は誰も連れずに一人でやってきた。首都。宮殿。豪奢《ごうしゃ》でベッドありの部屋。無駄に飾られた女と、皇帝らしき若い男。二人きり。現状を羅列《られつ》すればするほど、遺憾《いかん》ながら陰鬱《いんうつ》で生々《なまなま》しい未来しか予想できない。

——……いや！　普通！　捕虜を！　そういう風には扱わないよねっっ⁉

ありえない。

この場がリランの生国、世界一の文明国と自他共に認める——少なくとも大陸の西半分の国々では、だ——グラン・アーク共和国ならば、絶対に断固として確実にありえない話だ。

——けれど、ここは、大陸の東半分を支配する皇国で。共和国とは文化がまったく違う。

この皇国は代々皇帝家の皇子が皇位を継いでいく独裁国家だ。リランの生国であるグラン・アーク共和国のような選挙によって選ばれた大統領が治める民主主義国家とは違う。

多神教の皇国と違い、共和国の宗教は一神教のアーネスト教だ。

全ての国民が平等である——貧富の差はあるにしろ、だ——共和国と違い、皇国は皇帝家やその配下の藩《はん》王諸侯と庶民《しょみん》に分かれる血統主義・身分主義がまかり通る国である。

このように政治宗教文化の違いから、東の皇国と西の共和国の仲は良好とは言えなかった。両国を隔《へだ》てる広大なデスロード砂漠のオアシスを巡《めぐ》って、何度か衝突《しょうとつ》した過去もある。

それやこれやで、ここ二百年ほどは大きな戦争はないが、互いを仮想敵国としている間柄だ。

——こんなに色々違うんだから、常識だって価値観だって、ぜんぜん違ってても当然じゃない？

この皇国に滞在して一ヵ月余り。

頻繁《ひんぱん》に感じてきた東西両国の文化の違いを考慮《こうりょ》すれば、むしろ捕虜の軍人と皇帝という関係が崩れる可能性のほうが高いと、リランは渋々ながら認めざるを得ない。

——もし！　もし、そうだとしても！　相手は皇帝とは言え、驚くほど顔が良いとは言え、た、ただの人間じゃないの、リラン・バード。散々人食い化け物のオーガーを相手にしてきたのに、ちょっと顔が良いだけの一人の人間相手に怯《ひる》むとは、グラン・アーク共和国最強の第七聖騎士団の聖騎士として恥ずかしくないの？

脳内でリランが敬愛しまくっているケリー・ウェストクリフ第七聖騎士団長が氷の彫像のように冷たくも美々しい姿で「貴公には第七聖騎士団の一員としての矜持《きょうじ》はないのか！」と活を入れたところで——もちろん、これは彼女が記憶から生み出した想像上のことで、実際に聖騎士団長が精神体とかで召喚《しょうかん》された訳ではない——リランは顔を上げると、相手を睨《にら》みつけた。

リランが知る限り皇国の民は概して共和国民より背が低いから、この（多分、だが）皇帝は、自国民よりはるかに大きい。

皇国独特のガウンのような服のせいで体形はハッキリとはしないが、肩幅《かたはば》や胸の厚みも上背に遜色《そんしょく》なさそうだ。つまり、それなりに鍛《きた》えている体に見える。

——顔も体も腹が立つほど立派で格好良いって……。

稀代《きたい》の芸術家が削《けず》り出《だ》した彫刻のように完璧《かんぺき》なウェストクリフ聖騎士団長の美貌《びぼう》に慣れていなければ、アホ面《づら》をさらして見蕩《みと》れたのではとリランが危惧《きぐ》するくらいに、彼は顔が良かった。

——……い、いや、でも、顔が良いからって、何をやっても許される訳でもないしっ！　ウェストクリフ聖騎士団長に比べたら……、比べたら……。

驚くべきことに共和国随一の美貌を誇《ほこ》るウェストクリフ聖騎士団長と比較しても、彼はまったく引けを取らなかった。

プラチナの髪にアイスグレーの瞳を持つ聖騎士団長と、漆黒《しっこく》の髪と夜空色の瞳の少年は、並んだらまるで対《つい》のように見えることだろう……。

——待って！　ウェストクリフ聖騎士団長が皇国の皇帝と対になるなんて、何を考えているの、リラン・バード！

ウェストクリフ聖騎士団長は、リランと、リランの命より大事な六人の弟妹達の命の恩人だ。

それだけでも、尊い存在なのに、二十八歳という若さで共和国最強の第七聖騎士団の団長を務められている。強くて賢く、格好良くて美しくて、決断力に溢《あふ》れ、勇猛果敢《かかん》ながら心優しく、真面目《まじめ》で正義感溢れる……などなど、褒《ほ》め言葉の枚挙にいとまがない素晴らしい武人なのだ。

——そんなウェストクリフ聖騎士団長に、皇国の皇帝ごときが比肩すると思うとは。

熱烈な聖騎士団長の信者と言っても過言ではないリランは、そんなことを思ってしまった己《おのれ》が許せない。

——顔が良いからって、何でも許される訳じゃないからね！

心の中とは言え、本日、二度目の叫びである。まあ、これは八つ当たりに近いが。

日頃は通常の人間の軽く五倍は強靱《きょうじん》な人食い化け物を相手に一般国民を守る仕事をしているくせに、リランは相手が人間だと腰が引けるところがあった。相手の顔が異常に良すぎるあたり、いつもの三倍は腰が引けているので、リランは心の中で懸命に己を鼓舞《こぶ》した。

——国民には重労働を強《し》いて、自分は豪遊しているような皇帝なら殴られて当然。気にしなくていいよね？　うん。

相手は皇帝。税金で遊び暮らしているロクデナシだと、胸の内で呟き、戦意を高めていく。

——あ、でも、芸術品めいた顔は避けて攻撃しないと。正当防衛であっても、こんなにお綺麗な顔に傷痕《きずあと》を残したら、絶対に関係各所からクレームがきそうだし！　クレームがきたら大変だよね!?　また、ウェストクリフ聖騎士団長に心配をかけてしまうから、ダメだよね？

相手の顔を傷つけることを躊躇《ためら》っているが、その理由が己自身が避けたいと思っているからとはリランは自覚していない。

――相手は、皇帝だもの。顔が良いからって、許される訳がないわ。

顔が良いから……の呟きは、本日三回目だ。

元々リランのみならず一般の共和国民は、〈皇帝〉という存在に対して拒否感が強い。

四百年ほど前までリランの生国グラン・アーク共和国はエルデンシア帝国と呼ばれ、皇帝が統《す》べていたのだが、その皇帝が史上最悪と評されるほどの悪逆非道の暴君だったからだ。

国民の血税で酒池肉林《しゅちにくりん》の贅沢三昧《ぜいたくざんまい》の挙げ句、彼は革命政府に斃《たお》された。その後、共和国は人民の人民による人民のための政治を掲げ、民主主義国家となったのである。

共和国の幼子達が寝物語に聞かされるのは、共和国ができる前にいた皇帝がいかに非道な独裁者で、人々を苦しめたかということ。

そんな話を周囲から幼い頃より繰り返し聞かされ続けてきたリランにとって、〈皇帝〉という肩書きを持つ相手は、オーガーと同じくらい存在そのものが絶許《ぜつゆる》の化け物だ。

「――なるほど。君が新しい妃《きさき》だろうか?」

リランを真正面からジロジロと興味深そうに凝視《ぎょうし》していた少年が、良い声で言った。顔も体格も良かったが、声も良いのである。

その美声が告げた内容は、リランの中にあった〇・一パーセントの希望――この少年が皇帝ではないかもしれない——を打ち砕《くだ》いて、彼女に宣戦布告をしたも同然のものだった。

二——後宮初夜までの経緯

さて、化け物退治専門騎士リランがなぜ借金の形に仮想敵国たる皇国に残り、後宮に連れてこられて、「皇帝を物理的に（腕力的に、とも言う）説得してでも、危機を脱出してみせるわ！」と腹を括《くく》るに至ったかという経緯《けいい》を説明しようとすると、話は二ヵ月ほど前に遡《さかのぼ》る。

共和国にしばしば出没《しゅつぼつ》する人食い化け物オーガーを追ってデスロード砂漠に足を踏み入れたリラン達第七聖騎士団は、酷《ひど》い砂嵐に遭《あ》い、食料や水を失って、あわや全滅しそうになった。

そこを皇国の国境警備隊に救われたのである。

より正確に言うと、デスロード砂漠および隣接する西域《せいいき》を治める趙藩《チャオはん》王国——皇国は四百余りの藩王国から成り立っているそうだ——の軍らしいが。

ともかくリラン達は皇国軍に救われた。

だが、互いを仮想敵国にしている間柄故に無料とはいかず、水と食料および共和国までの道先案内人の対価を請求《せいきゅう》された。

無論、遭難《そうなん》しかけたリラン達第七聖騎士団に支払い能力はなく。

話し合いの結果、聖騎士団長ないし代理の者が提示された量の砂金——なんと助けた騎士

団員の総体重分である！　――を持ってくるまで、団員の誰かが人質として残ることとなった。

〝聖騎士リラン・バード。グラン・アーク共和国第七聖騎士団長ケリー・ウェストクリフの名にかけて、必ず君を迎えに行く。だから、皇国に残ってほしい。君にはまったく申し開きようがない。だが……〟

日頃は氷でできた彫像のように鉄壁の無表情を誇る聖騎士団長が、秀麗《しゅうれい》な顔を曇らせていた。もうそれだけで、リランは胸が痛い。一番の部下で一番の崇拝者《すうはいしゃ》を自認するリランは、すぐさま聖騎士団長の憂《うれ》いを取り除くべく微笑《ほほえ》み、自分の胸をトンと右の拳で叩いた。

〝そんな顔をしないで下さい、聖騎士団長。言われなくても、皇国には私が残りますから〟

歴代の聖騎士団長を何人も輩出《はいしゅつ》してきた名門ウェストクリフ家の中でも、ケリー・ウェストクリフ聖騎士団長は歴代最強を謳《うた》われている聖騎士だ。

いつも傲慢《ごうまん》なくらい自信満々で、その自信も頷けるほど圧倒的に強く、常に全ての国民を平等に守ることを自らの信条に掲《かか》げる聖騎士団長を、リランは心底尊敬していた。いや、尊敬という言葉ではとても追いつかない。己と家族をオーガーの襲撃から救ってくれた三年半前のあの日から、リランにとって聖騎士団長は主アーネスト神と同等に心服している存在だ。聖騎士団長の頼みを断れようはずがない。

――それに、首都に戻るまでの間、オーガーに遭遇《そうぐう》する可能性は少なくないもの。人質としての価値がある聖騎士の誰かを残すなら、私しかないわよね……。

今回の出動は討伐《とうばつ》目的ではなく、デスロード砂漠に近い州都での式典に出席するためのものだった。式典に花を添える役だ。同行した騎士団員の中で対オーガー能力者は多くはなく、聖剣ないし聖弓を授与された聖騎士など、聖副両騎士団長とリランしかいなかったくらいだ。

副騎士団長は砂嵐の際に足の骨を折っている。

ウェストクリフ聖騎士団長が残るとなると、怪我人の副騎士団長と第七騎士団に異動して数ヵ月のリランだけで聖騎士団をまとめ、オーガーの襲撃に対処しながら、砂漠を越えて帰国せねばならない。

——そんなの無茶すぎだよね！

リランが考えて解ることを、有能なる聖騎士団長が解らないはずがない。

副騎士団長を残すという選択肢《し》もあったが、そんな非人道的なことはできないと聖騎士団長は判断されたのだろう。皇国の医術は共和国より劣《おと》っているから（それが事実かは横に置いて）。

——それに副騎士団長にしろ、他の団員にしろ、皆、良家のご子息ご令嬢だもの。皇国に人質として残したとなれば、どれだけ親兄弟から騒がれることか。対して、私の両親は既に亡くなっている。残して帰国しても一番揉《も》めない団員だもの。私が聖騎士団長でも、私を選ぶわ。

共和国は建前では国民皆平等だ。

だが、国会議員や政府高官などの権力者、財閥《ざいばつ》関係者などと一般庶民の間には、目に見えない壁が存在していた。

聖騎士団に入団し、騎士として認められるには、もちろん対オーガー能力が重要だ。

しかし、残念ながら対オーガー能力を持つ人間は、広大な共和国内でもそう多くはない。

対オーガー能力の高い、聖騎士を代々輩出してきた名家――〈聖騎士家〉――が幾《いく》つかあるのだが、その家の血筋なら百パーセント能力者になるという訳でもない。

そのような事情から、対オーガー能力がなくても、ある程度の身体能力と親族の後押しがあれば準騎士や従士《じゅうし》として聖騎士団に入団できるようになっていた。

今回、聖騎士が聖騎士団長と副騎士団長、それにリランの三人だけという状況で、デスロード砂漠に深入りすることになったのも、功を焦《あせ》った非能力者達の暴走によるところが大きい。

――〈聖騎士家〉の出ならともかく、後ろ盾《だて》がまったくない片田舎《かたいなか》の農家出身の、さらにたった十五の小娘が、入団三ヵ月で聖剣を拝受して聖騎士になって。それだけでも癪《しゃく》に障《さわ》るだろうに、入団から三年足らずで、最強の第七聖騎士団にウェストクリフ聖騎士団長直々《じきじき》のお声がかりで異動したからね……。

八つで父を、十四で母を亡くしたリランは、六人の弟妹達の親代わりをしている。

母の死後、リラン達はバラバラに共和国各地の養護施設に振り分けられそうになったが、皆で世話をすると故郷の村人達が引き受けてくれたので、七人一緒に村に残ることができ、村がオーガーに滅ぼされたあとも、リラン達は姉弟一緒に暮らしている（現在、長妹は寮にいるが）。

さして豊かでもないのに村人達は、リラン達を何かと助けてくれた。子供達だけで面倒見切れない畑や家畜の世話も手伝い、リラン達のささやかな手仕事に賃金を払ってくれた。

そんな彼らがいなければリラン達一家は何年も前に生き別れになるか、凍え死ぬか飢《う》え死にしていただろう。

それなのに故郷の村を襲ったオーガーに大恩ある彼らが喰い殺されていく時、当時、聖騎士ではなかったリランは、弟妹達を守るのが精一杯で何もできなかった。

最終的には、村に駆けつけてくれたウェストクリフ聖騎士団長と第七聖騎士団に、リラン達は救われたが、彼らですら他の村人達を救うことはできなかった。


――私ガ、モット、何カ、デキレバ。誰カ、一人デモ、救エタノデハ？


以来、ずっとその思いがリランの胸の底に横たわっている。

助けられたあと、ウェストクリフ聖騎士団長に才能を認められスカウトされたリランは、その思いをバネに懸命に訓練に励《はげ》み、与えられた任務を必死にこなし続け……そうして、非常識極まる出世を果たしてしまったのである。

なんの後ろ盾もない自分が一気に聖騎士になり精鋭中の精鋭である第七聖騎士団に抜擢《ばってき》されたことが、非聖騎士の方々のプライドを傷つけたことは、リランもよく理解していた。

と言うか、対オーガー能力者は、視力がやたらと良い。

オーガーにしろ人にしろ、常にオーラ――光の膜あるいは後光とも言うべきもの――を放っているものだが、対オーガー能力者はそのオーラが視《み》える。

オーガーは常に暗赤色のオーラを纏《まと》うが、人はその時々の感情でオーラの色が変わる。

個々人の固有色のオーラがありはするのだが、何か強い感情を抱《いだ》いている時はその感情特有のオーラが、全身の輪郭《りんかく》を包むように光を放つ。

相手が笑顔でも裏の感情が薄暗いものなら、ブラックのオーラがその者の輪郭を覆《おお》う。

聖騎士団内の多くの者から己が嫌われているのをこの特殊な視力で知らされると、根が楽天的なリランでも凹《へこ》むことがあった。

――でも、ウェストクリフ聖騎士団長は、私のことを褒めてくれたわ。それに、なんと言ってもナバルが私のことを、認めているもの。

聖騎士に授与される聖剣には、大昔の聖職者の魂《たましい》が封じられている。

そのため、リランに授与された聖剣ナバルとは会話を交わせるし、彼はリランの聖剣となることを許諾《きょだく》してくれた。そして、今なおリランの相棒だ。

ウェストクリフ聖騎士団長と聖剣が認めたのだ。己が聖騎士であることを、誰かに申し訳なく思う必要はないとリランは気持ちを切り替える。

件《くだん》の日、準騎士達がさして強くないオーガーを発見した。

逃げるオーガーを追いかけてデスロード砂漠に彼らが遮二無二《しゃにむに》突っ込んでいった時、聖騎士団長も副騎士団長も、それにリランも、すぐにオーガーを退治し、引き返すつもりだった。弱く、簡単に退治できるオーガーだと考えたからこそ、第七聖騎士団は入念な準備もなくデスロード砂漠に踏み込んでしまったのだ。

——今思い返せば、あれは完全に囮《おとり》だったよね……。

巨大な体軀《たいく》のオーガーは基本的に怪力だけで人を襲う。

だが、オーガーの中には、砂嵐や地震など天災を引き起こす特殊能力を持つオーガーもいる。

また、単独で動くことが多いオーガーだが、たまに集団で聖騎士団と向き合うことがある。

囮を使ってリラン達を砂漠に引き込み、全滅を謀《はか》ったのだろう。

今回の事態はかくのごとき理由で生じたものなのだから、本来なら人質に残すのはリランではなく原因を作った準騎士達では、と、言えるものなら言いたい。

——言いたいけど、しょうがない。

世間とは時々理不尽になるものだと、リランは齢《よわい》十八で悟っている。

リランはそう割り切って、それから、皇国に残る上で唯一気がかりなことを聖騎士団長に尋ねた。

〝聖騎士団長の命令で残るのであれば、私は皇国に残っている間も軍務に服しているということで、私の俸給《ほうきゅう》は弟妹達に届けて頂《いただ》けますよね？〟

年子の長妹ソフィアは伝道師見習いとして教会の寮にいるから大丈夫だろうが、他の五人はリランの俸給が途絶えれば、すぐに生活に困ってしまう。

〝無論だ〟

リランの質問に、聖騎士団長は間髪《かんはつ》をいれずに応じる。

〝君が皇国の人質となるのは第七聖騎士団の軍務だ。軍務に就いている以上、俸給は払われるし、自分が責任を持って君の弟妹達の暮らしが困らぬよう手配しよう〟

聖騎士団長がそう請《う》け合《あ》ってくれたので、安心してリランは皇国の人質になったのである。

迎えが来るまで国境の町の牢屋《ろうや》にでも放り込まれるのだろうと、リランは思っていた。

ところが、なぜか三週間も馬車に揺られて皇都に連れてこられた。

とは言え、逃亡防止のため国境から離すのはアリかと思った。

相場よりかなりふっかけられたとは言え、第七聖騎士団に皇国だって相当の物資と人員を融《ゆう》通《ずう》してくれたのだ。かかった経費を簡単に共和国に踏み倒される訳にはいかないだろう。

ただ、捕虜にしては妙に丁重《ていちょう》な扱いを受けているようにリランは感じた。

なにせ、ただの捕虜にすぎないリランに対し、共和国語が話せる初老の兵士呉《ウー》を通訳代わりにつけてくれ、片言ながらも共和国語が話せる彼の娘幸倪《シンニー》が身の回りの世話をしてくれたのだ。

おかげで捕虜生活は、存外快適だった。

——呉達をつけてくれたのは、私に皇国語を覚えさせないためかしら?

誰も共和国語が話せなければリランも必死で周囲の話に耳を傾け、言葉を覚えただろう。

しかし、実際は誰もが呉や幸倪に耳打ちし、彼らがリランに共和国語で話す。

だから、リランが覚えられた皇国語は、礼を言う時の「シェシェ」だけだ。

オーガー専門とは言え、リランは軍人には違いない。皇国の軍事機密を聞き取れるようになられてはまずいと警戒されたのだろうと、とりあえず納得していた。

皇都に着くとリランは壮麗と言えば聞こえは良いが、有《あ》り体《てい》に言えば常識外れにデカく、派手な建物の前に連れてこられた。

どの柱どの壁も金箔や七宝で飾られ、目が潰《つぶ》れそうなほど光り輝いている。

屋根を葺《ふ》く瓦《かわら》も共和国の物とは形状が違うし、妙に艶々《つやつや》していて、何より色がオレンジとゴールドの中間のような色だ。共和国では絶対にありえない色彩センスである。

共和国で最もゴージャスな建物と言われる大統領府や共和国内のアーネスト教の総本山たるグラン・アーク大聖堂でも、こんなに壮大ではないし、ケバケバしくもない。

――え、……と。捕虜を連れてくるような所じゃないのでは、ココ？

絶対に何か間違っていると、リランは確信した。

その時、建物の中から出てきた、いかにも豪勢な服を纏って輿《こし》に乗った女性達に、場の国境警備兵達全員が即、跪《ひざまず》いた。リランも幸倪に腕を引かれ、同じように跪いて頭を下げる。

こういう時にリランが他の者達と同じことをしなければ、罰《ばつ》を受けるのは通訳兼世話係の呉親子だと理解していたからだ。片意地を張って、親切な二人に迷惑をかける訳にはいかない。

頭を下げたリランに、輿の上の女性達が口々に何か言っているのが聞こえてくる。

皇国語はまったく理解できないリランでも、雰囲気で何か揉めているのが理解できた。

実際少しだけ視線を上に向けると、彼女達の輪郭がオレンジに光っているのが視えた。

オレンジのオーラは、人が怒っている時に見せるものである。

——捕虜を連れ込むなと怒っているのかしら？

それなら理解できる。捕虜を連れ込むこと自体が躊躇われるようなご立派な建物だから。

しかも、ここは正門を潜《くぐ》って、二重三重の門を越えた先の、おそらく一番奥の門の前だった。

門を通るたびにどんどん周囲の煌《きら》びやかさが増していて、この門など今まで通ってきた門以上に色鮮やかな七宝で飾られ、床は大理石が敷き詰められている。

屋外に置いたままで良いのかとリランが心配になるくらい立派で芸術的な絵が描かれた巨大な壺《つぼ》が二つ、門の両脇には置かれていた。

おまけにその二つの巨大な壺には、パープルとグリーンのおそらく宝石で作られた木蓮《もくれん》と思《おぼ》しき花が活《い》けられている。たかだか門にすぎないくせに、金銀財宝の大盤《おおばん》振る舞いだ。

どこをどう見ても、ここは捕虜を運び入れるような門ではない。

ところが、リランを連れてきた兵士達と皇国語で何やら揉めていた高貴な女性達は、結局リランをこの正門から建物の中に入れるらしい。

メイドと思しき女性がリランを立ち上がらせ、彼女の手を引き、門を潜らせようとしたのだ。

「おめでとうございます、リラン様」

そのリランの背にメイドの幸倪は、たいそう弾《はず》んだ声をかける。

リランが幸倪を振り返ると、メイドが怪訝《けげん》そうな顔をしながらも立ち止まってくれる。

輿に乗った女性の中で最も豪奢な服を着た美女——距離があっても絶世の美女であることが判った——が、リラン達の様子に一つ頷いた。

少々幸倪と話しても問題ないようである。

「前からそう言い渡されてはいたが、殿下方が容姿を確認するまでは正式ではないから、本人には内緒にしておくようにとも言われていてなぁ。バードさんの容姿のどこにも問題がないとは思っていたが、こればかりは好みの……あぁ、正式に決まったからには、こういう言い方はもうダメだった。このたびは、おめでとうございます、リラン・バード様」

幸倪の父であり、ここまでの旅でリランの通訳をしてくれた兵士呉もそんなことを言う。

しかも、彼は話している途中で娘に袖を引かれ、なんだか妙に畏《かしこ》まって祝辞を述べた。

「おめでとう……？」

——何を祝われているの？　しかも、なぜ、急に様づけしているのかしら、幸倪も呉も？

リランは彼らの態度に首を傾《かし》げまくった。

呉は今までリランのことを、バードさんと呼びかけていたし、幸倪は友達みたいな感じにリランと呼んでいたのだ。

彼らはリランの反応を見事にスルーして。

「あたし、身分が、違うので。これで、お別れ、です。ああ、でも、本当に、おめでとうございます！　あたし、リラン様とのこと、忘れません！」

「儂《わし》らは国境の町に戻ります。元々、陛下のお住まいである皇宮に入れる身分でもないですし」

――陛下のお住まいである皇宮って……。

予想はしていたが、やはりこの広大と言うか壮大と言うかバカみたいにデカい建物群は、皇帝の住む宮殿らしい。血税をこんなに巨大で無駄に豪壮な建物に注ぎ込むとは、さすがは独裁者だと、この皇国が母国と違うことを改めて思う。

――それにしても、身分って。

身分なんて単語が転がり出てくるところも、皇帝が治める皇国らしい。

身分で言えばリランこそ仮想敵国の軍人で捕虜なのだから、皇宮に入れてはいけない人物の筆頭になりそうなのに、リランは中に入れて、呉達は入れないらしい。

――まったく、訳が解らないわ。

そもそも幸倪達と別れないといけないことは、リランにとって軽くショックだった。呉父子は、人質の役目を解放されるまでリランの傍《そば》にいてくれるのだと思い込んでいたのだ。

通訳の呉も彼の娘の幸倪《シンニー》も、リランにとても親切だった。旅の間、慣れない皇国料理の食べ方を説明してくれたり、ちょっとした皇国の風習やら作法を教えてくれたりと、二人とも細々とリランを気遣《きづか》い、旅が楽になるよう心配りをしてくれた。

――訳は解らないけれど、お別れとなれば、きちんとお礼を言わないとダメだよね？

「シェシェ、シンニー。シェシェ、ウー」

リランはたった一つだけ覚えた皇国語で、二人に可能な限り丁寧にお礼を言った。

「お礼なんて結構ですよ。儂らは命じられた仕事をしただけですから」

「とても楽しい旅でした。こちらこそ、ありがとうございます、リラン様」

二人は照れくさそうに笑って、そのまま頭を下げ、後ずさっていく。

――そう言えば、偉《えら》い人の前では背中を見せないのが皇国の流儀《りゅうぎ》だったっけ？

旅の途中で呉に教えてもらったことを思い出す。

リランは軍人だからか、呉《ウー》達が回れ右して帰らないことに効率の悪さを感じる。

そもそもリランは、彼らが背中を見せてはいけないほどの偉い人物でもない。

――あ、私じゃなくて、あの輿の上の女性達に背中を見せてはいけないのか。なんだか、とっても偉そうな人達っぽいし？

そんなことを思っているリランの耳に、パチンと軽い音が届く。

輿の上にいる女性達の中で最も豪奢な服を着た美女が、手に持っていた扇子《せんす》を閉じたらしい。

先程まで開かれていた扇子を閉じた彼女は、その扇子をまた開くと、パタパタと軽く煽《あお》いだ。

それだけで輿を担《かつ》いでいた四人の女性は輿ごと回れ右をして、建物の奥へと彼女を運んでいく。他の輿を担いでいた女性達もだ。命令の言葉など不要らしい。

『公主がお待ちです、早く参りましょう』

横に立っていた三十代くらいのメイドと思しき女性が、改めてリランの手を引く。

言われた皇国語は理解できなかったが、門の中に入らないといけないらしいことは判った。

ともかく彼女についていくと、辿《たど》り着《つ》いた場所はなぜか浴室で。

リランは今まで身に着けていた聖騎士団の軍服を剝《は》ぎ取《と》られた。

——こ、これは武装解除かな？　武器を持っていないかの再確認？　今さら⁉

聖騎士の証である聖剣ナバルは既に国境の町で取り上げられ、リランはペーパーナイフ一つ持っていない。

それなのにあれよあれよと言う間に同性からとは言え下着まで奪われ、犬の子のように体を洗われた。

あまりのことに硬直しているうちにリランはシルクの下着を着せられ、さらに驚いた。

お洒落《しゃれ》好きの次妹グレースの誕生日プレゼントに、姉弟皆で細かく節約し、バード家的にはかなり無理をして購入した細いシルクのリボンが、リランの知る唯一のシルクの品だ。

——あのリボン一本で、十日分の食費になったのに……？

そんな高価な布地を下着に使うなんて、リランの感覚では到底信じられない。

その上から着せられた丈《たけ》の短いガウンのような服が、また凄かった。素材がシルクなのは言うまでもないが、バラの香水で洗ったかのように強烈な香りがするのだ。しかも、両腕にはそれぞれフレアスカートが一着作れそうなほど、たっぷりと布を使った袖がある。

次に床に引きずるほど裾長《すそなが》のスカートを穿《は》かせられた。さらに色鮮やかな薄手のガウンと、ほぼ全面に細かい刺繍が入ったガウンが重ねられる。こちらもやはり布の無駄遣いと言いたくなるほど広い袖だし、裾は床に届きそうだ。

よくよく見れば一般的な共和国の服とはずいぶんデザインは異なるが、着付けを行うメイドらしき者達よりもはるかに贅沢な服をリランは着せられている。

なんと言っても素材が全部、シャラシャラと肌触りが良く、ツヤツヤと光り輝くシルクだ。いくらシルクが皇国の特産品でも、敵国の捕虜に下着から一式全てシルクを着せるとは、意図がさっぱり解らない。

おまけに金糸銀糸その他色彩豊かな糸を使った繊細《せんさい》な刺繍があるわ、真珠や貴石だか宝石だかで作られたビーズが服のアチコチに惜しげもなく使われているわ……。ファッション関係に詳《くわ》しくないリランでさえ、見るからに相当なお金と手間暇《ひま》がかかっている服と判るのだ。

――ここまで、捕虜を飾り立てる理由は、何なの？　まったく思いつかないんだけど⁉

何度も自問自答してみるが、回答がこれっぽっちも考えつかない。

リランが着飾られていくのを、少し離れた所で座って見ている黒髪の美女がいる。

奥宮の門の所までやってきた輿の女性達の中で最も豪奢な皇国風ドレスを着ていた、一番偉い人物との印象を受けた女性だ。十八歳のリランより五つ、六つ年上に見える。

絢爛《けんらん》たる衣装に負けていない圧倒的な美女で、〈女帝〉という単語の見本のようだ。おそらくこの宮殿の女主に違いない。

ただ、空恐ろしいことにリランが着せられた服は、豪華さではその美女の着ている物に負けていない。

――普通、捕虜にドレスなんて着せないと思うけどなぁ……？

捕虜とか人質以前に、共和国でドレスなんて着るのは、大統領主催の晩餐会《ばんさんかい》に出席できるような女性高官や政治家達の令夫人、外国からの賓客《ひんきゃく》。あとは女優や歌手くらいだろうか。

――庶民がドレスを着る日なんて、結婚式くらいしかないのに。

軍人で捕虜で共和国の庶民にすぎない自分が、なぜにこんなに立派で手の込んだ高価なドレスを着せられているのか。考えても考えても、その理由がリランには皆目見当もつかない。

黒髪の超絶美女の固有オーラは、気高く精神性の高い人柄を示すディープパープルだ。

感情のオーラは当初怒りを示すオレンジ色だったが、リランが着飾られていくに従ってだんだん嬉しそうなイエローに変わっていく。

ちなみにイエロー系のオーラは基本、嬉しいとか楽しいとかプラスの感情を示すものだ。

――ひょっとして彼女が、私を使って等身大着せ替え人形遊びを楽しみたいと言い出した……、とか？

今まで会った皇国人は多少の明暗はあれ、皆、黒髪に黒い瞳で、リランのような金髪の者や緑色の瞳をしている者はいなかった。そこが珍しかったのかもしれない。

例えば、四つ下の次妹グレースは、リランのさして長くない髪を、ああでもないこうでもないと結い上げて、庭に咲いた花や端切れで作ったリボンなどで飾るのが趣味だ。彼女に捕まった時は、リランは完全に人形遊びの人形役をやっている。それで妹が喜ぶなら、時間が許す限り何時間でもリランは人形役をやっても構わなかった。

――彼女もそういう趣味があるのかしら……?

〝姉さんは、せっかく美人に生まれたんだから、もったいないよ!〟

そんなことを考えていたせいか、次妹のグレースの幻聴が聞こえてきた。

グレースからは何度も口酸《くちす》っぱく言われたが、リランは己が美人だとは思っていない。

リランの母親は、それこそ近隣一帯に知られた鄙《ひな》には稀《まれ》な美女だった。その血を濃く引いたのか、リランの妹達も物語に出てくる妖精のように可愛《かわい》い。

リランと弟妹達の命の恩人たるウェストクリフ聖騎士団長に至っては、共和国一いや大陸一の美貌を謳われるほどだ。

そんな顔面偏差値の高い人達に囲まれていたリランは、己が美人の範疇《はんちゅう》にあるとは到底考えられなかった。

――ウェストクリフ聖騎士団長やうちの母さんを見て、己が美人と思えるほど図々しくないわ。ソフィアやグレース、ナンシーみたいなマジ天使、マジ妖精みたいな女の子がいるのに、自分の顔が可愛いとか、絶対に思えないし！　だいたいオーガー退治に男性達と野山を駆けまわり、剣を振るっているような人間が綺麗とか、可愛いとかありえないでしょ！　もちろん、ウェストクリフ聖騎士団長のレベルなら、ぜんぜん話は違うけどね！

そんな風に自分の容姿を認識しているリランは、六人の弟妹達を抱《かか》えていることもあって、倹約《けんやく》に勤《いそ》しみ、お洒落とは縁遠い生活をしてきた。

そして、そのことを欠片《かけら》も残念に思っていなかった。

——家に帰ったら、聖騎士にはお洒落は不要ということをグレースにしっかり説明しよう。

不要と言うか、ブレスレットとかアンクレットとかその他諸々《もろもろ》、絶対にオーガー退治の邪魔にしかならないと、実際に身に着けた今、リランは物凄く実感している。

——とにかく重い。そして、邪魔。

リランが閉口しているうちに、メイド達の作業は着付けからメイクに移ったようだ。

唇には口紅が刷《は》かれ、濃淡様々なピンク色のパウダーを頬と瞼《まぶた》に落とされる。

——こんなにパウダーを叩《はた》いても、戦闘時はすぐに汗で落ちてしまうよね？

メイクもするだけ時間とお金の無駄だと思う。皮膚《ひふ》の上に何か載っている感触も嫌だ。

——第一、オーガー相手に着飾っても、まったく意味、なくない？

「えっ⁉」

しかし、その時、メイドから差し出された鏡の中の自分にリランは驚愕《きょうがく》した。鏡の中には、まるでデパートのショーウィンドウに飾られた高価な人形のごとき己がいたからである。

――メ、メイドさん達のメイク技術、凄すぎでしょう！

髪と眉《まゆ》を整え、メイクを施《ほどこ》し、贅沢な服で着飾っただけで、こんなに造作だか印象だかが変わるとは思いもしなかった。

いや、リランや妹達がメイクをしても、こんなには化けなかっただろう。

何度見ても角度を変えても極上の美少女だ。姉バカの鱗《うろこ》が十枚くらい入ったリランの目から見ても、なんということであろうか、ソフィア達より可愛く見える。

しかも、彼女達はどういう技を使ったのか、リランの肩先に触れない程度の長さの金髪を真珠や銀細工の櫛《くし》で飾り立て、パッと見、長い髪を結い上げているかのように見えるようにしている。グレースが見たら、絶対にその技術を真似したいと言いそうだ。

さらに、レッド、ブルー、グリーン、イエロー、パープル、ピンク、オレンジ……。

どちらかと言えば貧しい家に生まれたリランには色しか区別ができないが、間違いなく、今、自分が身に着けているのは宝石だと思う。

キラキラ輝く宝玉が連なるヘッドアクセサリー。大粒《おおつぶ》の宝石が幾つもぶら下がるイヤリングやネックレス、ブレスレットさらにアンクレットが二重三重これでもかとつけられ、頭から足先まで全身が凄く重い。

両手の指は指で、親指以外の全部に指輪が嵌められ、指先には長い付け爪を被せられた。エナメルと宝石を組み合わせたそれは、付け爪と言うより指全体を覆うカバーのような物で、たいそう綺麗ではある。

しかし、綺麗であればあるほどリランは「捕虜の爪にこんな飾りを？」と首を捻るばかりだ。

――一応、女性だから、捕虜用の手枷《てかせ》とか足枷《あしかせ》の代わりにこんな物を用意した……、とか？

考えに考えてリランはそう納得することとした。他に回答を思いつかなかったからである。

そうして特別偉そうなあの黒髪の美女に先導されて、この一際《ひときわ》華麗な部屋に連れてこられても、目の前の相手が来るまで、なるほど共和国とは文化が違うと、リランは暢気《のんき》に考えていた。

――いや、だって、自分は捕虜だからね？

仮想敵国の軍人で、捕虜だ。

借金の形の人質だ。

「――なるほど。君が新しい妃だろうか？」

まさかこの皇国の皇帝に、こんなことを言われるとか、誰が想像しようか。

三――後宮初夜（2）

「――なるほど。君が新しい妃だろうか？」

——よし、殺《や》ろう。

リランは秒で決心した。

これは、やられる前にやらなければ喰い殺されるオーガー退治と同じだと。

——もちろん本気で殺すなんてことは、国際問題になるからしないけどね！

しないが、権力で無理に女性を嬲《なぶ》ろうとする相手だ。半殺しくらいしてもバチは当たるまい。

——顔が良いからって、何でも許される訳じゃないからね！

本日四度目の呟きを、口の中でして。

「違います」

殺ると覚悟を決めていたが、手始めにリランは言葉で反撃した。

聖騎士団でスピード出世をしたせいで周囲から絡まれることが多かったリランは、この種の場面では先に手を出したほうが調停の際、不利になると学んでいたからである。

——それにしても、新しい妃って？　前の妃が亡くなったの？　でも、門前に現れた四人は、いかにもお妃様だったよね？　特にあの黒髪の超絶美女は、この宮殿の女主人以外の何者にも見えなかったし。

そう言えば、皇帝は常時複数の女性を侍《はべ》らす不道徳極まる者だと、共和国では言われていた。

その点を考慮すると、己はこの皇帝の何番目かの妃に選ばれたのだと判断するのが自然だ。

——事前になんの説明もなく、いきなり結婚しようというのも最低なのに、それが何番目かの妻だなんて！　そんなのありえなくない⁉　文化の違いもいいところじゃないの！　顔が良いからって、何でも許される訳じゃないからね‼

先程から既に火が出そうなほど怒っていたが、リランはますます怒りを募《つの》らせ、本日五度目の台詞《セリフ》を胸の中で叫んだ。

主アーネスト神の教えでは、男性も女性も一度決めた相手と互いが死ぬまで添い遂《と》げるものだ。共和国では離婚再婚ですら望ましくないと、手続きが何かと面倒臭《くさ》くしてあるほどなのだ。

故に共和国人であるリランには、一夫多妻など言語道断、悪の所業である。

だと言うのに、相手は暢気にも吃驚《びっくり》した顔で目を瞬《しばた》き、芸のないオウム返しをしてきた。

「違います？」

「はい。私は皇国の皇帝の妃になど、なるつもりはないですから」

「皇帝の妃に、など？」

リランの強い否定の言葉に、少年の明るくにこやかだった表情が消えた。

――よし、かかったわ！

あえて相手の神経を逆撫《さかな》でするような言葉を選んだのは、もちろん相手を怒らせるためだ。

それにしても、ニコニコ笑っている時も顔が良いとは思ったが、真顔になると、この皇帝、顔が良いどころの話ではないくらい端正な美貌の持ち主である。

リランが常々世界一完璧な容姿だと思っているケリー・ウェストクリフ聖騎士団長と比べて

もまったく見劣《みおと》りしないのではないかと、うっかり思ってしまうくらいだ。

なにせ、リランが知っているどんな美女より睫《まつげ》が長く密集している。

その長く多い睫に覆われた目は切れ長で、瞳は数多《あまた》の星が煌めく夜空色だ。

画家がこぞってモデルにしたがりそうな、キッチリ左右対称にバランスの取れた顔立ち。

髪は本人の膝よりも長く、やはり漆黒。艶やかな髪は絹糸のように輝いていて……。

などと相手を観察していて、遅まきながらリランは相手のオーラが視えないことに気づいた。

――聖騎士団長達みたいにオーラを抑えている？　聖騎士でもないのに？

オーラ視ができる聖騎士が集まると、お互いの感情が筒抜けで話が早い反面、口に出していることとオーラが違って色々面倒な状況になりやすい。

それ故に聖騎士団長を始め一部の聖騎士は、その人物本来の人格を表す固有オーラ以外は見せないレベルまで己の感情を完全に抑え込み、相手に感情を読ませないようにしている。

感情を抑えると表情筋も動かなくなってしまうようで、ウェストクリフ聖騎士団長はいつも仮面のように表情を動かさない。オーラを消している他の聖騎士達もほぼ無表情だ。

ところが、目の前の皇帝は目を見張ったり唇を引き結んだりと表情を豊かに変化させていたので、オーラが視えていないことをリランは今まで見落としていた。

ちなみにリランは隠しても隠さなくても大部分の先輩方に疎《うと》まれていることに変わりがなかったので、オーラ視できないように感情を制御《せいぎょ》することを骨折り損なだけだとやっていない。

とても疲れるのだ、感情を抑え込むのは。

——単なる血統だけで、独裁者の地位に就いた親の七光りバカではないの、かも？

そうリランが相手のことをちょっぴり……、そう、ほんのちょっぴり見直した時。

「もしや、君はなんの説明も受けずに、この部屋に連れてこられたのだろうか？」

思いもよらぬことを尋ねられた。

——え、……と？　この皇帝が主犯じゃない？　の、かしら？

共和国の捕虜を慰み者《なぐさもの》にしようなんて企《たくら》んだのが、皇帝でなければ誰だと言うのだろうか？

「……そうですが」

疑問に思ったが、相手から問われた以上、答えねばなるまい。

リランが肯定すると、相手はなぜかガックリと項垂《うなだ》れた。

『眩《まばゆ》いほどの金髪に極上の翠玉《すいぎょく》のごとき瞳。しかも、向こうのどんな名画でもお目にかかったことがないような美少女で、さらに〈気〉が黄金だぞ。異母姉上達《あねうえたち》はどうやって、仮想敵国とも言える異国から、あらゆる意味で引く手数多に違いないこの令嬢を連れてきたのかと不思議に思っていたが、まさか騙《だま》し討《う》ちのようなことをしていたとは。一歩間違えれば犯罪ではないか。いや、確実に犯罪だな。こんなことをして共和国と揉めることになったら、どうするつもりなんだ、異母上達は？』

ブツブツ小声で呟かれる言葉は皇国語だ。当然リランにはさっぱり理解できない。

――あ、さっきまで普通に会話ができていたのは、皇帝が共和国語を話していたからだ。オーラが視えないこととい、気づくのが我ながら遅すぎるとリランは内心舌打ちした。と言うか、リランは戦う前にこの皇帝に何か負けた気がする。何に負けたのか解らないが。

「どうも色々行き違いがあったようで済まない」

――は？

妙な敗北感に苛《さいな》まれていたリランは、怒らせようとしていた皇帝から明確な謝罪の言葉を述べられ、思考と呼吸が一瞬停止した。

天上天下唯我独尊《てんじょうてんがゆいがどくそん》。皇帝が白いと言ったら鴉《からす》の色も白になる。

皇帝とはそれほど傲慢な存在だとリランは共和国で聞かされてきたのに、話が違う。

――話が、違う！

「挨拶《あいさつ》が遅れたが、俺はこの国で皇帝をやっている輝《フェイ》・大樹《ダーシュー》だ。輝《フェイ》が家名で、大樹《ダーシュー》が名だ。共和国は名が先で、家名が後ろだと聞いている。だから、共和国風に言えば、大樹・輝だな」

謝罪の次に、極上としか言えない微笑みとともに実にフランクな感じに名乗られた。

――え、……と。

なんだか急に心音がうるさくなった。

――いやいや、顔が良いからって、何でも許される訳じゃないからね!!

この短時間で何度同じことを頭の中で叫んだか解らない。

相手の正視に耐えないほどの美貌と想定外すぎる展開に困惑しながらも、相手に名乗られればこちらも礼儀を守らねばならないと、リランは口を開いた。

「わ、私はリラン・バード。皇国風に名乗るなら、バード・リラン」

「リラン。リランか」

確かめるように皇帝は、リランの名前を二度口にした。

「皇国で好まれる花の名に似ているな」

──うん？　これは、もしや口説《くど》かれる展開では……？

己を美人だとは欠片も思っていないリランだが、故郷の村の幼馴染みや聖騎士団の同僚などに告白された経験はそれなりにあった。

あったが、リランの中では長妹のソフィアのほうがモテていた印象が強い。

──ソフィアは妖精のように可愛くて、天使のように優《こく》しいからね！

そもそも狭《せま》い村で兄弟同然に育った幼馴染み達から告られても、リランは当惑するしかなく、数日は顔を合わせるたびに気まずい思いをした。

聖騎士団の同僚や先輩達からの告白は、異常出世したリランの才能が子供に引き継がれることを願ったり、リランを己のアクセサリーにできると思ったり、中には婚約後に捨てる予定で告白したり（そこまでリランを憎々《にくにく》しく思っていたようだ）と、黒い感情が渦巻《うずま》いていた。

それらは問題外とは言え、普通にリランに惚《ほ》れ込《こ》んだ者達も少なからずいた。

しかしながら、彼らがリランを口説こうと彼女の容姿を褒めようものなら「ウェストクリフ聖騎士団長のほうが、百倍も千倍も綺麗じゃないですか！　あなたの目は節穴ですか⁉」と不当に叱《しか》られ、気がつくと聖騎士団長を称《たた》える言葉を二時間は聞かされるという目に遭《あ》わされたのである。これには百年の恋も冷めると言うもので、皆、白旗を揚《あ》げて撤退《てったい》していった。

――そもそも、村では皆、うちの事情を熟知《じゅくち》していたから、さすがになかったけれど、首都で告白される時って、揃いも揃ってソフィア達のことを邪険にしたし！

リランの返事も待たずに結婚後の話として、六人も弟妹達の面倒は見切れないから施設に入れてしまえと言う輩《やから》ばかりで、毎回怒髪天《どはってん》を衝《つ》く思いだった。

かくも悪い思い出しかない告白イベントの際に、概《おおむ》ね相手は花がどうとか言い出すので、思わずリランは、皇帝の言葉に心の中で身構えたのである。

「共和国の人名は我が国とは発音が違って覚えるのはどうにも骨が折れるが、君の名前は覚えやすくて良い名だと思う」

……気のせいだったようだ。リランはちょっと己が恥ずかしい。

――自意識過剰《かじょう》でしょうとも、リラン・バード。名前を褒めるのは、初対面時の会話としては無難な話題だし。

「話を戻すが、リラン。俺の異母姉達が事情も説明せず、君を無理矢理俺の妃にしようとしたようで、まったく申し開きの言葉もない」

「…………は、はぁ……」

我ながら間の抜けた声が出た。

さっきまで殺《や》る気満々だった分、心の中で振り上げた拳の下ろし方が解らなくなっている。

「君は共和国人だと思うのだが、どうして、我が国に？」

共和国と皇国は仮想敵国の間柄だ。通常、若い女性が一人で訪問するようなことはない。

だから、その疑問は当然とも言えるのだが。

「…………こ、皇帝、は」

相手は皇帝だ。

陛下だか閣下《かっか》だか知らないが、なにがしかの敬称を用いるべきかもしれない。

しかし、共和国人の端《はし》くれとしては、皇国の皇帝などに敬称を用いる必要性を感じない。

感じないが、とは言え、ここは皇国だから皇国の流儀を守るべきかもしれない。

……などと迷いに迷って、結局、リランは〈皇帝〉呼びを選択した。

「なんだろうか？」

皇帝は実にあっさりとリランの微妙な呼びかけをスルーし、リランに続きを促《うなが》した。

「グラン・アーク共和国の第七聖騎士団がデスロード砂漠で遭難し、貴国の兵に助けられたことを聞いていない……、のでしょうか？」

「第七聖騎士団！」

予想以上の驚愕の表情を見せて皇帝は、一際大きな声を出した。

「趙藩《ヂャオはん》王国の国境警備隊が遭難した共和国の軍人達を助け、彼らが帰国するのを助けた話は聞いている。それが、第七聖騎士団で、君が」

勢い込んで話していた皇帝は、そこでハッとしたような顔をして首を振った。

「いや、君のような可憐《かれん》なご令嬢が人食い化け物退治専門の、それも共和国最強を謳われる第七聖騎士団の一員のはずがないか。重ね重ね失礼を」

「一員です」

リランは相手の言葉を遮《さえぎ》った。

確かに自分は十八歳と年若く、今は動きにくいことこの上ないヒラヒラな服にずっしりとした重量感溢れる宝石類で過剰に着飾らされて、どう見ても戦闘《せんとう》に不向きな格好をしているが、歴《れっ》とした第七聖騎士団所属の聖騎士だ。

「私は、グラン・アーク共和国第七聖騎士団の聖騎士です」

リランが胸を張って断言すると、相手は心底仰天《ぎょうてん》したようで、夜空色の瞳を丸々と見開いた。

「――君は、本当に、共和国のただの令嬢ではなく、本当に、聖騎士団の聖騎士なのか？　本当に、〈屍魔《シーモー》〉……いや、共和国語では、オーガー？　と呼ぶのだったか。本当に、あの恐ろしい化け物を斃す、聖剣の遣《つか》い手《て》なのか？」

――何回〈本当に〉を使うつもりかな、この皇帝は？

平等を国是とするグラン・アーク共和国でも、やはり軍人は男性という固定観念が強い。それに聖騎士の中に十代の女性はほぼいない。十年に一人いるかいないかなレアさだ。そのせいかリランは、市民から本物の聖騎士かと疑われたことが何度もあった。

——男尊女卑《だんそんじょひ》の国だと噂《うわさ》に聞く皇国では、女性の軍人自体がありえないんだろうけど。

けれども、聖騎士という己が勝ち取った地位を疑われるのは、気分が悪い。

「そうですが、何か？」

と、リランが返事した途端、皇帝は秒で二人の間合いを詰め、彼女の肩をガシッと摑んだ。

その手の力は思いのほか強く、聖騎士として鍛錬《たんれん》してきたリランでも振りほどけない。

——う。ここ一ヵ月、まともに鍛錬できていないから……。

と思いつつも、相手は優れた武芸者であると認めざるを得ない。

戦闘訓練などしたこともない者が、聖騎士を捕まえるなど不可能な芸当だからだ。

——この皇帝、本当に、何者なの？

リランのほうが、そう問い質《ただ》したい。

顔と血筋が良いだけの独裁者との最初の印象が、どんどん崩れていく。

——オーラ視をさせない点といい、この皇帝、ただ者でなさすぎでは⁉

見くびらないほうが良さそうだと、リランは気を引き締めた。

「頼む！　オーガーの斃し方を俺に教えてくれ！」

「……………………、はい？」

気を引き締めたはずだが、あまりに予想外の頼み事が飛び出てきて、リランは一瞬呆《ほう》けた。

これは、けして、至近距離で見る相手の真顔に見蕩れたからではない。

「〈屍魔〉、いや、オーガーだな。オーガーの被害は皇国でも深刻な問題だ。だが、我が国には聖騎士団のような対オーガーの軍隊がない。戦うことさえ、最初から諦《あきら》めている」

そこまで言って、皇帝は苦しそうに唇を歪めた。その夜空色の瞳は沈痛《ちんつう》な光を宿している。

「――手も足も出ない。オーガーの始祖にして王たる化け物に、皇子や皇帝を生贄《いけにえ》として捧《ささ》げ、数年の猶予《ゆうよ》を貰《もら》うばかりだ」

「生贄!?　皇子や皇帝を!?」

オーガーに生贄を捧げているという話も吃驚だが、その生贄が庶民ではないことにリランは二重に驚いた。

――どういうこと？　皇帝……独裁者は、自分勝手で強欲で民の血税で贅沢三昧するような非道で自己中心的な人物なはずでしょう!?

少なくとも共和国では、そう聞いてきたのだ、リランは。

「オーガーの王には、輝皇帝家の血は殊《こと》の外甘美《はか》らしい。それも年若い子供の血が。二十歳すぎると肉が不味《まず》くなるとかで、この数百年、皇帝家の皇子や皇帝で享年が二十以上になった者は、ほとんどいない」

思いがけない状況に思いがけない話が重なって、リランの脳はしばし思考を止めた。

——……そんな、ことが？　皇国には、オーガーがいないと、聞いていたのに？

聖騎士団でリランは、そう聞いていた。

皇国には、オーガーは出没《しゅつぼつ》しない。

オーガーの生息地が大陸の西にあり、オーガーもデスロード砂漠を越えられないのだろうと。

——それが、オーガーの始祖にして王たる化け物に、生贄を、それも皇子や皇帝を捧げていたから、被害がなかったって……？　あれ？

リランは、目を瞬いた。

——ちょっと待って。オーガーの始祖にして王たる化け物って、え？　それって、アーネスト教の聖書に記載がある〈始まりのオーガー〉のことじゃない？

聖書によれば、元々主アーネスト神を助ける天使達の一人だった〈彼〉は天界で罪を犯し、冥界《めいかい》に落とされたそうだ。

冥界で死人を食べることを覚えた〈彼〉は、やがて地上で生きる人間を食べるようになった。

そして、〈彼〉に体の一部を食べられた者の中から、〈彼〉と同じ能力を持つ生きた死人が生まれた。〈彼〉から生み出された生きた死人が人を襲い、襲われた者の中から新たな生きた死人が生まれ……。

何百何千何万回と繰り返された惨劇《さんげき》の血溜まりの中から、生きる屍《しかばね》は生まれ続け、いつしかオーガーと呼ばれるようになっていった。

最初のオーガーである〈彼〉を、聖書では〈始まりのオーガー〉と呼んでいる。

〈始まりのオーガー〉を斃せば、全てのオーガーが滅びるとの文で、聖書は〈彼〉に関するくだりを終えている。

――なぜ、主アーネスト神は〈彼〉を冥界に落とし、〈彼〉が死人や生きている人間を食べるようになった時、〈彼〉を止めなかったのだろう？

多分、聖書を読んだ者は、皆、リランと同じ疑問を持つだろう。

しかし、聖職者に尋ねても、

「地上の出来事は、我々人間が解決すべきことなのです」

との一点張りだった。

人類は主アーネスト神に〈彼〉の始末を任されたということかとリランなりに考えたが、〈彼〉がどこにいるのか、聖騎士団や教会の誰もが知らなかった。

――それが、まさか、皇国に潜《ひそ》んでいた？

〝この数百年、皇帝家の皇子や皇帝で享年が二十以上になった者は、ほとんどいない〟

先刻の皇帝の言葉が、ようやく胸に響き落ち、リランはその意味を理解した。

リランは、相手の顔を改めて見やる。

目の前の少年の年齢は、自分と同じくらいのようだ。
十八、十九ともなれば、共和国でも父親になる少年はいる。
ましてやこの皇帝には妃が既にいるようなので、息子がいるのかもしれない。

次の生贄になる子供が。

四――後宮初夜（3）

リランは重い溜息を零《こぼ》した。

「……、申し訳ないのですが」

「うむ？」

不安と期待に満ちた相手の眼差《まなざ》しに何か言語化しがたい気持ちが沸《わ》き上《あ》がって、リランは言いかけた言葉を飲み込んだ。そして、別の言葉を口にする。

「……手を離してもらえますか？　痛いです」

「ああ、済まぬ」

そう言って手を離した皇帝は二歩ほど後ろに下がり、改めて頭を下げてきた。

「頼む。今まで共和国の大使には何度か掛け合ったが、まったく交渉《こうしょう》の余地さえなかった。

俺は……、俺は……我が子や夫を生贄として差し出す女性達の嘆きを、もう見たくない……」

傲慢で冷酷無比《れいこくむひ》で民を顧《かえり》みない独裁者のはずの〈皇帝〉のくせに、今夜、この皇帝にリランは何度謝られ、頭を下げられたことやら。

――ううっ！

リランは心の中で唸《うな》った。

リランとてオーガーに故郷の村を襲われ、大恩ある人達や親しい友人を失っている。故に皇帝の言葉は胸に深く刺さったし、彼の心情は手に取るようによく解った。だが。

「申し訳ないのですが、オーガーを斃す方法は、聖騎士団秘中の秘。軍事機密です」

リランは努めて淡々とした口調で応《こた》えた。

「なぜだ⁉　オーガーを斃すのは、君達の仕事だろう⁉」

皇帝の声量が一際大きくなる。

一歩踏み込まれたところを、今度は躱《かわ》すことができた。

「第七聖騎士団は、グラン・アーク共和国の騎士団です！　共和国のオーガーを斃すことに全力を尽くします‼」

負けじとリランも大声を出した。

相手がリランの手を捕まえようとするのを振り払う。

すると、皇帝は口で攻撃してくる。

「皇国の民にどれだけ被害が出ようともか？」

「！」

ずいぶんと的確で鋭く痛い言葉を吐く独裁者である。

――顔が良くて、体格が良くて、腕力があって、武芸の才があって、頭も悪くない。皇帝のくせに、どんだけ持っているのよ!?

むしろ皇帝だから、なのか。

「ッ！」

また、一歩踏み込まれたが、今度も肩を取られる寸前で右に体を反らし、リランは中央のテーブルが二人の間の障害物になるよう、皇国のドレスで可能な限り素早く動く。

――この服、マジで動きにくいっ!!

しかも、複数のブレスレットやアンクレットが重く、まとわりつく裾長のスカートと合わせて地味に動きの邪魔をしてくれる。

腕力だけでは敵《かな》いそうにないので、武器になりそうなものを目で探すが、目ぼしい物が見つからない。

そもそも両手の付け爪を外さないことには、何一つ、手に取って持つこともできない。

皇帝の妃の一人に相応《ふさわ》しいのであろう美麗な格好は、まったく手枷足枷より始末が悪い。

「皇国は皇国で方策を考えて下さい。共和国は協力しません」

そう口にはしても、皇国にいるのが真実〈始まりのオーガー〉であるなら、斃すべきだとリランは思っている。

〈彼〉を始末すれば、世界中のオーガーが滅びると聖書には記載があるのだから、リランはこの話を共和国に持ち帰り、ウェストクリフ聖騎士団長に諮《はか》ろうと決めている。

しかし、一介《いっかい》の聖騎士にすぎないリランには、今、目の前の皇帝に何か約束する権限がない。

リランが己の貞操を守るために皇帝を正当防衛で叩きのめしたのなら、共和国はリランの味方になってくれるだろう。共和国民は〈皇帝〉が大嫌いだから。

しかし、リランが権限もないのに皇帝を助けるような約束をし、それが果たされず、皇国が共和国にクレームをつけた場合は、リランは国際問題を起こしたとして、すぐに退団させられるだろう。共和国民は、皇国が嫌いで、皇国の皇帝も皇国民も助ける気などさらさらないから。

――聖騎士団を追い出され、私の俸給がなくなれば、マシュー達が困る。

三つ下の長弟マシューは、四人の弟妹達の面倒を見つつ、勉学に勤しんでいる。

彼は来春医大を受験する予定だ。少しでも早く医者になってリランを助けたいと、不在がちな長姉に代わり下の子達の面倒を見ながら、通常より三年も早く大学受験の資格を取ったのだ。

その長弟の、とてつもない努力を無にすることは姉として絶対に許されない。

他の弟妹達だって、リランが職を失えば、今度こそバラバラに施設に入れられ、生き別れになってしまう。

――だから、この皇帝の望みを叶えることはできない。

我ながら「保身か」と良心がシクシクと痛むが、家族には替えられない。

リランにとって世界で一等大事なものなのだ、六人の弟妹達は。

「君には、血も涙もないのか⁉」

摑みかかってくる相手の手首を背後が壁となったリランは逆に摑もうとしたが、付け爪のおかげで上手《うま》く指が曲げられないし、相手も寸前でリランの手を振り払った。

その時、付け爪だか指輪の宝石だかが、皇帝の手の甲の皮膚《ひふ》を裂き、薄く血が滲《にじ》んだ。

あ、とでも言うかのように、皇帝の動きが止まった。

『しまった！』

皇国語は解らないけれど、何かしくじってしまったような口ぶりに、リランは首を傾《かし》げた。

この程度の擦り傷でも良家の子女である先輩方の中には、大騒ぎをして戦線離脱を訴《うった》えるような人がいた。

――そういうタイプには見えなかったけど……？

しかし、皇帝が動きを止めたのはほんの数秒のことだった。良家中の良家の子息であるはずの皇帝は、血を見て怯んだ訳ではないようで、付け爪でろくに指を曲げられないリランの両手の指の股《また》に指を絡めてきた。そのまま掌《てのひら》で押し合いになる。

――うっ！　さすが男性。と言うか、この皇帝、真面目にちゃんとした軍事訓練、受けて

いるよねっ⁉

まるでベテランの聖騎士と体術訓練をしているかのような錯覚《さっかく》を覚える。

組み合っているうちに、やっと彼のオーラが視えた。

ゴールド。それが彼固有のオーラだ。

ゴールドに怒りのオレンジ色が乗って、まるで彼は太陽の化身《けしん》のようだった。

「――っ！」

うっかり見惚《みと》れそうになって、リランは慌てて思考を戦闘に戻した。

「血だって涙だってあります！」

言葉を返しながら、リランは右足を軸《じく》に左脚で相手の首を蹴ろうとした。

この状態でもリランには並みの相手なら、相手を蹴り倒せるだけの脚力があるからだ。

「⁉」

一瞬、リランは何が起こったのか解らなかった。

気がついた時には至近距離に相手の顔があった。

軸足にした右足に足払いをかけられ、バランスを崩したところを抱き上げられたと気づくのに、三秒ほどかかる。

「な、な、な……！」

まるで花嫁《はなよめ》のように横抱きされた怒りと羞恥《しゅうち》で、リランは言葉が出ない。

皇帝は皇帝で、リランで両手が塞《ふさ》がっていなければ、頭を抱えたそうな顔をしている。

「……共和国ではどうか知らないが、皇国では令嬢は人を蹴ったりしないし、そもそも人を蹴りつけるのはどうかと思う。……その、一応、俺はこの国の皇帝でもあるし」

——またしても正論を……！

先刻からこの独裁者に、リランは非の打ち所のない正論で心理的に殴られている。

——皇帝のくせに正論を吐くなんて！

ほとんど八つ当たり的なことをリランは心の中で叫んだ。

そうこうしているうちにスッ……と、彼の周囲で輝いていたオレンジ色のオーラが消えた。

意志の力で視えないようにしたのだろう。ただ、一度捉えた固有オーラだけは淡く淡くだが、薄い膜のように彼を包んでいるのがリランの瞳に映《うつ》ったままだ。

——そう言えば、ゴールドの固有オーラって、非常に稀な、奇才天才の色ではなかった？

ゴールドが百万人に一人いるかいないかの超天才。

プラチナがそれに次ぐ才能を持つ者の固有オーラだと、リランは聖騎士団で教わった。

ウェストクリフ聖騎士団長のプラチナに輝く固有オーラが視えた時、さすがは聖騎士団最強の第七聖騎士団の団長だと、リランは憧憬《しょうけい》を募らせた。

——だとすると、この皇帝、ウェストクリフ聖騎士団長よりも、凄い人物、……なの？

優秀すぎるほどに優秀な聖騎士団長を信奉する部下として、また、民主主義の敵対者として

〈皇帝〉という存在を憎み嫌う共和国人として、それはなんとも認めがたいことだった。

ちなみにリランは己のオーラの色を知らない。自身のオーラを視ることはできないからだ。

周囲の聖騎士に尋ねてみたが、皆揃《そろ》って口を濁《にご》したのであまり好ましい色ではないのだろうと推察している。

目の前の皇帝がゴールドの固有オーラが示す通りの百万人に一人の超天才かどうかまでは、リランは見切れていない。

――けど、少なくとも今までの会話を聞く限り、バカではない……、よね？

いや、バカどころか、相手の言っていることは正論すぎるほどの正論ばかりだ。

リランはこの皇帝に借金して、その形として皇国に残った立場にある。

誰が見聞きしてもリランが正当防衛だったと言える状況でなければ、この国の最高権力者である皇帝を蹴るのは拙《まず》いだろう。

――それは！　そう！　だけれども！

と、やや（？）負けず嫌いなところがあるリランは、自分でも無茶だと思う反論をした。

「あなたが私を捕まえようとするからです！」

「それは君が逃げようとするからだ！」

抱き上げた体勢のまま、相手は子供のように唇を尖らせる。

「！」

機嫌が悪い時の末弟の顔を思い出させるような幼い表情に、何かよく解らない衝撃がきた。

生まれてからほとんどの時間を姉として過ごしてきたリランは、末っ子の機嫌を損ねた時のように、無条件で甘やかしたい気持ちに駆られてしまう。

――いやいや、リラン・バード！　何を考えているの？　皇帝を甘やかしたいとか、そんなの、なしのなしなしなし!!

そもそも一介の聖騎士が、仮想敵国の独裁者相手に聖騎士団絡みでどんな約束ができると言うのだ。

だから、何も言えず、グググッ……相手と睨み合った。

が、このような睨み合いには、どうにも抱き抱えられているこの体勢は不利だ。

「……お、降ろして下さい」

「君が、逃げないなら」

「逃げはしません。捕虜ですから」

本音を言えば、リランはこの場から全力で皇都の外くらいまで離れたかった。

皇国の独裁者に格闘でも対話でも負けて逃亡にも失敗するなど、栄えあるグラン・アーク共和国第七聖騎士団の聖騎士の名折れである。必ずや再戦を期さねばならない。

しかし、自分は一応、捕虜だ。今のところ借金の形である。

今、この場から逃げる訳にはいかない立場だし、逃亡路もない。

——ならば、ちょっとでも有利な条件を引き出さないとね？

ウェストクリフ聖騎士団長も聖剣ナバルも、それから弟妹達だってそう言うはずだと、リランは頭を切り替えた。

「捕虜」

オウム返しに皇帝は言った。なんだか呆気《あっけ》に取られているようだが、そういう表情をしても間抜け顔にならないのは、顔面偏差値の高さのなすところだろう。

「そうか、そうだったな。共和国の軍人達……、君が所属する第七聖騎士団は皇国に借金をして、返済までの間の人質を趙藩《ヂャオはん》王国に残したのだったな。聖騎士が残ったのなら、是非、会いたいと月樹《ユエシュー》異母兄上《あにうえ》——ああ、月樹異母兄上とは趙藩王のことだが——に言った時は、人質は聖騎士ではないと言われたのだが……」

「それは、ちょっと拙いのでは？　仮にも一国のトップに正しい情報が伝わってないなんて」

つい言わなくてもいいことを、リランは言ってしまった。姉歴が十七年もあるため、反射で心配が口から出てしまったのだ。

——私が心配することじゃないけど、でも、情報が正しく伝わらないのは良くないよね？

報連相はどのような組織でも基本中の基本だ。

「耳が痛いな」

皇帝は苦笑した。

「異母兄上達が何を企んだか解らないが、第七聖騎士団が趙藩王に……つまり、我が皇国に負った借金の形に残った団員は聖騎士で、君だったというのが正しい情報だった訳だな？」

「はい。借金の形に私が捕虜となりました。けれども、だからと言って、私は皇帝の妃になんかなりませんし、オーガーを斃す方法を教えることもできません」

この二点は、いかなリランとて絶対に譲《ゆず》れない。

「君が俺の妃にならないのは別に構わない」

皇帝は意外なくらい簡単に言い切った。

ならばいい加減下ろしてほしいと思うのだが、皇帝はリランを横抱きしたまま、彼女を真剣な顔で見下ろした。

「だが、オーガーを斃す方法を教えないというのは、なぜだろうか？」

「それは……」

なんと説明しようかと言葉を探しつつも、頭の片隅で若干《じゃっかん》リランはムッとしている。

皇帝の妃になど、絶対になりたくもないが、当の本人から妃にならなくてもよいとあっさり言われると、逆に微妙な気持ちになった。

――いやいや、リラン・バード。お前は皇帝の妃になりたくないのだから、皇帝から言質《げんち》が取れたのはラッキーじゃない？　どこにムッとする理由がある訳？　ああ、いつまでも抱き上げられているからね！　うんうん、それはそうよね。もう、なんなのかしら、この皇帝!?

認めたくはないが、この皇帝の指摘通りだ。

蹴りを食らわせようとしたのは、模範的な捕虜の行動ではなかった。

それは反省する。反省するから、嫁にするつもりがないなら、早く下ろしてほしい。

しかし、相手はリランが答えるまで動く気がないらしい。

「――軍事機密、だからです」

リランが先程と同じ返答をすると、相手はグッと一度唇を噛み締めた。

チラリとオレンジの焔《ほのお》のようなオーラが彼を覆って、消える。

「君は、……君は、皇国の皇子や民なら、いくらでも死んでいいと考えているのか？」

感情を押し殺した静かな声で問われて、リランは言葉に詰まる。

相手の言っていることのほうが、人道的に正しいからだ。

リランとしても、オーガーの被害者を一人でも減らしたい。

目の前で人が傷つけられ、生きながらオーガーに喰われていく。

そんなことは、もうたくさんだった。

助けられるならば、共和国人も皇国人も関係なく、リランは助けたい。

だが、軍事機密を仮想敵国の独裁者に教えたとなれば、リランは確実に聖騎士の職を失う。

この皇帝とその家族を助けようとすれば、リランと弟妹達の人生はメチャクチャになるのだ。

己の無力さに忸怩《じくじ》たる思いが喉元にこみ上げてくる。

――バカ正直に聖騎士だなんて、言わなければ良かった。

そんな後悔をしても遅い。口に出した言葉は口の中には戻せない。

「……私には六人の弟妹がいます」

――こんなのは言い訳だ。

言い訳をするのは、真っ当な大人の言動ではない。

しかし、皇国の独裁者に己が血も涙もない酷薄《こくはく》な軍人だと思われるのは、リランはどうにも承服できなかった。リランにはリランの事情があるのだと、解ってほしかった。

「六人⁉」

皇帝は目を丸く見開き、リランの顔を覗き込んだ。

「それは羨《うらや》ましいな！」

――は？

今夜何度目かの、相手の予想外すぎる反応に、リランは思わずその玉顔を二度見した。

オーラは視えないが、瞳がその代わりとばかりにキラキラと輝いている。

まったくこの皇帝の瞳は、数多の星を湛《たた》えた夜空のようだ。

その上、先程までの沈鬱《ちんうつ》な真顔がいきなり払拭《ふっしょく》されて、好感度の高い笑みが戻っている。元々並外れた顔の良さが、十倍増しくらいになった気がして、正視しづらい。

――な、な、何事？　その表情は、どういう……⁉

リランはそんな皇帝に戸惑い、抱き上げられたままの体を竦《すく》めた。心臓が暴走している。

リランに六人の弟妹がいることを知った人間は、皆、「それは大変だね」と口を揃えた。

両親が既に他界し、リランが彼らの親代わりであることを知れば、濃淡の差はあれ、皆、リランが可哀想《かわいそう》だと同情した。

また、露骨《ろこつ》にリランを避ける者も少なくなかった。何か起きた時に当てにされては困るという意思表示らしい。

リランが弟妹達の犠牲になっていると、変に憤慨《ふんがい》して弟妹達を施設に入れることを勧める近所――故郷の村の人達ではなく、首都の聖騎士団宿舎の、だ――の人達も多かった。

どんな反応を返すにしろ、多かれ少なかれ周囲の人々は、リランの人生に弟妹達は厄介《やっかい》な荷物でしかないと言葉でも態度でも示した。

リランの一等大切な六人の弟妹達を。

「――うら、やま、しい？」

弟妹達を、そんな風に言った人に、リランは生まれて初めて出逢った。

信じられなくて聞き返すと、満面の笑みで肯定された。

「ああ。弟や妹が六人もいるなんて、羨ましい」

――え、……と。どうしよう？　メチャクチャ嬉しいんだけど!!

もしかしたらいい人かも？　――なんて血も涙もない独裁者のはずの相手に思ってしまう

くらいには。

「俺は末っ子でな。長女の君は知らないだろうが、末っ子というのは存外つまらないものだ。いや、もちろん異母兄上や異母姉上達に不満がある訳では、まったくないのだが！」

そう言いつつ、皇帝は首を伸ばし周囲を窺《うかが》った。まるで、この部屋に誰か――彼の異母兄だか異母姉――が潜んでいるとでも思っているかのような仕草である。

「……幼い頃から弟や妹が欲しくて欲しくてたまらなかったのだ」

誰もいないことに安心したのか、それでもコソリと内緒話をするかのように皇帝は言った。

「六人もいれば、楽しいことだろうな？」

柔らかに目が細められる。

「……え、ええ！　ええ!!　それは、もう、最っ！　高にっっ!!」

リランはそんな場合でもないのに、満面の笑みを浮かべた。嬉しくてしかたがない。

――そう、そうなのよ！　皇帝のくせに解ってるじゃないの!!

弟妹達はリランの重荷なんかじゃないのだ。

彼らがいるから、両親を亡くしてもリランは寂しくない。

聖騎士団では酷い扱いを受けることもあったが、彼らがいるから我慢できた。

彼らがいるから、リランは頑張れるのだ。

「……、その」

いきなり上機嫌な顔をしたリランに、皇帝はどう思ったのか、視線を逸《そ》らした。

——あ、退《ひ》かれたかな？　いや、うん。喜んでいる場合じゃなかった、うん。

皇帝は少しばかり言葉を探すような溜めを入れて、それから。

「……君の弟妹達となれば、さぞや可愛いのだろうな」

「ええ！」

リランの弟妹だからという皇帝の言葉はスルーして、リランは胸を張って応じた。

「ソフィアもマシューも、グレースにロイ、ナンシーにジョニーも、皆、メチャクチャ可愛くて！しかも、明るくて優しくて賢くて、とっても良い子ですよ！」

喜色満面で断言するリランに、皇帝も恐ろしく整った顔をクシャクシャにして、破顔した。

——あ。

抱き抱えられた状態でこんな太陽みたいな笑顔を見るのは、何かとよろしくない。

五——後宮初夜（4）

「……え、……と。その」

心臓が爆走し始めたため、無理矢理話を元に戻そうと、リランは頭を振った。

「……その、私の両親は数年前に亡くなりました。すぐ下の妹は伝道師見習いとして教会の寮にいますが、他の五人の弟妹は、聖騎士となった私の俸給で生活をしています」

説明の都合上とは言え、会ったばかりの相手にこんな重い話をするのはどうなのか。

しかも、言い訳だ。

――ああ、やだな。

言い訳を口にする己も嫌だし、両親の死を聞いて、他の人達のようにこの皇帝が何か同情めいた言葉を口にするだろうことも嫌だった。

――多分、普通に言うよね、気の毒にとか、大変だろうとか。

しかし、そんな薄っぺらい同情で弟妹達をリランが抱える厄介ごと扱いされるのは、はなはだ我慢できないことだった。

――ソフィア達は私の宝物で、彼らがいないと私が、生きていくのに困るのに。

「そんなに若いのに、両親の代わりに弟妹を育てているとは凄いな、君は」

「――○×△？」

変な声が喉から出た。今夜何度この皇帝は、リランを驚かせれば気が済むのだろうか。

「皇宮には君くらいの年齢の官僚や女官が大勢いるが、皆、職務を果たすことに精一杯で、家事や弟妹の世話など、親や使用人に丸投げしているぞ。まあ、それだけ皇宮の仕事が神経を使うものだということだが、聖騎士の仕事は心身共に疲労する類いの仕事だろう？　並みの人間にできることではあるまい。凄いな、君は」

——凄い？　凄い？　凄いって言った⁉

思わず頭の中で皇帝の言葉を復唱してしまう。他人からこんな言葉を貰うのは初めてだった。

「い、いいえ、長女として当然のことをしているだけです。弟妹達も自分でできることは自分でやっていますし。むしろ、私は給料を渡しているだけみたいな？」

——うん。どう考えても頑張っているのは、ソフィアやマシュー、グレース達だ。

ただ、この皇帝が同情している素振《そぶ》りを一切見せずに、リランが弟妹達のために頑張っていると、純粋に「凄い」と褒めてくれたことは、何かとても胸に迫《せま》るものがあった

思わず涙腺が緩《ゆる》みそうになり、リランはしきりに瞬《まばた》きを繰り返した。

「……ぐ、軍の機密を皇国に漏らしたとなれば、私は聖騎士の資格を剝奪《はくだつ》され、騎士団からの俸給を失います。私には学歴もなければ、後ろ盾になってくれる親もいません。騎士団を追い出されれば、弟妹達が路頭に迷います。あなたの皇子や皇国の民がオーガーの犠牲になることは、非常にお気の毒だと思います。できれば助けてあげたいです。でも、私は亡くなった母に弟妹達の面倒を見ると約束しました。だから、軍事機密を皇国に教えることはできません」

「……」

リランの言葉に、皇帝は無言でゆっくりと彼女の足を床に下ろし、立たせてくれた。

それから。

「……君は卑怯《ひきょう》だ、リラン・バード」

「卑怯？」

「いや、済まない」

卑怯という言葉の強さにリランが不服げに眉を動かすと、皇帝はこめかみに手をやり謝った。

「卑怯という言葉は適切ではないかもしれない。この感情を、上手く共和国語に翻訳できない」

リランを床に下ろしたおかげで、空《から》っぽになった両手を広げて、皇帝は肩を竦めた。

「とにかく、君の弟妹のことを言われれば、無理強《じ》いはできない」

先程からこの皇帝はリランを驚かせっぱなしだ。

――拷問《ごうもん》してでも、聖騎士の秘密を聞き出そうとするのが、独裁者じゃないの？

「俺は昔、〈屍魔祖《シーモーツー》〉、ああ、済まぬ。オーガーの始祖と言われる化け物に生贄として捧げられた。そこで俺はオーガーの始祖に喰い殺されて、一生が終わるところだった」

「――っっ⁉」

危ういところで、リランは悲鳴を飲み込んだ。

生贄の話はさっきも聞いたが、既にこの皇帝自身が生贄にされそうになっていたとは。

「俺の血を舐《な》めた奴が、俺は不味いと放り出したおかげで、こうして生きているが、代わりに異母兄達が犠牲《ぎせい》になった。家族に命を助けられた身としては、家族を大事にする君の気持ちを尊重したい」

「…………い、意外と、ハードな人生を、歩んでいらっしゃるんですね」

自分に同情の言葉を使わなかった相手に、リランも言葉を選んだ。この皇帝に、可哀想とか気の毒なんて薄い言葉を安易に使いたくなかった。

「ハードなのは君のほうだろう。弟妹達を育てるためとは言え、女性の身でオーガーと戦う聖騎士団に入るなんて我が国では考えられない。令嬢やご婦人は守るべき者で戦う者ではない」

皇帝もハードという言葉を返してきたが、やはりリランの弟妹達を彼女の重荷とは考えていないようだと思う。

——むしろ、文化の違いかな、ハードだと言う感想は？

男が戦い、女は守られるだけ。

共和国人に言ったら骨董品《こっとうひん》扱いされそうな考え方だ。

——まあ、この皇帝の言い方だと、男尊女卑主義者とも、ちょっと違うみたいだけれど？

女性を差別していると言うより、大事にしている感じがする。

「いいえ、ぜんぜんハードなんかじゃないですよ。ありがたいことに、た」

言いかけて、リランは固まった。対オーガー能力が自分にはあったので、とか、うっかり軍事機密の一端を話すところだったからだ。

「た？」

途中で言葉を止めたリランを訝《いぶか》しげに皇帝が見詰めている。

「え、……と。そ、その、三年半前、故郷の村がオーガーに襲われた時に」

「ありがたいことに、三年半前、故郷の村がオーガーに襲われた時に？」

いやいや、そこは繋《つな》げないでよねっ！　――と、文句をつける訳にもいかず（なにせ、自分の発言のオウム返しだ）。

「あ！　その！　それは！　ちょ、ちょっとした言い間違いで！」

リランは慌てて説明の言葉を探す。

「故郷の村がオーガーに襲われた時に出動してきた聖騎士団の人に、その、……ど、度胸が、そう、度胸があると褒められて、聖騎士団にスカウトされたんです」

「…………」

皇帝は無言、無表情のままリランの瞳を見返す。感情のオーラも視えないままだ。

――何か、気づかれた、かな？　我ながら、嘘吐くの、下手すぎだし！

「……そう畏まらなくていい」

リランが息を詰めて心配していると、不意に皇帝は柔らかく笑った。

光り輝くような笑顔はゴールドの固有オーラつきなので、ちょっと始末に負えない。

「そこの椅子に座ってくれ。軍事機密になるようなことは訊《き》かない」

やはり相手は、リランが口を滑《すべ》らせかけたことに気づいたようだ。

それでも軍事機密は訊かないとハッキリ言ってくれたのには、ホッとする。

リランが椅子に座ると、皇帝はテーブルの上に用意されていた茶器を使って、手早く皇国風の茶を淹《い》れ、リランに勧めた。

――え、……と。捕虜に茶を淹れる皇帝とは？

リランが長年共和国で培《つちか》ってきた〈皇帝〉の概念が、ここでもまた崩される。

――私が淹れると毒でも盛られると思ったのかも、だし？

そう無理矢理納得して、テーブルの向こう側の椅子に座った皇帝と向き合う。

「さて。共和国はなぜ、オーガーを斃す方法を独占しているのだろうか。リラン、君の考えを聞かせてほしい」

リランがお茶を一口飲むのを待って、改めて皇帝は質問してきた。

――それ、ほとんど質問内容が変わってないよね!?

と、言い返したいが、多分この皇帝には無駄だと思えた。

それで頭をフル回転させて、なんとか軍事機密に触れない内容でリランは説明を作る。

「……西原《せいげん》には共和国以外に幾つかの国があります。共和国に比べれば、小国ですが」

西原とは、この大陸の西半分をまとめて呼ぶ時の名称だ。

「西のベーツ諸島連合、北のトランディア連邦、南方沿岸のナルス民族国だったか。あとはもっと小さい国が幾つかあったか」

「よく知っていますね？」

純粋に驚いた。

内陸部の山村に生まれたリランは、外国のことなど聖騎士団に入るまでほぼ知らなかったというのに、この皇帝は共和国語に長《た》けているだけでなく、西原の地理にも詳しいようだ。

「一応、我が国とその三国は国交があるからな。特にナルス民族国との沿岸路貿易は盛んだ」

大陸の南端の海岸線沿いに細々と馬やロバを引いて行われる沿岸路貿易は、共和国ではあまり盛んではない。

ナルス民族国を通る分、関税や時間がデスロード砂漠を越えるよりかかるからららしい。

大陸の北にそびえる人類未到のヘブンリー山脈と、その山脈の裾から東西に大きく広がるデスロード砂漠のおかげで、共和国と皇国の陸路の交流は非常に厳《きび》しいものになっている。

と言って、大陸の北の海は一年の三分の二が凍るため、海上貿易に使えない。

南の海はと言えば、小島が延々と散らばっているためか、渦を巻く複雑な海流がやはり、商船の航行を妨《さまた》げていた。

このような地理的要因も、共和国と皇国の文化的な隔たりを広げたものと思われる。

「聖騎士団は第一から第七まで七つあり、第四聖騎士団から第六聖騎士団までが、西の港と北、南の国境に常駐し、他の国々でオーガーが出ると、すぐに出動できるようにしています」

第一から第三は国内用の聖騎士団だ。

そしてリランが所属する第七聖騎士団は、第一から第六までの聖騎士団で対応できないレベルのオーガーに対して出動する切り札部隊である。

「つまり、共和国は、聖騎士団を派遣することで諸外国に恩を売っているんです」

「恩を、売る……？」

「他国と外交問題が生じた時、今後聖騎士団の派遣をしませんという一言が、交渉《こうしょう》の最強カードなんです」

説明する自分が思うのもなんだが、なんとも世知辛《せちがら》い話である。

オーガーを屠《ほふ》ることができる聖剣と聖弓に関する秘術を、共和国と共和国の教会は独占している。共和国が幾つもの国を平らげ、西原の覇者《はしゃ》となったのも、その点が大きい。

「……なるほど。では、我が国も頼めば聖騎士団を派遣してもらうことはできようか？　共和国には、我が国に恩を売りたい者もいると思うのだが？」

「…………残念ながら、まず、無理かと」

共和国民は大統領から僻地《へきち》の寒村の住人に至るまで、皆、皇国の皇帝と民を嫌いすぎている。

「……共和国から皇国は遠すぎます。それに、色々と文化も違いますし」

さすがに面と向かってあなた方は嫌われ者だから無理ですとは言えず、リランは言葉を選んだ。

それにあながち嘘でもない。首都から皇都まで聖騎士団を派遣すれば片道三ヵ月はかかろうし、両国の文化の違いについて説明しろと言われたら、リランは一晩でも語れる自身があった。

「距離に、文化か……」

考え込む皇帝。

距離は言うまでもなく、文化の違いについても、きっと彼にも心当たりがあるのだろう。これだけ共和国語に長けているのだ。おそらく共和国から来た人物が、彼の傍にいるはずだから。

――その人も、きっと同じことを言ったに違いないだろうし。

「物理的な距離はともかく、文化の違いはどうにかできないだろうか⁉」

「え？」

「例えば皇国内の共和国語の話者を増やすとか、政府レベルでの交流はもちろん、庶民レベルでの国同士の交流を増やすとかだな。宝石の加工や磁器製作については、我が国の物が共和国より一歩進んでいる。逆に、機械工業については共和国が何歩も先だ。お互いの技術を教え合うことで、交流を深めれば、文化の違いによる溝は埋まらないだろうか？　あるいは……」

矢継ぎ早に皇帝は様々な提案をしてくる。リランは頭を抱えたくなった。

――え、……と。多分、皇国が民主主義国家にならないと、無理だからね？

皇国が皇帝を頂点とする国体である限り、共和国の人々は皇国に好感を持たないだろう。

そう思うが、目の前の皇帝に退位を迫り、この国に大統領制を敷くなんて大事業、リランの手には余る。

と言って、諦めの悪い皇帝は、目をキラキラさせてリランの返答を待っている。

後ろで大きな尻尾がブンブン振られているのが幻視できるくらい、期待に満ちた顔で。

「……その、共和国と皇国では違う点が多いですけど、宗教の違いが大きいのでは？」

民主主義と独裁主義も大きく括《くく》れば宗教だろうと、リランは乱暴にまとめて言った。

それに、伝道師見習いの長妹情報では伝道師によるアーネスト教の布教を、皇国は認めていない。その状態では、教会からの協力は到底得られない。

「宗教か……。それは異母姉上に相談が必要だな」

「異母姉上に、相談……？」

――独裁者が？　家族に相談とは？

リランが疑問符を飛ばしていると、皇帝は小さく苦笑した。

「俺の異母姉上、紫華《ツーファ》皇女が皇国の祭主だ。君に解りやすく言えば、最も権威《けんい》ある神官というところか」

「女性が最も権威のある神官なのですか？」

皇国は男尊女卑の国と聞いていたから、リランは驚いた。

もちろん共和国にも女性の聖職者はいる。

ただ、体力面で優位な男性のほうが、高位の地位に就きやすい傾向があった。

「そうだ。アーネスト教にも女性の神官はいよう？」

「それはもちろん。我が共和国は男女平等ですから」

男尊女卑の皇国と違って――という思いが、ついつい声に出る。

「……何か、言いたいことがあるのだろうか？」

リランのどこか冷たく響いた声に、皇帝は訝しそうに首を傾げる。

「皇国は……、その、女性差別が酷いと」

皇帝は心外とばかりに片眉を上げた。

「女性を差別したことはない。ご婦人方は守るべき存在だろう。共和国のように女性を軍人にするほうが酷くないか？」

「そういう考え方がある意味差別になるかと。女性にだって軍人になる権利がある訳ですし」

「軍人に、なる、権利……？」

皇帝にとってよほど意外な言葉だったのか、目を見開いて固まる。

――軍人だろうが聖職者だろうが、女性だからと言って職業選択の自由を狭《せば》められるのはおかしいことなのに、やっぱり皇国は、男尊女卑の国なんだ。

「そもそもですね、皇帝が複数の妃を持つというのが、信じられないです。女性をなんだと思っているんです？」

リランが嵩《かさ》に懸《か》かって声高に言った瞬間、スッ……と、皇帝の顔から表情が抜け落ちた。

――え……？

完璧なまでに整った顔が無表情になると、背筋が凍るほど冷酷に見える。

「……後宮のシステムは、我が国が四百を超える藩王国からなる多民族国家であることと、オーガーの生贄になる子供をできるだけたくさん用意するには、一人の妃では間に合わないことに起因している。皇帝である俺の立場から言わせてもらえば、皇帝も妃も等しく不幸なシステムだ。自分達と養豚場の豚《ぶた》を比べれば、豚のほうが殺される日を知らない分、幸せだろう」

――こ、皇帝とその家族が、養豚場の豚より不幸って……？

〝――手も足も出ない。オーガーの始祖にして王たる化け物に、皇子や皇帝を生贄として捧げ、数年の猶予を貰うばかりだ〟

先刻、皇帝が明かした皇国の秘密を思い出す。

――そう、だった……。

どうして、自分は忘れていたのか。

あまりにも衝撃的な内容だった故に、すっかり棚に上げてしまっていた。

生贄の順番待ちをしている皇子や皇帝。

我が子が生贄になるのを知っていて子を産む妃達。

――それ、は……。

「まあ、だいたい俺に言わせれば、女性をオーガーに立ち向かわせるわ、仮想敵国と言っても過言ではない皇国に一人置き去りにするわ、共和国も女性差別が酷いと思うのだが⁉」

皇帝はリランの表情が曇りきったのを見て、明るい声で微妙に話をずらした。

チラリとオレンジ色とグリーンのオーラが視える。オレンジは怒りで、グリーンは同情だ。

すぐに皇帝は感情を律したのか、そのオーラは視えなくなってしまったが、端正な顔に浮かんだ表情が大いに不満げである。

リランにではなく、女性のリランが皇国に残されたことに対して。

——気を遣われている。

そう気づいた瞬間、リランは己を恥じた。

この皇帝だって、好きで皇帝家に生まれた訳ではないし、皇帝家に生まれたが故にとんでもない運命を背負わされている。

そんな人間に対して、自分は薄情な振る舞いをしてしまった。

それでも、皇帝はリランに対して気遣いを見せる。

どうしようもない皇帝家の運命から、話を逸らそうとしてくれている。

ここは無理に先程の話を続けず、彼が持ち出した話に乗るのが、リランにできる精一杯のことだろう。

——え、……と。とりあえず、聖騎士団に女性が入ることは差別ではないよね？

むしろ入れないほうが、女性差別だ。それは間違いない。

ただ、リランが人質として残されたことは、確かにどうかと思う。

――でも、しょうがなかったよね？

リランがこの皇国に残されたのは、女性差別ではなく、リランが政府高官の令嬢でも〈聖騎士家〉の出でも高位聖職者の親族でもなかったからだ。

けれども、そんな内情を話せば、国民皆平等を謳っておいてどうなのかと突っ込まれそうだ。

と言うか、母国の恥をさらすような気がして。

「それが男女平等っていうものなのです！」

……などと断言し、その後はなぜか本題からずれた男女平等の話題で、リランは皇帝と侃々《かんかん》諤々《がくがく》大論争をしてしまった。

そのうち、肩肘張った主義主張のぶつかりあいと言うより、互いの国の相違点やお互いの生まれ育ちの違いを興味深く語り合うことに移行し、リランが弟妹達の自慢をすれば、皇帝は異母姉達の自慢をするなど、存外楽しく話していると。

『はっ！　もう朝か！』

東側の窓から入る陽光に、はたと皇帝は立ち上がった。

『朝議に行かねば。しまった、書類に目を通していない。朝食を抜けばなんとかなるか』

皇国語で皇帝が何か言っているが、リランには何一つ意味が解らない。

解らないが、どうもこのあとの予定を気にしているようだとは、雰囲気で察する。

急ぎ立ち上がった皇帝は、テーブルの上に置いた己の手の甲に何かを思い出したようで。

「済まない。大事な説明が抜けていた。まず、君は俺の第四位の妃にならないといけない」

「は？　昨夜、妃にならなくていいと、言ったよね？」

——顔が良いからって、何でも許される訳じゃないからね！

昨夜から何度目かの思いを心の中で叫びつつ、リランは皇帝の前に立ちはだかった。言い捨てて逃げられてはたまらない。

「実質的な妃にはならなくてもいいが、名目上は妃になってもらわないと困るのだ！」

そんなリランに対し皇帝は、誠《まこと》に曇りなき眼《まなこ》で妙にハキハキと回答する。彼としては後ろ暗い所など、一つもないようである。

「名目上でも、妃になる気はないからね！」

——なんでそんな曇りなき眼でお気軽に前言を撤回《てっかい》しているの、この皇帝は？　やっぱり皇帝なんて信用できないわ！

と、リランが三度《みたび》心の中で武装を始めていると。

「俺も上手く躱せなくて申し訳ないと思っているが、君、俺にケガをさせただろう」

皇帝がうっすらと血の痕が残る手の甲を顔の横に掲げた。

「こんな目立つ所に傷をつけられては、廷臣達《ていしんたち》の目をごまかせない。この皇国では、妃以外の人間が皇帝の体に傷をつけたら、問答無用で死刑になる。君は死刑になりたいのだろうか？」

明朗闊達《かったつ》な口調でそんなことを訊かれ、リランはもちろん首を横に大きく振った。

手の甲を傷つけた時、皇帝が動きを止めた理由を理解する。

——ソウデスヨネ、皇帝陛下ノ玉体ヲ傷ツケルナンテ独裁国家トシテ、アリエナイデスネ。

思わず脳内ツッコミが片言になる。

「せ、正当防衛とか借金の人質だとか、そういう状況を加味しても死刑になるの？」

それでも皇国の妃になどなりたくないので、リランはそう食い下がってみた。

「……なる！」

五秒くらい考えて、皇帝は明るく言った。

「あの状況で正当防衛は認められないと思う。共和国からの返済金がなくなることと、法律の遵守《じゅんしゅ》を天秤《てんびん》にかければ、法律遵守を採《と》るのが皇国の立場になる。君を名目上の妃にしたほうが、死刑回避は簡単だ」

「妃なら、皇帝の体を傷つけても問題ないの？」

「まあ、多少ならな！」

ふと思いついた疑問を口にすれば、秒で返答がある。

「夫婦ゲンカは口だけでは済まないということだろう」

ただでさえ秀麗な面《おもて》に浮かんだ清廉潔白《せいれんけっぱく》この上ない笑みが、目に眩《まぶ》しい。

――え……、と。多分、夫婦ゲンカを想定していないと思うんだけど……。

ちょっとピュアすぎる説明を受けて、リランはなんとも言えない気持ちになった。

未婚のリランもそちらの方面に対して詳しくはなかったが、男性が多い聖騎士団に所属していれば、まるっきりその関係の知識がゼロでもいられない。

「俺の後宮には現在第一位の妃、皇后がいないので、異母姉上が皇女として後宮を統べている」

皇帝がなんの話を始めたのか解らず、リランは無言で頷いた。

「君には異母姉上と第二位の妃、第三位の妃には逆らわないよう、重々注意してもらいたい。この三人に逆らうと、何かと面倒なことになり、俺でも庇《かば》いきれない場合がある」

「皇帝でも庇いきれないって、どういうこと？　皇帝って、皇帝って、独裁者じゃないのっ⁉」

「うん？　独裁者？」

リランの質問の意図が摑めなかったのか、皇帝は頭を傾げた。それから。

「いや、そういうことはないな。我が国には法律があり、法に則《のっと》って国は治められている。その法律を君が破ると、皇帝たる俺でも庇えないことが、いくらでもある」

――皇国って……、法治国家……、だったんだ……！

意外に意外すぎて、リランはこの皇国の皇帝の異常に整った顔を二度見した。

共和国で幼い頃から叩き込まれてきた〈皇帝〉と目の前の少年はどうやら別物なのだと、この一夜でリランも認めざるを得ないようである。

「まあ、この部屋から出なければ、第二位の妃や第三位の妃に出逢《であ》うこともなかろうが」

皇国ではことさら大きな身分の壁があることをリランも理解していたので、コクリと頷いた。

あれやこれや会話をしている時に教えてもらったが、北側の寝室、ベッドの陰には洗面所と浴室へ続くドアがある。食事はメイドが他の棟から運ぶらしい。

つまり、リランに与えられた一種離れのようなこの建物を出て行かなくても過ごせるようになっている。下手に出歩いて、他の妃に出会《でくわ》すのは、リランとしても御免《ごめんこうむ》被りたい。

「非常に有意義な会話ができて良かった！　俺は仕事がある。君は休んでいてくれ」

そそくさと部屋を出ようとした皇帝は、扉の前で立ち止まると振り返った。

「よければ、今夜も共和国のことを教えてほしい！」

「え？　あ、はい……」

相手の勢いにリランが頷くと、皇帝は満足そうに笑って部屋を出て行った。

「……………」

リランは傍の椅子に崩れるように座った。

徹夜《てつや》したせいもあろうが、とにかく異常なくらい疲れた。

大物のオーガーと一晩中戦って斃した時より、精神的にきている。

——メチャクチャ顔が良い上に、なんて変テコな皇帝だろう！

この疲労感は、その思いにつきる。

皇国の皇帝は独裁者で自分勝手で、血も涙もない非情な人物だと聞いていたが、リランの目の前に現れた皇帝はまったくそんなところがなかった。

リランの自慢の弟妹達を羨ましがる一方で、美貌の異母姉と優秀なその夫にして彼の乳《ち》兄弟夫妻を自慢し、共和国との貿易で莫大な財を築いている異母兄がどれだけ素晴らしい兄かを熱く語った。家族思いの年相応の少年だった。すこぶる顔が良い点は普通の少年とは言えないが。

彼は共和国の話を聞き、そういう考え方もあるのかと素直に感心していたりもした。

皇帝だが、別に独裁者ではなく、法に則って国を治めているとも言っていた。

それから。

――父や異母兄達が、自分の代わりにオーガーの王の生贄になったって言っていた……。

量が多すぎて、リランは今夜一晩で入ってきた情報を上手く咀嚼《そしゃく》できない。

「……もう寝よう」

朝だが、一晩徹夜したのだ。皇帝も休んでいいと言った。

睡眠不足のまま考えても、良い考えは浮かばないものだ。

一度休んでから、考えないといけないことは考えよう。

そう、リランは思い、ベッドに座り、このジャラジャラしたアクセサリーや豪華衣装をどうしたものかと思ったところで……意識が、途絶えた。

心身共に疲れ切っていたようで、リランは気絶するかのように眠ってしまったのだった。

六――後宮初夜翌日（１）

「――えっ！」

目が覚めたら枕元にディープパープルとイエローのオーラに包まれた超絶美女が涙を流して座っていたというのは、かなり心臓に悪いと思う。ちなみにディープパープルが固有で感情のオーラがイエローだ。

『やっと、目覚めたのですね。ああ、寝過ごしたからと怒ってはいませんよ。一晩、大樹《ダーシュー》の相手をしたのだから、疲れて当然というもの』

皇国語で話しかけられたせいで、相手の言っている言葉がリランにはまったく伝わらない。

かろうじてイエローのオーラから、相手が非常に幸せな気持ちであることは解った。

――え、……と。皇帝の自慢の異母姉で、皇国の最高位の神官で、この国で絶対に逆らってはいけない人、第一位だっけ？

「皇帝陛下の相手を一晩なさったのだから疲れたのも当然だと、恐れ多くも紫華《ツーファ》皇女殿下は貴女を労《ねぎら》っていらっしゃいます。お礼を申し上げることをお勧め致《いた》しますわ」

そこへ別の女性の声が頭上から降ってくる。

視線を向けると、普通に美人な二十歳前後の女性が目に入った。ローズの固有オーラは女性的で優しく、愛情深い人を示している。彼女の感情のオーラもイエローだ。

彼女は複雑な刺繍が入ったいかにも高価な服を着ていたが、袖はヒラヒラしておらず、アクセサリーの類いも少ない。華やかな衣装と装飾品に包まれた絶世の美女である皇女の横で、どうにも地味な印象が先立つが、その地味さにリランは見覚えがあった。

――昨日、門の所で見た四人の女性のうちの一人じゃ……？

ほとんどの者達が黒髪に黒い瞳で、西原人《せいげんじん》に比べると彫りが浅い皇国人の顔立ちは、リランには見分けにくい。だが、華やかな皇国風ドレスの四人の中で、比較的地味な服装だったことと、ローズの固有オーラを放っていたことを思えば、まず間違いないと思う。

寝ている間に見知らぬ二人の女性が寝室にいたのは、リラン的に衝撃だった。なのに。

『目覚められました』

昨日皇帝と話した部屋と寝室を区切る壁代わりにか、華麗な花の絵が描かれた衝立《ついたて》がいつのまにか置かれていた。それはいいとして。

その衝立の向こうに女性が声をかけると、二十代後半らしい短髪の男性と二十代前半らしい白髪の青年がやってきた。

「な、ななな、なんでこの部屋に男性が二人も入ってくるのっ⁉」

リランは声をあげて、上掛けを摑んだまま半身を起こした。

着替えもせず寝てしまったので下着姿ではないことは確認したものの、リランは羞恥と怒りに震える。同性にだって見知らぬ人に寝起き顔を見られたくないのに、異性ならなおさらだ。

——皇国では違うと？　そこまで文化が違う？　ありえなくない!?

リランが真っ赤な顔で投げつけた疑問に、二人の青年は不思議そうに顔を見合わせた。

「いやぁ、だってだよ。今までどんな美女を送り込んでも見向きもしなかったオレの可愛い異母弟くんが、やっと妃と一晩共に過ごしたと聞いたら、顔を見たくなるの、当然じゃん！」

「そなたの傍にいらっしゃるのは、現皇帝陛下の異母姉君にして我が輝陽《フェイヤン》皇国の祭主、最高神官であらせられる紫華皇女殿下です。その隣は陛下の第四位の妃である蘇《スー》妃。わたしの横にいらっしゃるのは、皇帝陛下の異母兄君にして、趙藩《ヂャオはん》王国の月樹《ユエシュー》・趙《ヂャオ》藩王殿下です」

白髪の青年が藩王という高貴な身分の青年とは思えぬほど軽薄な下町言葉で言えば、短髪の青年が無表情のまま淡々と場の皇国人の紹介をしてくれる。二人とも使う言葉は共和国語だ。

「そして、わたしは赫独《ホードゥー》・高《ガオ》。陛下の宰相《さいしょう》にして、紫華皇女殿下の配偶者です。皇女殿下がそなたを見舞うと言うのでついてきました。そなたは共和国の軍人と聞いております。皇女殿下に何かあってはいけません」

「それな！」

ケラケラと趙藩王は笑う。語学書の例文めいた話し方をする宰相と比べ、彼の話し方は相当砕けている。とても藩王などという高貴な身分の人とは思えないくらいに俗っぽい。

趙藩王の固有オーラは明るいイエローで、良く言えば楽観的で陽気な、悪く言えば大雑把《おおざっぱ》で無神経な人が持つ色だ。現在の感情も幸せ全開のイエローなので目に痛いくらい眩しい。

――この二人の名前も、皇帝は口にしていたっけ。

唯一生存している異母兄と、元々は乳兄弟で今は異母姉の夫だから義兄で、皇帝の片腕とも言える宰相。

どちらもたいそう優秀で優しい人物なのだと皇帝は自慢していたが、リラン的には初対面の印象最悪である。

――いくら私が軍人でも、皇女を襲ったりはしないけど？

そこまで見境のない人間ではないのにと文句を言いたいが、宰相の視線は絶対零度かと言うくらい冷ややかで、口答えができる空気ではない。

――あ！　この人もオーラが視えない。

皇国の宰相にして皇帝の義兄である赫独は感情のオーラどころか固有オーラさえ視えない。

――まあ、この人は表情筋が死んでいるから、オーラ、消しているって解るけど。あの皇帝はなんなんだろう？　まったく。あれだけ表情豊かでオーラだけ消すって……。

「女の、それもとんでもねー美少女の軍人なんて、すげぇな、共和国？」

リランが考え込んでいると、白髪の青年、趙藩王がケラケラ笑いながら話し始めた。

髪といい、肌といい、瞳の色といい、この青年は一般的な皇国人より色素がかなり薄めだ。

そのせいか、皇帝や皇女と同じく顔が整っているだけに、黙っていれば彼らより人形っぽい。

そんな相手に顔を褒められても、リランには皮肉にしか聞こえない。

——美少女に見えるのは、メイドさん達の技術の結晶だし。まあ、一晩徹夜して、その後半日寝ていても崩れない化粧って、なんか怖いけど。

そう思うと、なんだか顔に塗《ぬ》り固《かた》められていたパウダーが、パキパキと音を立てて膝の上に落ちそうな錯覚を覚える。

「共和国の美女なら、あの堅物《かたぶつ》の異母弟くんでも落とせるんじゃね、って思いついた蘇妃は、さすが恋愛小説家サマサマだぜ。蘇妃には、オレと異母姉上から褒美を与えねば」

「もったいないお言葉でございます」

白髪の青年趙藩王の言葉に、蘇妃が優雅な仕草で頭を下げる。

——蘇妃は第四位のお妃様だっけ？　あれ？　私も第四位の妃じゃなかったっけ？

この世に同率四位の妻なんてものが存在していたとは、知らなかった。

——で、恋愛作家？　皇帝の妃が？

皇帝が血税で豪遊する独裁者なら、その妃もやれドレスだアクセサリーだと豪遊しまくる悪女だというイメージが、共和国ではある。

共和国の元になった帝国の最後の皇后は、実際とんでもない浪費家で、莫大《ばくだい》な血税を己の楽しみのためだけに使い、毎日毎晩遊び暮らしていたからだ。

——変テコな皇帝に変な妃って、破《わ》れ鍋《なべ》に綴《と》じ蓋《ぶた》的な？

悉《ことごと》くリランの抱いていたイメージとは食い違う皇帝達だ。

それはさておきである。

「そもそも後宮って皇帝以外の男性は、入ってはいけない所では？」

なんで男性のあなた達が、ここにいるの？　——と、言外に潜ませてリランは尋ねる。

「あ、オレ達例外。だってオレは大樹の異母兄で、こいつは義兄じゃん。家族だからさー」

ヘラヘラと笑いながら言われて、リランは半眼になる。

——……何か、違う、気が、しなくもないんだけど？

しかし、考えてみれば、あの皇帝はそのあたりがゆるそうだ。

リランもたいがい姉バカの自覚があるが、昨夜の話の感じでは、あの皇帝も常軌《じょうき》を逸《いっ》する
くらい異母兄達が大好きなようだった。弟バカと言うか。

——兄弟仲が良いことは、悪いことじゃないけれどね……。

「だからって、寝起き、それも顔も洗っていないうちに人の寝室に入ってくるのはどうかと？」

と言うか、この三人はリランが寝ている間に部屋に乱入している。最低ではないか。

「え、リランちゃん、結構自己主張激しい系？　大樹の好みってそうだったんだー。それじゃ、
今まで空振《からぶ》りし続けた訳だぜ、オレ達」

――は？　この程度のお願いで自己主張が激しい？

またまたカルチャーショックである。共和国と皇国の間の文化の溝は深すぎる。もはや溝というより、海峡《かいきょう》だ。

「いやー、でも、ホント、リランちゃん、だっけ？　マジ感謝。おかげで、大樹にもやっと春が来たわ〜。あいつ、後宮に四百人を超える妃がいるのに見向きもしないで、仕事と鍛錬ばっかやってんの！　もうすぐ十八になろうという男が、何やってんの？　って感じでしょ？　ひょっとして男が好きなのかとか、オレも異母姉上も超心配していたんだけど、はぁ〜、やっと肩の荷が下りたわ〜。なあ、赫独」

パンパンと趙藩王は隣に立つ宰相の肩を叩く。宰相は無表情だが、義弟の言動に特に異論はなさそうだ。女性二人も、趙藩王の言葉にニコニコと頷いている。

だが、リランとしては彼から何を言われたのか理解したくない。非常に理解したくない。

オーラが視えない宰相はともかく、他の三人が嬉しいとか楽しいとか幸せとかの感情を意味するイエローのオーラを輝かせているのが、凄く嫌だ。

「あ、の……」

「どしたん？　顔色、悪いよ？」

「昨夜は無理をなさったのでしょうか、リラン様」

趙藩王と蘇妃が心配そうに、リランの顔を覗き込む。

皆、リランを親切に気遣っている。

共和国基準では悉く変人だが、根が悪い人達ではないようだ（宰相を除く）。

――お気遣いはありがたいけど、その、何かあったこと前提で話すの、止《や》めようよ！

半泣きの気分で、リランは言葉を探す。

こんな場面で使う適切な台詞など、中等学校はもちろん聖騎士団でも習っていない。

――もう！　も、も、物凄くっっ！　恥ずかしいんだけどっっ!!

「……いえ、あの、……何か、えー、……誤解？　されている気が？」

恥ずかしさのあまり逆ギレしそうになるのをなんとか堪《こら》え、リランは言った。

「誤解、ですか？」

「はい。あの……、昨夜は」

「昨夜は、皇帝陛下と一晩お過ごしになったんですよね！」

リランの言葉をニコニコと蘇妃が前のめりで遮った。

「今まで迎えられた四百三人の妃全てに、皇帝陛下はこう言い渡して、二分と妃の部屋に留まられなかったのに」

と、クスクス笑いながら、蘇妃があの変な皇帝の口真似を始めた。

「異母姉上達がうるさい故、そなたを妃に迎えたが、俺は皇帝業が大変忙しい！　そなた自身に問題がある訳ではまったくないのだが、誠に皇帝とは忙しい職業なのだ！　済まないが、これ以上、そなたと過ごす時間を作ることはできない！　衣食住には不便がないよう気をつけるから、どうか勘弁してほしい！」

――は？

この巨大な建物に入ってから何度目か解らないが、思わずリランは、ぽかんと口が開いた。開いた口が塞がらないという言葉を、しみじみ、それはもうしみじみと実感している。

――あんなに顔が良いのに、あの皇帝、やっぱり変テコすぎじゃない？

変だ変だと思ってはいたが、相当に変だ。

共和国基準でも十二分に変だが、皇国基準でも変人なようで。

「そう仰《おっしゃ》って。妃達の誰も、本当の妃になっていないのです。それで皇女殿下をはじめとするわたくし達が、知恵を絞《しぼ》りまして」

「皇国中からあらゆる美女、才女を集めたが、どの女性にも陛下は指一本動かされなかった」

「そうそう。このままだと皇統が途絶えちゃうよってんで、超焦ったんだぜ。共和国の美女ならあるいはって、蘇妃の読みが当たって、お兄ちゃんは嬉しくてしょうがない！」

蘇妃、宰相、趙藩王がそれぞれこれまでの経緯を口にする。

「――」

リランは絶句した。自分が置かれた状況の把握《はあく》ができたからである。

――どどどど、どうしよう？　凄く喜ばれている……。

相手が仮想敵国人であろうと、喜んでいる人達の期待を裏切るのは、忍びない。忍びないが、この誤解はリラン的にちょっと……いや、かなり酷い。

「……あの、だから、その。それ、誤解、です……」

ベッドの横に椅子を持ってきて座っていた皇女とその傍らに立っていた趙藩王に蘇妃は、揃ってそんなリランに吃驚目を向けてくる。

宰相の表情は動いていないが、視線が痛いほどに冷たい。

「ご、か、い？」

趙藩王が一音一音、背筋が凍るような力の入った音を出せば。

『誤解と言っています、皇女』

蘇妃が公主の脇に跪いて、皇国語で泣きそうな声をあげる。

『どういうことでしょう？　あの子はこの部屋で一晩過ごしたのではなかったかしら？』

『ええ。おまけに朝議の時に、危うく居眠りしそうになられるほど、寝不足なご様子でしたね。高官達への突っ込みもいつもの鋭さがなかった。あれは明らかに予習不足です。大切な朝議の前には必ず書類の隅から隅まで目を通し、質問を山と用意されるのが常の方ですが、昨夜はそんな時間がなかったようです』

『つまり、それだけ彼女に夢中になったということでしょう？　あの子にもやっと春が訪れたのではなかったの？』

皇女と蘇妃が皇国語で会話しているが、皇国語を解さないリランには二人の語調や声音、表情などで嘆《なげ》いているっぽいとしか解らない。

『公主、残念ながら、彼女はそれを誤解だと言っております』

そう慰めるような声音で言った——もちろん皇国語が解らぬリランには意味が通じていない——宰相は、リランを強く睨んだ。

「何が誤解だ？　説明を求める」

昨夜、出逢った皇帝は、独裁者とは思えぬほど快活で人当たりが良く、リランの立場や感情に寄り添ってくれる優しさがあった。

しかし、宰相にはそういう気遣いが一切ない。どこまでも高圧的で、どこまでも冷たい。オーラは視えないが、宰相の固有オーラはきっとブラックだと思う。性格が悪い人特有の。

——だから、こう背筋がゾクゾクと言うか、胃がザワザワするんだわ、きっと。

「まず、昨夜は」

高慢な宰相の言葉に、羞恥で狼狽《うろた》える気持ちがふっ飛んだリランは、テキパキと語り出した。

「皆様が期待しているようなことは、何もありませんでした」

「は？」

「え？」

「なんだと？」

『……赫独？　彼女は、なんと？』

夫の声に籠もった怒りに、皇女が心配そうに彼の袖を引く。

『何もなかったそうです』

『そ、そんな……』

「な、何もなかったって、お前ら、一晩中、いったい何、してたんだよ⁉」

趙藩王も先程までの上機嫌が嘘のように、不機嫌の塊《かたまり》となって叫んだ。

「…………ぶ、文化交流……？」

お互いの兄弟自慢をしていました！　――と、本人達を前に正直に言うのはさすがにどうかと思い、リランがそう答えると。

「ぶ、文化交流、だと？　十八の女ともうすぐ十八の男とが一晩中、同じ部屋でやることが、それかっ⁉　ふざけるな！」

「なんで、あなたにそんなことを言われないといけないのですか⁉」

リランに言わせれば、仮想敵国の捕虜を本人の了承もなく皇帝の妃にしようとした時点で、趙藩王以下全員有罪だ。いくら借金の形とは言え、やっていいことと悪いことがある。

「もうすぐオーガーの王が目覚めるからだ！」

ところが、打てば響くような早さで趙藩王から返答がきた。

「空腹で目覚めたオーガーの王に、生贄を捧げなければ、この国は滅ぶ。だから、皇子が必要だと口酸っぱく言ってんのに、あいつは生贄になるために生まれる皇子が可哀想だと、バカなことを言って、子供を作ろうとしない！　あいつの子供がいなければ、オレの息子があいつの養子となって、生贄になる。それはどう思ってんだと問えば、済まんと謝るばかりだ！」

〝頼む！　オーガーの斃し方を俺に教えてくれ！〟

——昨日の皇帝の必死さは。

この後宮が養豚場のようなもので、皇帝も妃も誰も幸せでないと、皇帝は言った。

あの皇帝は、異母兄達を生贄にして生き延びたのだと言っていた。

父も生贄になったのだと。皇帝家はずっと皇子を生贄に捧げてきたのだとも。

「——」

生贄になる皇子を作りたくない。

自分の息子や異母兄の息子を生贄にしなくていいように、オーガーを斃したい。

——あの必死さは、諦めの悪さは、そういう願い、祈りだったんだ……。

自分が故郷の村の恩人達を救えなくて悔しかったのと同じ気持ちを、あの皇帝は抱えているのだと、リランは改めて理解する。

『共和国の娘ならあるいは、と思ったのに、畜生っ！』

『月樹』

『異母姉上。公主の前で醜《みにく》い言葉を使いました。申し訳ございません』

『妾《わらわ》は、諦めません。他の妃達は、あの子を四半刻と部屋に留めることができなかった』

「リラン」

「は、はい」

突然皇女から名前を呼ばれて、リランは彼女に視線を向ける。

「おとうとを、よろしく、おねがい、します」

皇女は立ち上がって、片言の共和国語でそう言うと、リランに深々と頭を下げた。

『公主！』

『公主！』

『異母姉上！』

場の残りの三人が顔色を変えている。

その時、リランは皇国では皇女がどういう立場の人間か、しっかり解っていなかった。

皇女にて祭主。本来、彼女は皇帝だろうと頭を下げる必要のないほど、高貴な人間だった。

「あ、あの皇女、で、殿下……？」

リランは共和国の人間だ。皇国の皇女を尊ぶ必要はない。

けれども、この見るからに高貴な美女に頭を下げられるのは、なんとも居心地が悪かった。

「わらわの、だいじな、おとうと、です」

皇女が頭を下げる図に動転していた趙藩王も、皇女のこの言葉にすっと並んで同じように頭を下げてきた。

「オレからも頼む。たくさんいた異母兄弟の中で、今、残っているのは、あいつだけなんだ」

――あ。

皇帝は異母兄達を失った。

――それは、この皇帝の異母姉、異母兄にとっても家族を失ったと言うことで……。

リランは昏《くら》い森の中で迷子にでもなったかのように、途方に暮れていた。

七――後宮初夜翌日（２）

「今晩《こんばん》は、リラン！　今夜もよろしく頼む」

朝方の宣告通り、皇帝は元気が良すぎるくらい元気に、リランの部屋へやってきた。

彼に続いて大量の紙と筆記具、それにお茶の道具を抱えてきたメイド達は、荷物をテーブルに下ろして、二人分の茶を淹れると速攻で部屋を去った。

その素早さと言ったら一秒でも早く二人きりにさせねば！　という強い使命感が感じられるほどだ。

彼らの様子を見る限り、明朝も皇女達が今宵《こよい》の首尾を確かめにくるのは間違いない。

それを思うと、リランは今から胃が痛かった。

「昨日は、異母姉上達が迎えた新しい妃が共和国人、それも聖騎士だと知らなかったから何も準備をしていなかった。だが、今夜は君から話を聞くのに、準備万端だ！」

そんなリランに対して皇帝は上機嫌でテーブルを挟《はさ》んでリランと向かい合って座ると、絵筆にしか見えない物を手に取った。会話をメモする気満々の様子である。

リランとしても実質的な妃になるような行動を起こされるより、共和国のことを話すほうが断然楽ではあるのだが。

「……あの、皇帝」

が、まずは皇女達について相談しなくては、と、リランが口を開くと。

「大樹《ダーシュー》だ」

「は？」

「名前で呼んでほしい」

――は？　むしろ、ここは皇帝陛下とか呼べと命じる場面では？

つくづく皇帝やら独裁者やらの概念を壊していく人である。

「……ダ……、ダー、シュー……？」

呼び捨てでよいのかと、恐る恐る相手の顔を窺いながらリランが皇帝の名を口にすれば、相手は先程よりさらに機嫌良く微笑んだ。その極上の顔で太陽のように微笑まれると、相手が皇国の皇帝だというのに、リランは心臓がドギマギする。

――なんで、こんなに無駄に顔が良いのかな、この皇帝！

「これからは俺のことは、そう呼んでくれると嬉しい。俺も君のことをリランと呼んでいるし」

――そう言えばなし崩しに、ファーストネームで呼ばれていたっけ……。

「皇帝……閣下？　陛下？　そういう呼び方をしろと命じるのが普通じゃない？　一応、私、捕虜だし？」

「共和国語的には〈皇帝陛下〉が正しいかな」

「じゃあ」

私も皇帝陛下と呼んだほうがいいのではなどと言いかけたリランを、皇帝もとい大樹は手を挙げて制した。

「君に肩書きで呼ばれると、俺じゃない誰かを呼ばれている気がして落ち着かない」

「……そ、そう、なんだ……じゃない、そうなんですか？」

やっぱり敬語を使うべきではと、今さらながら思ったりする。

〈皇帝〉は嫌いだが、この変テコな皇帝はどうにも嫌いになれない。嫌うには顔が良すぎる。しかも、性格も良くて、家族のために必死になっているあたり共感しかないくらいだ。

――ソフィア達のこと、厄介者だとか重荷扱いにしなかったし。

「そんな畏まらないでくれ。君は俺の臣下《しんか》でもなんでもないんだし」

「それは、その通り、だけど」

リランは生まれも育ちも庶民なのだ。しかも、相手はウェストクリフ聖騎士団長と張るほどの美形だ。まともに正面から見たら、緊張するのも無理はないと解ってほしい。

「ああ、これは命令じゃなくて、お願いだ。善処《ぜんしょ》してくれると嬉しい」

――うわぁ……、何、この人？　本当に皇帝？　独裁者？　気遣いが凄すぎじゃない？

昨日もそうだったが、さらりとお願いとか善処という言葉がでてくるなんて、〈皇帝〉らしくなく、気配りが優秀すぎだ。

「リラン？」

吃驚して固まったリランに、怪訝そうに大樹が声をかける。

「ああ、ご、ごめんなさい」

いくら顔が良くてリランの弟妹達のことを理解してくれたからと言って、仮想敵国の皇帝なのに嫌いになれないのは、共和国軍人としてちょっと拙い気がする。

「えー、その、大樹の異母姉さんについてちょっと相談が」

あれこれ考えているとドツボにはまりそうだったので、目先の問題にリランは逃げた。

「異母姉上達が、どうかしたのだろうか？」

「……その、えー、……と」

とは言え、この件を口にしようとすると、なんの罰ゲームなのかと思うくらい恥ずかしい。

一日に何度もこうも気まずい会話をさせられるとは、いったい自分が何をしたと言うのだろうかと、リランは主アーネスト神に尋ねたい。

「その、ですね、皆様、私と大樹が、じ、実質的な？　ふ、夫婦？　になったと誤解されて。そういうのは大樹も困るでしょ？」

大樹だって、己みたいに綺麗でも可愛くもなくて、首を蹴りつけようとするような乱暴者で、困っているのを知っていて軍事機密だと撥《は》ねつけるような冷たい人間はお呼びでないと思う。

――ウェストクリフ聖騎士団長並みに綺麗か、ソフィア並みに可愛くて女の子らしくって優しい子じゃないと、大樹の隣に並べないわ。

さて、リランが皇女達に関する苦情をなんとか言い終わると、大樹は彼女をじっと見詰めた。

――な、何……？　真正面から無言で凝視されると困るんだけど⁉

リランが困惑していると、大樹は額を抑えて深い深い深い溜息を零す。

「……それは、済まないことをした。そもそも君が後宮に入ったのも異母姉上達の企みだった訳だから、そのようなことが起こるのは想定すべきだった」

申し訳ないと、額がテーブルに触れんばかりに頭を下げられる。

皇女達のことは迷惑は迷惑だが、彼らの家族だからと言って皇帝でもある大樹に、ここまで平謝りされると、リランは怒るに怒れない気持ちになってしまう。

「いや、大樹も被害者だし、そんな謝らなくても。ただ、一応誤解は解いたけど、大樹が一晩も同じ部屋にいられるくらい女性に興味を持ったのは私くらいだからと、その、今後への、非常に強い圧があってですね、どうしたものかと」

「……確かに、異母姉上達は少々強引なところがあるからな」

「大樹は私に興味があるんじゃなくて、共和国に興味があるだけなのにね」

大樹がこの部屋へ大量の紙と筆記具を持ち込んでいるのを見れば、それと解ってくれないだろうかと、リランは思う。

――私みたいなのを妃にして、どうするんだ？

本気で不思議だ。

だいたい皇帝の第四位の妃である蘇《スー》妃は、立場的にリランに嫉妬《しっと》するはずの人じゃないかと思う。それが、なぜか彼女は先刻の皇女達との会話の途中から、楽しそうに絵みたいな皇国文字で紙に何事か書き留め始めていた。

リランを皇帝の真の妃にしようという企みは彼女にとって嫌なことでないのかと尋ねれば、むしろ、リランが大樹と結ばれることを全力応援していると言われた。さらに後宮の残り四百何人だかの妃も同じくリランを応援しているのだとか言われて、リランは全力でドン引きした。

数ヵ月後には十八歳にもなろうとする少年が、四百人超の美姫に囲まれて指一本手を出していないことを家族が心配しているのは、解るような解らないような話だが。

――皇子が生まれたら、大樹かその子が〈始まりのオーガー〉に生贄として捧げられる。皇子が生まれる前に〈始まりのオーガー〉が目覚めたら、大樹が生贄として捧げられる。

そして、大樹が二十歳になる前に〈始まりのオーガー〉が目覚める確率はほぼ十割らしい。

だから、皇女達は大樹に四百人以上の妃を与え、〈始まりのオーガー〉が目覚める前に複数の皇子が皇国に生まれるよう躍起《やっき》になっている……。

「え、……と。大樹からも周囲に私達はそういう関係じゃないって、説明してくれる？　あと、共和国から迎えが来た時、私とはなんの関係も持たなかったとの一筆をお願いしたい」

リランが言うと、大樹から意外そうな顔をされた。

「異母姉上達にはもちろん説明しよう。しかし、一筆とは？　皇帝の妃が他家に嫁《とつ》ぐ時は、皇帝の妃だったとの経歴は非常に有用なものと聞いている。共和国では違うのだろうか？」

「え、……と。それは、違う、かな？」

皇帝の妃がどうして他家に嫁ぐかも解らないし、皇帝の妃という経歴が再婚時に有用になる理由も意味もさっぱり解らない。

「アーネスト教の聖職者は一夫多妻を認めず、また、離婚や再婚を避けるよう説いているから、皇帝の妃だったとの経歴が有用に働く可能性はほぼないんじゃ？」

――そういう状況だから、結婚とかするつもりがない私はともかく、ソフィア達の縁談に支障を来《きた》したりしたら大変なんだよね。

長姉の評判が悪くて弟妹達が好きな人と結婚できないようなことは、絶対に避けたい。

そのための一筆だ。

「なるほど。そう言えば、共和国は我が国を劣った国と呼んでいるのだったな。そんな国の皇帝の妃になった経歴が、共和国で有益に働く訳がないか」

「え、……と、いや、その」

皇帝本人に肯定しづらいことを言われ、リランは視線をテーブルに落とした。

「こちらも同じように共和国を見下している者が多い。皇国の礼儀作法は、共和国のそれと違う。だから、我が国視点では共和国人はずいぶんと礼儀知らずな野蛮人《やばんじん》になる」

「や、野蛮人？　共和国人が？」

「礼儀作法が違うから、そう見えるという話だ」

大樹はからからと笑う。

「だが、俺は君の話を聞く限り、それぞれ様々な違いはあれど、共和国には共和国なりの良さがあり、皇国には皇国なりの良さがあると思っている」

「……それは、私も、そう思うよ！」

顔を上げて真っ直《ます》ぐに相手の目を見て言うと、大樹は嬉しそうに笑った。

「それは良かった。これでも一応皇帝だからな。自国を悪く思われるのはつらい」

大樹は、よく笑う人だな——と、リランは思う。

昨日、様々なことについて話をする前だったら、そして皇女達の話を聞く前だったら、相手の絶えない笑みにリランは反感を持ったかもしれない。

相手の笑顔の多さは、それだけ幸せで苦労知らずな立場にいるからだと誤解して。

——ソフィア達には、姉さんに悪いとか、変に気を遣わなくていいから、欲しいものもやりたいことも素直に口にしてほしい。姉さんは頑張って、できる限り精一杯助けるんだから。

弟妹達は、たくさん苦労している。

弟妹達に、たくさん我慢させている。

それでもたくさん笑ってくれる弟妹達は、リランの大事な、そして自慢の宝物だ。

——でも、目の前の大樹が一番、よく笑っているよね？　マシュー達より……、他の誰よりも一番、重いものを背負っているのに………。

リランは大樹が気の毒でならない。と言って、リランには何もできない。

気の毒だとか大変だとか思っていても、それを口にするほど無神経でもない。

「さて、それで共和国のことなんだが！」

今夜の大樹はまったくオーガーのことに触れなかった。

共和国首都の様々な施設の規模とか、共和国の各種流行とか。そんな話を夜中まで交わしたところで、ふと大樹は、ガウンのような服の襟元から懐中時計を取り出した。

「また、時間を忘れるところだった。今夜はここまでにしないと、明日の朝議に響く」

「朝議？」

「今の皇国は問題が多くて、毎朝、何かと役人達と話し合わねばならないんだ。国は大きいが、一人一人の皇帝の治世が短すぎて、長期の計画を誰も立てられなかったせいだ」

小さく溜息を零して、大樹は書き込んだ紙をとりまとめる。

「共和国の大統領が四年ごとに代わっても、共和国は問題なく発展していると聞いて、嬉しくなった！　共和国と同じように、この国もどうにかできそうだ。ありがとう、リラン」

「ど、どういたしまして」

リランは高等教育を受けていない。

中等学校までの知識と聖騎士団で教えられたことくらいで、なんとか大樹の質問に答えてきた。とてもとてもお礼を言われるレベルの話ではない。

――ここにいるのが、賢くて勉強家のマシューだったら、もっとこの可哀想な皇帝のためになることを教えられただろうにな……。

幾分《いくぶん》申し訳ない気持ちになる。

「では、明日もよろしく頼む」

「はい。……あの、皇女達には」

口にしたものの、最後にこんな念押しをするのは嫌味に取られるかなと、リランが気を揉んでいると。

「ああ、ちゃんと俺からも伝えよう。安心してくれ」

大樹はニッコリ笑った。美人は三日見ると飽《あ》きるなんて言葉があるが、初日同様破壊力のある笑顔で、リランはちょっと動揺する。

動揺しつつ、相変わらずこの皇帝相手にはオーラ視はできないから、本心から笑っているかどうか判別できないのをもどかしく思った。

八――後宮初夜翌日(3)

さて。

まとめた紙を持って部屋を出ようとした大樹《ダーシュー》は、なぜか入り口の所で立ち止まった。

「……むっ？」

「これは、困った。外から鍵《かぎ》がかけられている」

「ええっ⁉」

吃驚してリランは扉の所に駆け寄り、扉を開けようと頑張った。

大樹はもちろんリランも腕力には自信がある。

しかし、二人がかりでも扉はピクリとも動かない。

『誰か！　誰か、ある‼』

真夜中だったが、大樹はこの巨大な皇宮中に響き渡るような大声を出した。そして、数分。

「……誰も、来ないね」

「……異母姉上の仕業だな。まったく、このような実力行使をするとは」

腕を組んで口を尖らせているのは、妙に可愛い。

――あ、いや、それはともかく！

皇帝を可愛いと思うのは我ながらどうなんだと、リランは慌てて、思考を別に向ける。

「こ、ここの人達って、皇帝より皇女の命令を優先するんだね？」

軽い気持ちで口にしたら、大樹はなぜか顔を赤くしてそっぽを向いた。

「え？」

相手の反応の大きさにリランがマジマジと大樹を見詰めると、大樹はますます赤くなった顔を大きな左手で覆い隠した。可愛さ倍増である。

――ちょ、ちょっと、大樹？　そういう表情するのは、やめてほしいんだけど！

「……その！　俺は末っ子で」

真っ赤な顔を隠しつつ、話している大樹がどんどん可愛くなってくる。

「異母姉上は俺が即位する前から、祭主を務めている。また、先代である俺の異母兄も皇后を置かなかったから、後宮のとりまとめ役を先代の頃からやっている」

「あ、えー、……と。つまり……？」

なんだろう、この可愛い生き物は？　――と、思いつつ、リランが話を促すと。

「俺が皇位を継いだのは二年前だ。いささか情けない話だが、父や異母兄上達の代から皇宮にいる者達の中には、即位してなお、俺を幼子のように認識している者が多くてな。特に後宮では、長らく末っ子皇子の立場だった俺より、異母姉上の力が強いという話をした！」

どうやら大樹は新米皇帝で周囲に子供扱いされていることを恥じて、顔が赤くなったらしい。

――そういうところじゃないかな？　うん。そういうところだよ、大樹。

「え、……と。ま、まあ、紫華《ツーファ》皇女も宰相、えーと、赫独《ホードゥー》さん？　も、大樹よりずっと年上だし？　弟って絶対的に可愛いし？」

独裁者らしからぬ話だが、この変テコな皇帝だと皇女達の気持ちは大変よく解った。

リランも姉として三人の弟を持っているから、皇女達の気持ちは大変よく解った。

――幾つになっても弟ってだけで可愛いのに、大樹の場合、ビジュアルが凶悪に可愛いもんね！　綺麗とか格好良いとか言える容姿の持ち主のくせに、可愛いまで網羅《もうら》しているなんて、反則だわ。さらに性格も素直で優しくて、気配り上手《じょうず》だし、完璧な弟じゃない？　いや、もちろん、うちのマシューやロイ、ジョニーも素直で優しくて可愛くて、完璧な弟達だけど！

「ずっとというほどではないぞ。異母姉上とは七つしか違わない！」

大樹が不満そうに強く抗議する。

「七つってずいぶん違うんじゃゃ？　ちょうどうちの末っ子と私が七つ違いだもの」

自分が末っ子の双子に向ける感情を考えると、今までブラコンが激しすぎではと思っていた皇女が普通に思えてくる。

――お母さんが乳母《うば》だったたってことは、大樹が生まれた時からの付き合いだから、宰相の赫独さんもああ見えて、大樹のことを可愛いとか思っているんだろうなぁ。実際可愛いし。

大樹は皇帝のくせに、ワンコのような耳と尻尾を幻視させるような生き物だ。

あの表情筋が死んでいる宰相赫独も、実は大樹にメロメロに違いないとリランは思う。

――乳兄弟とか義兄弟とか異母姉とか異母兄とか、ぜんぜん関係ないよね？　兄姉にとって弟妹が可愛いのは、大陸の東西どちらも同じなんだね！

そう考えると、あの宰相から冷酷な眼差しで圧をかけられたことも、微笑ましい出来事のような気がしなくもない。

「君は幾つなんだ？」

リランが皇女達の言動について妙に納得していると、大樹から拗《す》ねた感じで尋ねられた。

「私は、この春、十八になった。大樹より年上だね」

趙《チャオ》藩王だか誰かが大樹はもうすぐ十八だと言っていたことを思い出し、リランが答えると。

「年上というほどではない。俺は十月生まれだから、せいぜい半年違いだろう」

「半年も違えば、普通に私のほうが年上だよ。ちなみに私は四月生まれ」

「実際には同じ年の四月と十月じゃないか。俺は君の年下ではない」

噛みつかんばかりに大樹が言い、それに反論しようと彼を見上げて。

リランは大樹と距離が近すぎることに、遅ればせながら気がついた。ズザザッと後ずさって距離を取る。

年齢の話はもうやめようと、リランは決めた。

思えば長弟のマシューも、ある時期を境に「もう僕は子供じゃないんだよ」を連発するようになった。

――私もそういう時期、あったし。大樹は末っ子だから、余計子供扱いされる機会が多くて、嫌なんだろうな。うんうん、解る解る。

「え、……と。ともかく、今、誰も鍵を開けてくれる人がいないけど、大樹は朝議に出ない訳にはいかないんだから、鍵は明朝解錠されるのでは？」

歳の話を横に置き、目の前の問題について相談する。

「俺もそうだと思う」

「じゃあ、大樹はあのベッドを使って」

リランは北部屋の奥にあるベッドを指差した。ちなみにシーツ類はメイドが取り替えている。

「君はどうするのだ？」

眠るのに邪魔になりそうな冠をテーブルに置きながら、大樹は尋ねてきた。

「あっちのソファーを使おうかと」

「そんなことはできない！　俺があのソファーを使うから、君はベッドを使ってくれ」

「え？　ここはお姉さんである私が、ベッドを大樹に譲るべきかと」

言ったあとで、自分が失言したことにリランは気づいた。

つい、弟達に対するような言葉遣いになってしまった。

失言が恥ずかしくてリランが顔が赤くなっているのを自覚していると、拗ねたような顔と口調で返された。

「…………半年しか違わない」

「！」

――え、……と。そんな表情をするから、皆、末っ子扱いをやめられないのでは？

相変わらずゴールドの固有オーラだけで、感情を示すオーラは視えない。

そこまで感情を制御しておいて、なぜ、こんな可愛い表情を作れるのか、解らない。

――この皇帝、存在自体が反則では？

「……え、……と。ごめん。ほら、私、人生の九十パーセント以上を姉として過ごしているからね？　だから、その……」

相手の表情を見守る限り、言えば言うほど墓穴を掘っている気がしてきた。

「その、私は軍人なので、床や石畳《いしだたみ》の上でも寝ることができるよ。出動中にソファーで寝てもいいと言われたら、泣いて喜ぶくらい嬉しいから！　本当にソファーでぜんぜん問題ないか

ら！」

大樹は小さく溜息を零す。表情を窺うに、機嫌を直してくれたようだ。

「いや、そう言われてもだな、君がソファーで寝るのはどうかと思う……」

大樹はリランがソファーで寝て、自分がベッドで眠るのに罪悪感を覚えるらしい。

──皇国は男尊女卑の国と聞いていたけど、大樹に限っては共和国の紳士みたいなことを言うなぁ……。

まったく皇帝のくせに大樹は人に気を遣いすぎだ。

──しかも、私は捕虜なんだけどな？　忘れてるのかな？

捕虜に気を遣う皇帝など、それはもう皇帝ではないのでは？　と言いたい。

「では、どうだろう。あのベッドはかなり横幅がある。二人並んで寝ても問題ないのでは？

ああ、もちろん、変なことはしないと誓う」

曇りなき笑顔で提案され、リランは半眼になった。

──紳士はそんなことを言いません。いや、大樹が純粋に親切で言っているのも解るけどね！

「俺は誓《ちか》って」

言葉を足そうとする相手を、リランは両手を挙げて制す。

「別に大樹を信じていない訳じゃなくて。ただ、私達が明かりを消して寝静まったら、皇女か誰かが確認しに来そうじゃない？」

と言うか、絶対に来るとリランは確信している。

「え？　いくら異母姉上でも、それはな…………」

言いかけた言葉を大樹が飲み込んだ。

否定できるだけの根拠《こんきょ》を、大樹も持っていなかったらしい。

「同じベッドで並んで寝ているのを確認したら、絶対、皇女達、祝杯を挙げるよ？　賭《か》けてもいいよ？」

「……うむ。そうだな。危険は避けよう」

リランの言葉に頷いた大樹は、なぜかダッシュでベッドに近づくと上掛けを一枚取り、返す刀でソファーに上掛けと共に寝転んだ。

「ダ、大樹？」

「申し訳ないが、俺はこのソファーがここで一番寝心地が良いことを知っている！　だから、このソファーは皇帝である俺が使わせてもらう。君はあちらのベッドで我慢してくれ！」

そう言うと、上掛けを頭から被って大樹は狸寝入《たぬきねい》りを始めてしまう。

――え、……と。

なんなんだ、この皇帝は？　――と、昨日も何回と知れず思ったことをリランは呟く。

末っ子らしい表情をしたかと思えば、リランにベッドを譲るためにこんなスマートなことを実行する。

――色んな意味で、ギャップが大きいよね……？

そう思いながら、譲られたベッドを使わないのも悪いだろうと、リランはベッドに入った。

◈

「えっ⁉　何してんの、お前ら⁉」

……数時間と経たぬうちに、リラン達は予想通り、趙《チャオ》藩王の驚愕《きょうがく》の声で起こされた。

それから、床に二人並んで座らされて懇々《こんこん》と難癖《なんくせ》にしか聞こえない説教を強制拝聴させられているうちに、朝が来た。

『異母兄上、朝議の時間です！』

『うん？　ああ。お前、今日、オレが言ったこと、忘れるなよ』

すくっと立ち上がる大樹《ダーシュー》に、趙藩王は顔をしかめながら言う。

『忘れはしませんが、異母兄上の言葉に従うとはお約束できません』

『お前な！』

「大樹は朝議があるのでは？」

皇国語は理解できないが、どうも不穏な会話になっていると二人の口調で察したリランが、彼らの間に割って入る。

「……そうだな、朝議に遅刻はできないな」

不服そうながらも、趙藩王は矛《ほこ》を収めた。

「では、朝議に行ってくる」

昨夜共和国情報を大量に書き留めた紙をまとめ、大樹は今度こそ部屋を出ようとする。

「あ、リラン。今夜もよろしく頼む」

リランを振り返って、ニコニコと微笑む。

「は、はぁ……」

隣に立つ趙藩王の様子を横目で窺いながら、リランは微妙な返事を返す。

別に大樹が部屋を訪れることは構わないが、横に立つ男や皇女達の反応がウザそうだ。

「へぇー……」

予想通り実に楽しそうな顔で趙藩王は、リランと異母弟の顔を見比べた。

『異母兄上、誤解しないで頂きたい。俺は共和国のことをより深く知りたいだけだ。共和国語は異母兄上と赫独《ホードゥー》が教えてくれたが、異母兄上達は実際に共和国を訪れたことがないから、今現在の共和国の詳細《しょうさい》は知らないだろう?』

『いや、オレは向こうの商人と……、まあ、いいや。そーゆーことにしておいてやるわ、うん』

趙藩王は不満そうな表情を途中でニヤニヤした笑顔に変えて、大樹の背をポンと叩いた。

は尋ねる。

「趙《ヂャオ》藩王……様は、朝議に出なくても問題ないのですか？」

大樹《ダーシュー》が慌ただしく帰ったあとも隣に立ったままの趙藩王に、他人行儀な言葉遣いでリラン

趙藩王は砕けた言葉を使っているし、陽気なイエローの固定オーラを持っている人物だが、それでも〈王〉なんて肩書きを持つ相手だ。共和国人としては、どうしても構えてしまう。

「朝議は皇帝と役人が行うものだ。藩王が出席しないといけない会議は別にあるんだよ」

「……そうですか。それはそれとして、私、昨夜、二時間と寝ていないので、休ませて頂きたいのですが？」

暗にさっさと出て行けと言えば、返事もなく睥睨《へいげい》された。趙藩王も異母弟と同じく、皇国人にしては背が高いのだ。

「……な、なんですか？」

色素の薄い瞳でジッと無言で見詰められると、何か落ち着かない。

「——とりま、あいつのこと、頼むわ」

「いや！　頼まれても、ご希望の方向には進みませんよ!!」

「本当に？」

——ホントウニ？

趙藩王が投げた言葉を胸の中で反芻《はんすう》する。

しかし、リランの答えは最初から変わらない。

――変わらないよ！　だって、どんなに顔が良くて性格も良くて、ソフィア達のことを重荷みたいに扱わなくて、私の境遇に同情とかしないでいてくれるような奇特な人でも、大樹は仮想敵国の皇帝様だよ⁉　高嶺《たかね》の花もいいところじゃない⁉

心の中で叫んで、リランは「あれ？」と自分の思考に焦った。

――こんなことを考えるって、……いやいやいや、リラン・バード！

リランは何か自分がたくさん間違えているような気分になったが、趙藩王にはきちんと答えなければならない。誤解をされては大樹に迷惑がかかる。

「趙藩王様もご存じの通り、私は共和国の軍人で、第七聖騎士団が貴国に負った借金の人質です。聖騎士団長か代わりの者が借金を返済したら、私は共和国に、家族のもとに戻っても構わないはずです。そんな外国人に、大事な異母弟君を預けるのは止めたほうがいいですよ」

やや早口ながらもリランが反論すると、相手からはそっぽを向かれた。

「オレ、頭の切れる女、嫌い」

「そーですか」

相手の子供じみた言動に、ついついリランの返事もぞんざいになる。

『……そっか、そっか。お兄ちゃんが頑張るしかないか』

続く皇国語の呟きは、もちろんリランには解らない。

「そう言えば、前から不思議だったんですけど、大樹の異母兄君ということは、趙藩王様も皇子ですよね？　なぜ、皇帝じゃなくて藩王になっていらっしゃるんです？」

ふと気になって口にしたリランの質問に、心底厭《いや》そうに趙藩王は端正な顔を歪めた。

「オレ、頭の切れる女、嫌い」

その横顔の表情でも彼を包むオーラでも、趙藩王がこの瞬間、リランを嫌っているのが判る。

――嫌いで結構。嫌いなら、大事な異母弟の妃に推《お》さないでよ、もう。

「……オレの祖父が、前趙藩王で。娘が産んだ初孫が化け物の生贄になるのは耐えられないと、強引にオレを趙藩王家の養子にしたんだよ」

現趙藩王はぞっとするほどの真顔で、リランの瞳を覗き込んだ。

「オレも大樹も、父と異母兄達の犠牲の上で生きている。家族を犠牲にして生き残ったからには、幸せになるのが義務だろう？　あんたは、そう思わないか？」

九――後宮初夜翌々日

「共和国に手紙を出してもいいかな？」

その夜も部屋にやってきた大樹《ダーシュー》に、挨拶さえもなくリランは切り出した。

朝方の趙《チャオ》藩王の言葉や今まで大樹と会話した内容を考え考え考えて。

今現在のリランでも大樹達のために何ができるか検討した結論が、ウェストクリフ聖騎士団長へ手紙――報告書――を書くことだったのだ。

帰国してから報告なんて悠長な話ではなかった。

即刻、聖騎士団長が動かざるを得ないような立派な報告書を書く。書いてみせる。

――聖騎士団が動けば、奴を黙せる。大樹も他の誰もが、生贄になどならないで済む。

そもそもリランが聖騎士になったのは、オーガーによって未来を絶たれた故郷の村人達に対する贖罪《しょくざい》のようなものだ。

父や母が亡くなった時、リランや弟妹達を優しく見守り、励まし、気遣ってくれた恩人達を、リランはオーガーから守れなかった。

聖騎士になってからも、あと一歩及ばず、助けられなかった人が何人いたことか。

――だから。大樹は助けたい。

皇帝なんて共和国民的にはかなり難のある職業に就いている者だが、それは彼のせいではない。だから、助けたい。

「手紙?」

リランの前のめりな質問に一瞬きょとんとした表情をしたこの国の皇帝大樹は、すぐに何か思い当たったのか破顔した。

リランに椅子に座るように促し、事前にメイド達が用意しておいた磁器のポットからカップに茶を注ぎ、リランに手渡してくれる。その意図は「まあ、落ち着いて」あたりだろう。

――確かにそうだよね。挨拶もなく切り出すって、共和国でも皇国でも失礼に決まっている。野蛮人だと思われたかもしれないと、昨日の会話を思い出してリランは顔を赤らめた。

礼儀に欠くと言えば、一国の皇帝に茶を淹れさせていることもそうだ。

――え、……と。でも、勝手が解っている人がやったほうが、無難だろうし……。

長年弟妹達の親代わりをしてきたリランは、家事は一通りこなせる。だが、茶の色からして違うように、皇国茶の淹れ方は共和国とずいぶん違う。

リランが手渡されたお茶を一口飲むのを見届けてから席に座り、大樹は口を開いた。

「そうだな。家族に無事を知らせる手紙を送りたいと思う君の気持ちは当然のものだ。むしろ今まで気づかなくて申し訳ない」

――あ！

「君には六人も弟妹達がいることだし、すぐに手紙は送るべきだと思う。だが、俺も試したことがあるが、皇国の筆と紙で共和国の文字を書くのは難しい。前に共和国の商人が献上してきた万年筆と紙が倉にあったはずだ。あとで女官に頼んで届けさせよう」

至れり尽くせりとはこのことである。

手紙を書きたいと要望しただけで即座にここまで細やかな配慮ができるとは、初日から思っていたことだが、この皇帝、気配りが優秀すぎる。

「……エエ、ソウデスネ…………………」

そう相手を脳内で褒めつつ、リランは母国語とは思えないほどの棒読みで相槌を打った。

――そうだった。そうだった！　ソフィア達に手紙を書かないといけなかった！

経済面はウェストクリフ聖騎士団長が請け合ってくれたから、問題ないはずだ。しかし、弟妹達はリランが悪評高い皇国に人質に残ったと聞いて、きっと心配しているに違いない。

いったいどうして自分は、弟妹達に手紙を書くことを今の今まで思いつかなかったのか。

――姉、失格だ……。

「リラン？」

両肘をテーブルにつけ、組んだ両手に額を押しつけて非常に判りやすく落ち込んでいるリランに、向かい側に姿勢良く座った大樹は、訝しそうに声をかけてくる。

「……いえ、その。家族に手紙を書くということを、今まで忘れていた自分が情けなくて」

「今まで？」

突っ込まれた。そこはスルーしてほしかったと、リランは唇を噛む。

失言を聞き逃さないのは、それだけ常に真剣にリランの言葉を聞いているからだと思えば、悪い気はしなくもない。それにどのみち、手紙の内容は大樹に話さないといけないと、思い直す。

捕虜が祖国に手紙を出すのに、検閲《けんえつ》を逃れられる訳がないから。

「実は弟妹達へ、ではなく、第七聖騎士団のウェストクリフ聖騎士団長への報告書を書こうと」

「それは、君から聖騎士団の出動を要請してくれると思っていいのだろうか⁉」

「ほ、報告書を出したからと言って、聖騎士団の出動は約束できないからね！」

勢いよく立ち上がるほど喜んだ大樹に、リランは断腸《だんちょう》の思いで叫んだ。

「………そうか」

途端、尻尾が垂れた子犬みたいな表情になった大樹に、リランは激しく罪悪感を覚える。

長らく弟妹達の面倒を見てきたリランは、ただでさえ年少者に弱い。その上、大樹はすこぶる顔が良い。だから、大樹のこんな表情が胸に刺さるのだと思う。

――もう、色々失格だな、私は。

弟妹達に対しての長姉としても、年長者としてのこの友人（？）に対しても。

「聖騎士団の出動は、約束できない。けれど、この国の現状を伝えることで、その、もしかしたら！　一介の聖騎士にすぎない私の立場では、約束はできないけど！　けど、ウェストクリフ聖騎士団長は、それはそれは正義感が強く、情の厚い、立派な方なので……」

我ながら支離滅裂な台詞だと思う。

絶対聖騎士団を動かしてみせると息巻いているが、実はリランの立場では何も保証できない。

たとえ皇国の皇子や皇帝であろうとも、オーガー、それも〈始まりのオーガー〉の生贄になっているという事実を知れば、ウェストクリフ聖騎士団長なら絶対に動いてくれる。

そうリランは、己の上司に全幅《ぜんぷく》の信頼を寄せていた。

しかし、リランも三年ほど聖騎士団に属している間に、残念ながら聖騎士団が純粋な人助けの精神だけでなく、教会や政府の思惑によって動かされていることも認識している。

リランは皇国に巣くう化け物が〈始まりのオーガー〉だと確信しているが、その証拠を出せと言われれば難しい。

大した根拠もなく異教徒の皇国に聖騎士団を派遣するのを、教会は間違いなく渋るだろう。

大統領はと言うか、一般的な共和国市民は皇国のことを嫌っている。大昔に自分達を苦しめた皇帝のことを、いつまでも引きずって、彼の亡霊を皇国の皇帝達の上に重ねているのだ。

加え、自分達の政治形態や文化、宗教が最高だとの思いから、皇国とその民を蔑視《べっし》している……。

「ウェストクリフ聖騎士団長ならきっと、解ってくれるはず。ただ、私の立場では約束が……」

俯いてしまったリランの傍までやってきて、大樹はその肩を叩いた。

「その気持ちだけで充分だ、リラン」

大樹が優しい表情でそう言った時、だった。

「それがなー、ちぃっと難しいんだわ～」

「月樹《ユエシュー》異母兄上⁉」

「趙藩王……様？」

昨夜閉じ込められた経験から、扉には分厚い本を噛ませ、閉じられないようにしていた。

それが良かったのか、悪かったのか。いきなり大樹の異母兄で趙《ヂャオ》藩王国の王が乱入してきた。

おまけに彼の背後には、例のごとく、大樹の異母姉夫妻に蘇《スー》妃もいる。

「これはいったい……？」

「緊急会議です、陛下」

例のごとく表情筋がどこにあるのか解らない無表情さで宰相赫独《ホードゥー》が言い、横で彼の美貌の妻で大樹の異母姉たる紫華《ツーファ》皇女も頷く。

「ハイハイ、ちょっと詰めて詰めて詰めて」

と、無理矢理リランの隣に大樹を座らせると、その隣に趙藩王月樹自身が座った。

テーブルを挟んで向かい側には、宰相の赫独、紫華皇女、そして蘇妃が追加でやってきた人々の分のお茶を淹れてから座る。

「……」

この面子《メンツ》が揃うということは、リランにとって良い話が聞けそうにない。

「趙藩王国は、共和国と国境を接しているだろ」

と、全員にお茶が行き渡ったところで、おもむろに趙藩王は口を開いた。

「故に懇意《こんい》にしている共和国の商人も一人や二人じゃない。それも共和国大統領でもバカにできない豪商って奴《ヤツ》だ」

「共和国には借金を返してもらわねばならぬ」

「と言うより、宰相様。趙藩王殿下の知己《ちき》の商人達を動かし、借金を盾に共和国からリラン様を正式に貰い受けようとなさったと、わたくし、皇女殿下から伺《うかが》っておりますけど」

藩王、宰相、蘇妃の順で話が進められる。共和国語を使ってくれるのは彼らなりの気遣いなのだろうが、言っている内容は気遣いの欠片もない。率直に言って最悪である。

リランは首をぐいっと曲げると、隣に座る大樹を睨んだ。

大樹は大樹でリランの形相に「俺は無実だ！」と、一片の曇りもない眼で訴えてくる。

デカい図体のくせにその怯えたような表情は、狼《おおかみ》にでも追い詰められた草食動物のごときである。

——こ、皇帝なんて最高権力者のはずなのに、血も涙もない冷酷な独裁者じゃないとおかしいのに、大樹は末っ子力が高すぎじゃない⁉

いや、この子は半年年下、半年年下。私のほうがお姉さんだし……！　——などと、呪文のように「私はお姉さんだから」と心の中で繰り返し、リランは気を静めた。

この呪文は父が亡くなって以来、何かとリランを助けてくれた魔法の呪文だ。

——そもそも、この手の悪巧《わるだく》みをするのは、宰相か藩王か皇女かその全員か、だし。

大樹を責めるのはお門違いだろう。

しかし、皇国が文明国を名乗るのなら、捕虜に関する協定をキッチリ守ってもらいたい。

「過去に皇国と共和国の間で結ばれた協定で、捕虜の人身売買は禁止されています！」

リランが言うと、趙藩王は哀《あわ》れむような表情を浮かべて一度リランから視線を逸らした。

「まあ、聞けよ。オレが商人達に連絡を取った時には、グラン・アーク共和国では既にリラン・バード聖騎士は殉職《じゅんしょく》したと公表されて、立派な国葬《こくそう》が執《と》り行《おこな》われたあとだった」

「え？」

今、何を言われたのか、リランは理解できなかった。相手は共和国語で話しているのに。

「タイミング的に第七聖騎士団が首都に戻った時点で、あんたは殉死したことになったようだ」

──殉死？　誰が？　私が？

「死人が手紙を出しても、握り潰されるだけだっつーの」

「今まで皇国が共和国に助けを求めなかったと思っているのか？　何百回となく助けを求め、全て無視された。今回のように聖騎士を人質に取ることに成功した例もあったが」

趙藩王の言葉に、さらに追い打ちをかけるように宰相の赫独が淡々と言葉を紡《つむ》ぐ。

「だが、聖騎士一人では、〈屍魔祖《シーモーツー》〉……オーガーの王にして始祖、〈始まりのオーガー〉に勝てるはずもなかった」

「！」

赫独のその言葉に、止まっていたリランの脳が動き出す。

「この国にいるのが〈始まりのオーガー〉なら聖騎士団を動かせ……、る可能性があります」

断言できない自分が、リランは苛立たしい。

――力がない。権限がない。権力がない。

リランには、何もない。

そんな自分でも、どうにかウェストクリフ聖騎士団長の心を動かし、聖騎士団を、共和国を動かして、この国を、この人達を……、大樹を救いたい。救いたいのだ。

「あんた、人の話、聞いてないのかよ？」

無力なリランに追い打ちをかけるかのごとく、趙藩王が噛みついてくる。

「共和国は、あんたを殉死者として扱っている。借金を踏み倒すためにな。オレらが怒って、あんたを処刑するとでも思っているんだろうが、生憎《あいにく》、うちはそんな野蛮な国じゃない」

「ええ、そうですわ。リラン様は皇帝陛下の第四位のお妃様ですもの。処刑なんて、とんでもありませんわ。そうですわよね、陛下」

「無論、リランを処刑になどしない!!」

蘇妃の問いかけに、大声で大樹が断言した。

そんな皇国の高貴な人達の会話に、ようやくリランの理解が追いつく。

「……本当に、私は、共和国では死んだことになっているんですか？」

「共和国の商人から聞いた。間違いない」

「では、妹や弟達は!?」

「あー、……」

趙藩王は白い髪をかき上げる。

「そこまでは商人も知らなかった。ただ、あんた、聖騎士じゃん。殉職扱いなら、原則的に遺族年金が出てるんじゃねーの？」

口調はいつもの砕けたものだが、趙藩王がリランを気遣い、言葉を選んでいるのが解る。

確かに遺族年金は出ているだろう。経済的には弟妹達は困窮《こんきゅう》していないだろう。

だが、早くに両親を亡くした弟妹達にとって、家長の長姉が死んだという情報が、どれほど心を傷つけるか。それが解らないリランではない。

——どうしよう？　どうしたら、私が生きていることをソフィア達に伝えられる？

「とりま、そーゆーわけだから！　お前ら、あの化け物の王をどうにかしようなんて、アホなこと考えずに、キャッキャウフフの新婚生活を楽しみやがれ」

「そ、そんなこと、言われても……！」

言われても、弟妹達のことをいい加減にできやしない。

リランは家長なのだ。ソフィアもマシューも、グレースもロイも、それからジョニーにナンシーも。皆、守ると約束した。皆、ちゃんと育てると、彼らにも死にゆく母にも約束した。

——なのに、皇国民の血税の上に胡坐《あぐら》をかいて、自分一人のうのうと生きていられる訳がないじゃないの！

「――」

だが、現状、リランには何もできない。それが酷く悔しい。

リランは弟妹達も、そして、大樹も助けられない……。

『――大樹』

それまで黙っていた紫華《ツーファ》皇女が口を開いた。

『そなたが、子供を作らないのは、一度、生贄として拒否された己を、確実に次の生贄に選ばせるためですね？』

皇国語が解せぬので何を言われたのか解らないが、基本笑みを絶やさない大樹の表情が強《こわ》ばったのが、リランの視界の端に入った。

『妾はそなたに倖せになってほしい。誰かを愛し、誰かに愛される喜びを、知ってほしい。それが、数ヵ月でも数週間でも……、たとえ、ほんの一瞬だったとしても』

美しい皇女の瞳から涙が零れ落ちる。

『そなたの父はそなたが生まれる前に死にました。そなたの母はそなたが生贄に選ばれたことを苦にして……、まさかそなたが生きて戻ってくるとは知らずに自害しました。それから、そなたは異母兄達の母親らに憎まれ、疎まれ、妾が祭主になるまで赫独と二人、酷い暮らしをしていましたよね？　月樹も藩王位を継いだばかりで皇宮には滅多に来なくて、他の異母兄達も己のことで精一杯で』

皇女の言葉に、大樹は微笑んで首を振る。

『俺は、この後宮で俺の家庭を持ちましたよ。異母姉上にも異母兄上達にも、それから赫独にも、大切に慈《いつく》しまれて育ちました。異母兄の母達が俺を疎んじたのは事実ですが、それも我が子愛《いと》しさからのもので、俺はまったく気にしていません。むしろ、そこまで俺の大切な異母兄上方を愛して下さった父上の皇后やお妃方には感謝しかありません！』

リランには解らない皇国語で、大樹が皇女に向かって強い口調で何かを言い切った時。

『大樹、次の生贄にはオレがなる』

『異母兄上⁉』

趙藩王が何か問題発言をしたらしく、真っ青な顔の大樹が彼のほうを向いて立ち上がる。

「次の生贄に、趙藩王殿下が立候補されたのです」

皇国語が解らないため、二人を見やってオロオロするリランに蘇妃が小声で説明してくれた。

「え？　二十歳を越えた者は生贄になれないのでは？」

趙藩王の容姿や大樹に対する態度を見るに、彼は大樹より三つ、四つは年上だと思う。

リランの問いに、余計なことを言いやがってとばかりに趙藩王の口角が下がる。

「一度突っ返された大樹と、二十歳を一つか二つ超えた程度のオレはいい勝負だ。むしろ、オレのほうが受け入れられる確率が高いんだよ」

『異母兄上！　異母兄上は、趙藩王国の国主です。皇帝家の人間ではない！』

リランは初めて大樹が心底怒った顔を見、声を聞いた。

――絶対、趙藩王の生贄に反対しているよね？

言葉は解らなくても、そのオーラは視えなくても、大樹の声や表情だけでそのことはハッキリ解った。

『お前がどう言おうと、オレが皇帝家に戻る方法はいくらでもある』

『……それは……、そうですね、月樹』

頷く皇女に趙藩王は我が意を得たりとの表情をし、改めて異母弟を見やる。

『オレはな、お前と違って、生まれてから今日まで自由気まま好き勝手に生きてきて、恋も山ほどしたし、子供もこの年で七人もいる。お前なんかよりずっと幸せで倖せな充実した人生を歩んできたんだ。父上や異母兄上達の犠牲の上に胡坐をかいてな！』

『……』

『他の異母兄上達がお前を生かすために犠牲になったのに、オレだけが兄らしいこともせずに、お前を見殺しにできるかよ！』

『俺だって異母兄上達の犠牲の上に、これ以上生きていくなんて、できないです！』

『弟は兄の言うことを聞くもんだ。それに、そこの共和国人は、家族のもとに帰る術《すべ》を失ったんだぞ。お前がいなければこの国で独《ひと》りぼっちだ』

趙藩王がリランを指差した。

大樹はキュッと唇を結んで、気まずげに異母兄からもリランからも視線を逸らした。

——私のことで何か言われた？

『大事にしてやれよ。可哀想じゃないか』

ポンとそんな大樹の背中を叩くと、趙藩王はもう話は終わったとばかりにさっさと部屋を出て行く。その後を皇女夫妻と蘇妃が続く。

扉が閉じられ、外から鍵がかけられるのを、大樹もリランも呆然《ぼうぜん》と聞いていた。

「……失敗したな！」

異母兄達が退出してからかなり長い間黙りこくっていた大樹《ダーシュー》が、いきなり顔を上げて叫んだ。

言っている言葉と口調に激しく齟齬《そご》がある。妙に明るい。

もしや何か自棄《やけ》を起こしたのかとリランが心配していると、その心配通り大樹は唐突にリランの足下に跪いた。皇帝のくせに、だ。その上。

「リラン・バード聖騎士。俺の第一位の妃、つまり皇后になってくれないだろうか？」

人はあまりに想定外なことを言われると知能指数が著しく下がるらしく、リランは大樹が発した台詞の意味が理解できなかった。

「…………………………え？」

数分後に死にかけた動物みたいに、ようよう声を発したリランに、大樹は。

「――ああ、そうだな。急にこんなことを言われても、君も困るな。名目上で構わない！」

花が綻《ほころ》ぶような笑みで言葉を足してくれた。

並みの女性なら、感嘆の溜息を吐いて見蕩れる笑顔である。しかし、リランには相手が何をどう考えてこんなことを言い出したのか、さっぱり理解できないが故に、ただただ困惑していた。

さっきの趙藩王との生贄がどうのという超重量級の話から、なぜ、リランを皇后にとの話が飛び出てくるのだろうか。疑問と疑問と疑問しかない。

「……返事を、貰えないだろうか？」

リランが大樹の言動に脳細胞をフル稼働《かどう》して考え込んでいると、催促の言葉がかかる。

「…………え、……と」

キラキラと幾つもの星が浮かんでいる瞳でじっと見上げられて、リランは口を開く。

相変わらず固有オーラしか視えないので、相手が何を考えてこんなことを言い出したのか皆目見当もつかず、リランは心底困っている。

「――な、なんで、大樹は跪いているの？」

つい口を出たのは、大樹が期待している返事とはまったく異なる質問だった。

共和国で流布《るふ》している話では、皇帝は他人に茶を淹れたりしないし謝罪などしないし、お礼も言わない生き物なはずで、極めつけにリランみたいな庶民に跪くなんて、天地がひっくり返ってもありえない。

——いや、まあ、私にお茶を淹れたり、謝罪したり、お礼を言ったりしていたけどね！

それでも、跪くはない。絶対にない。他のことは五万歩くらい譲ればありえるかもしれないが、一介の外国人に対して皇帝がやることでは、絶対にない!!　と、リランは強く思う。

皇后になってほしいと言われたことは驚きすぎて、心の中で棚上げになってしまった。

そんなリランの問いに、大樹も「え？　そこ？」と言いたげな表情を浮かべた。

しかし、大樹は尋ねられたことを無視するような性格ではない。リランが彼の求婚に対する返事を棚上げして、質問返しをしていることを指摘するような意地悪さもない。

「共和国では求婚時は跪くのが礼儀と本で読んだのだが、今は違うのだろうか？」

ハキハキとリランの疑問に答えてくれた。

「あ、…………」

なんだか猛烈に恥ずかしくなってきた。このままテーブルに突っ伏して顔を隠したい。と言うか、実際にリランは顔をテーブルに伏せた。

——きゅ、求婚の、さ、作法、かぁ……。

既にあの悪辣非道《あくらつひどう》な宰相だか藩王だかの手によって、リランは勝手に大樹の第四位の妃にされているのに、第一位の妃の皇后にするのに共和国の求婚の作法を持ち出す大樹は、彼らしいと言えば彼らしい。が。

「違わないけど、なぜ、この状況で私を皇后にと言い出したかが解らない。それも名目上の」

行儀悪いと思いつつ、火照《ほて》った顔を伏せたまま尋ねると、大樹は首を傾げたようだった。

「君は、名目上でなくても構わないのだろうか？」

「名目上のほうがいいです！」

思わずガバッと顔を上げ、叫び返す。

――なんの冗談？　鏡を見てよ。大樹の横に私ごときが並べる訳ないじゃん！　そもそも皇帝のくせに、なぜ、仮想敵国の軍人を第一位の妃にしようとするかな⁉

リランは椅子から立ち上がると、一歩分、大樹から離れた。

こういう会話をするには距離が近すぎる気がしたのだ。

「……さっき、月樹《ユエシュー》異母兄上が俺の代わりにオーガーの生贄になると言ったんだ。異母兄上には十二人の妃と七人の子供がいるのに、だ」

困惑し動転していたリランも、大樹のこの言葉に真顔になり、姿勢を正して彼を見る。

「異母兄上が生贄になったら、その後最低でも三年は生贄がいらない。その間に俺は二十歳を越える。一度あの化け物に不味いと拒否された俺が、本来生贄になりえない二十歳を越えたとなれば、再び生贄になることを祭主である異母姉上も廷臣達も許さないだろう」

――ならば、大樹は生贄になることを逃れられる。一生。

彼にとってそれは喜ばしいことではないだろうか。

人は、死にたくないと思うのが普通だ。

——でも、違う。

例えばリランが己か弟妹達のどちらかがオーガーに食べられるしかないような状況になったら、リランは間違いなく己を犠牲にする。

弟妹達をオーガーに差し出して、のうのうと生きていくなんて、リランには絶対に絶対に無理だ。

——大樹も、そうだよね？

「俺は……、俺はずっと次の生贄は自分がなると思って生きてきた」

自分が生贄になる。そして、あの化け物の王と戦う。刺し違えてでも斃す。斃してみせる。

そう思ってきたが、一度突き返された大樹に、生贄の番は回ってこなかったそうだ。

幾人もの異母兄が生贄となり、後宮から姿を消したのだと、大樹は言う。

そして、今、後宮にいる皇帝家の男子は大樹ただ一人なのだと。

「今度こそ、俺が生贄になる。月樹異母兄上もその息子達も、けして生贄になどさせない。絶対に俺が斃す。そのために体も鍛《きた》えたし、怖《お》じけることがないよう、心も鍛えてきたつもりだ」

そう大樹は明るい笑顔でリランに告げる。だが、その夜空色の瞳は怖いくらいに真剣だ。

——……うん。最初から、大樹はそう言っていた。

リランが聖騎士だと解ると、即座にオーガーの斃し方を訊いてきたではないか。

皇国の皇帝家では、国の平穏のために何百年も〈始まりのオーガー〉に生贄を捧げてきた。

その中で、大樹だけが生贄を続けることをよしとせず、〈始まりのオーガー〉を斃すと真剣に考え、心身を鍛えてきたのだ。

――オーガーを斃す聖剣も聖弓もないのに。

他の聖騎士団員がここにいたら、大樹を愚《おろ》かだと嘲《あざけ》ったかもしれない。犬死にするだけだと。

けれど、リランは家族のために戦おうとする彼を嘲笑《ちょうしょう》したくなかった。

「砂漠で共和国軍が遭難しかけたのを助けたと月樹異母兄上から聞いた時、それから、君が後宮に来た時、聖騎士団の派遣を願えると思った。君から色好《いろよ》い返事は貰えなかったが！」

大樹はずっと明るい顔で笑っている。

まるで、さっきから表情筋がそんな笑顔から動かせなくなったかのように。

「だが、第七聖騎士団に……、共和国に我が国が恩を売ったのは間違いない。だから、君を口説けなくても、大使や使者を通じて、なんとかなると思った、いや、なんとかしてみせると」

その説明は納得がいった。大樹ならそう考えるだろうと、短い付き合いながら、リランはリランなりに彼の性格を把握している。しかし、である。

「……え、……と。そ、それで？　なぜ、私を皇后にしたいと？」

それはそれとして、なぜ、リランを皇后にと言い出したかが、さっぱり解らない。

「──共和国は、君が殉死したと公表したそうだが、実際には君は生きている」

「……はい」

「実は生きていましたと、君が普通に帰国したら、大統領や共和国政府の面目《めんぼく》が潰れるのでは？」

「……それは、……そうかも……」

間違いなく家族は喜んでくれるだろうが、政府は違うだろう。

「そもそも我が国に対する借金を踏み倒すために、共和国は君を死人扱いにしたんだ。共和国政府からしたら、君に生きて帰られたら困るだろう。だから、なんの策も講じずに俺が君を帰したら、共和国政府から暗殺される可能性が高い。いや、間違いなく暗殺される」

「……そ、そこまで、する、かな……？」

リランは聖騎士だ。それも若く、それなりに優秀な。

暗殺なんて物騒なことをするより、オーガーの相手をさせた方が断然共和国的にはお得だと思うのだが。

「俺が共和国の大統領ならする」

──するんだ、大樹でも？

暗殺なんて不穏な単語からは天と地ほども離れていそうな大樹の顔を、思わず二度見する。

そんなリランをよそに、大樹は話を続ける。

「今、一期目だろう、彼は。きっと再選を目指している。第七聖騎士団の良家、つまり大統領選挙の有力な後援者の子女達の経歴に傷をつけないために、多大な借金を憎き皇国に第七聖騎士団が作った事実を、国民に知らせたくない。借金を抱えたことを糊塗《こと》したいと考えた。だから」

そこまで一気に言って、リランを気遣うように大樹は目を伏せる。

「借金の形に皇国に残した君を、殉死したことにした。皇国が抗議をしても、しらを切るつもりだ。リラン・バード聖騎士は、皇国とは無関係に死んだことになっているから」

リランは……、正直、驚嘆《きょうたん》していた。

共和国の情勢など、ほとんど知らないはずの大樹がここまで大統領の考えを読んだことに。

そして、説明されればなるほどとしか言えない。なるほどと、頷くしかできないから。

「……まさか、ウェストクリフ聖騎士団長はこうなることが解って、私を皇国に残した……？必ず迎えに来ると、言って…………」

口にするつもりがなかった心細い言葉が、とうとう喉を突いて出た。

この国に置き去りにされてから、心の深い深い深い場所に潜んでいた疑問が。

「……ウェストクリフ聖騎士団長は」

視界が涙で滲みそうなリランに、大樹がことさら柔らかい声を出す。

「彼は君が尊敬するに値《あたい》する立派な男性なのだろう？　ならば、そんな考えはなかったと思う。まあ、我が国に自分自身ではなく、君を置いて帰った点は、俺には理解できないが！」

「あ！　いえ、聖騎士団長は」

「ともかく！」

リランの言葉を大樹は強引に遮った。

「普通に君が帰国するのは難しい。けれども、皇国の正式な皇后としてなら、大統領も君を迎えざるをえないと考えた！」

リランは瞳を床に落としてしまいそうなくらい目を見開き、大樹の整った顔を凝視する。

「君が言ったように二国間協定で、人質の人身売買は禁じられているが、あまり裕福でない家から妻を迎えるのに皇帝が支度金を出すのは過去に例がないことではないんだ。共和国が皇国に負った借金は、君を皇后にするための支度金との名目で帳消しにすると言えば、大統領も共和国政府も文句は言わないと思う」

「――」

「君には皇后として華々《はなばな》しく帰国してもらい、できれば聖騎士団の派遣を皇国の皇后として大統領に持ちかけてほしい!!」

「あ……！」

ようやく点と線が繫がった。

リランには政治的な力がない。権限がない。権力がない。

ないないない尽くしだったが、もし、仮初《かりそ》めでも皇国の皇后という称号を得たならば、共和国でも政治的に何らかの意味を持つのではないだろうか。

本音を言えば、リランは趙藩王が苦手だ。けれども、異母弟のために二十歳そこそこでオーガーに食べられることを選べるのは、家族に対し、愛情深く優しい人なのだと思う。

子供より異母弟を優先させるのは、それはそれでどうかとも思うが、皇国一豊かだという趙藩王国の王族ならば、共和国の孤児みたいに生活に行き詰まることもないだろう。

――そうは言っても十二人も妃を持っているのはどうかと思うけど！　でも、七人も子供がいるお父さんが、むざむざとオーガーに喰い殺されていい訳がないよね？

理不尽な理由で父親が亡くなった子供の気持ちは、リランは痛いほど知っている。

突然、夫を失った妻の哀《かな》しみは、血を分けた子供達でも埋められないことを、リランほど知っている者はいないだろう。リランの母は、不慮《ふりょ》の事故で亡くなった夫の死から立ち直れないまま亡くなったから。

だから、今、リランの前に跪いている皇帝はもちろん、趙藩王も、オーガーの生贄になって生涯を閉じるべきではない。

――私が皇后になれば、大手を振って帰国できて。一介の聖騎士ではなく、皇国の皇后となった共和国人からの要請《ようせい》となれば、大統領だって一考の余地が出てくる……？

「その……、後日、皇后を退位するというのは、皇国的にはアリだ」

考え込んでいるリランをどう思ったのか、大樹は新たに彼女に有利な条件を追加してきた。

「共和国語では離婚と言うのか？　離婚とか皇帝との結婚歴とかは、共和国ではマイナスに働くと言っていたが、そこは君も、命に代えられないと我慢してもらえないだろうか？」

「誰とも結婚なんてするつもりはなかったので、そこは気にしなくて構わないんだけど」

「……そうなのか？　俺はてっきり、君は、その……」

いつもは明朗活発でハキハキ話す大樹が、変に言葉を濁《にご》した。

男尊女卑の風潮が強い皇国では、女性は男性のもとに嫁ぐのが常識と聞いている。だから、リランが独身主義者なのに仰天しているのだろう。

我が身はともかく、姉のリランが、異教徒でしかも皇国の皇帝と結婚したことで、弟妹達の結婚に障害が生じる可能性がある。そこは誠心誠意、弟妹達に謝ろう。

――ソフィア達だって、人助けのためだと言えば、解ってくれるはず！

「そうですね！　命には代えられないです」

大樹や趙藩王の命には代えられない。

「では、皇后になってくれるか？」

「なりましょう！」

大樹から差し伸べられた手をガシッとリランは摑んだ。

色気もへったくれもないな――と、我ながら思ったが、気にしないことにした。

なにせ、これは本当の求婚ではなく、戦時同盟のようなものだから、と。

『妾は異母弟を育て損ないました』

再び扉が開いて皇女が現れた時、驚きのあまりリラン達は手を握り合ったまま固まった。

『いえ、公主も主上も悪くないです。ただリラン・バード皇后が残念な女性なだけです』

『主上が跪いてリラン様を皇后にと望んだ時は、王道の恋愛小説だと思いましたのに』

皇国語は解らないが皇女も赫独《ホードゥー》も蘇妃《スー》も、その表情とオーラから——赫独のオーラは視えないが——、そして大樹《ダーシュー》の表情から、リランは彼らが何を言っているのか推察できた。

盗み聞きしておいて平然と人を腐《くさ》すのは、大人としてどうかと思う。

「オレは大樹の考えはイイ線いってると思うぜ。ちとオレ達の願いとはズレてるけどさ」

意外にも趙《ヂャオ》藩王はリラン達を支持した。

「アレが目覚めるまで、最低でも半年は残っている。そうだろう、赫独？」

「今までの例から言えばそうです。生贄を食して眠りに就いたアレが、三十六ヵ月未満で目覚めたことは過去に一例もないですから」

宰相の言葉に、趙藩王は大きく頷く。

「だ、そうだ。つまり、共和国に行って聖騎士団を連れ帰ってくる時間は、まだある。だから、お前も行け」

リランと大樹は再び固まった。しかし、趙藩王はリラン達に頓着せず、今度は蘇妃のほうを向いた。

「蘇妃、蘇妃も一緒に共和国へ行ってくれ。この二人だけで共和国に行っても、絶対大衆を納得させるロマンスは語れない。ここは後宮一、いや皇国一の恋愛小説家様の出番だ」

「畏《かしこ》まりました。ああ、憧《あこが》れの共和国へ行けるのですね、わたくし」

趙藩王の言葉に、喜色満面で蘇妃が頷く。

「……た、〈たいしゅうをなっとくさせるろまんす〉ってなんですか？」

趙藩王は面倒臭そうな視線をリランに寄越したが、彼が答えるより先に大樹が応じた。

「解りました。異母兄上は、俺達に共和国市民を味方につけろと仰っているのですね」

「そー、そー。聖騎士ってのはさー、共和国にとっても貴重で絶滅危惧種な生き物なんだよな。そうだろ、リラン皇后？」

――コ、コウゴウ？

いきなりとんでもない称号つきで呼ばれて、しかも軍事機密に触れるような事実を語られて。リランが表情を強《こわ》ばらせていると、趙藩王は口の端で軽く嗤《わら》って、そのまま話を続けた。

「本来なら一人として無駄死にさせたくない聖騎士を、皇国に殺せと言わんばかりの対応をしたんだ。あんた、よっぽど聖騎士団だか政府だかに疎《うと》まれてんじゃね？」

「そうなのか、リラン？」

大樹に心配そうに凝視され、言葉に詰まる。

なんのコネもない田舎娘が入団三ヵ月で聖騎士になったせいで嫉妬されたのは事実だが、大樹にそれを説明するのは自慢っぽくて嫌だったからだ。

唇を引き結んだリランの代わりに、趙藩土が口を開く。

「聖騎士になるには才能と凄《すさ》まじい鍛錬がいる。入団から五年は平の歩兵、ああ、聖騎士団では従士って言うんだったな。従士でいるのが通常だ。それに第七聖騎士団は、七つある聖騎士団でも特に優秀な奴で構成されているって話だ。十八でその第七聖騎士団の聖騎士様ってことは、大樹の皇后様は飛び抜けた出世をしたはずだ。しかも、早くに両親を亡くしている上に、七人姉弟《きょうだい》の長女なんだって？」

どこでどう調べたのか、趙藩王はリランや聖騎士団の事情について異様に詳しい。

「つまり、皇后様には故国で後ろ盾になる親兄弟もいない。平民の赫独が官試を首席で突破して宰相に上り詰めて、異母姉上を娶《めと》った時と同程度の嫉妬にあっていると見たね、オレは」

もう大樹はリランに言葉で問い返さず、ただただ力づけるように手を握り締めてくる。

「てな訳で、皇后の肩書きをつけてやっても、共和国政府に暗殺されかねん。お前も一緒に行くべきだ。何、オレが皇帝代理をやる。赫独も異母姉上もいる。お前が半年留守したって皇国は回る」

「今の大統領がよほどのバカでない限り、皇帝夫妻を自国内で暗殺することを選択はしない」

例のごとく無表情のまま赫独が、趙藩王に賛同する発言をした。

「だが、念のため大衆を味方につけたほうがいい。大衆が暴走する可能性もあるからさ」

そう言って、趙藩王は己の発言に顔を引きつらせているリランにからからと笑う。

「大衆というのは意外とロマンチストだぞ。自国の平民の少女が他国の王様に見初《みそ》められてお妃に迎えられるなんて、絶対大好物だぞ」

そう言い切ったくせに趙藩王は、リランと大樹を見やってこれ見よがしに溜息を零した。

「……が、お前らだけなら不安しかない」

誠に遺憾ながら、リランはその趙藩王の言葉には頷くしかない。

自国の平民の少女が云々とか、気恥ずかしいことこの上なく、全身鳥肌ものだ。

共和国でそんな話をどうして自ら吹聴《ふいちょう》できようか。

――し、しかも、事実じゃないしっっ！　そんな恥ずかしい嘘八百の与太《よた》話《ばなし》を言えるほど厚顔じゃないからね、私！

第一、この完全完璧な美貌の持ち主である大樹の横に、どの面《つら》を下げて並べると言うのか。

「だが、皇国一の恋愛小説家様たる蘇妃のシナリオ通り喋れば、大丈夫だ」

「そんな周りを騙すようなことするのは」

「騙す訳じゃない。ちょっと話を盛るだけだ。お前らがバカ正直に暗殺回避のために皇后になりましたとか、聖騎士団を派遣してもらうために皇后にしましたとか、夢も情緒もない政略結婚な話をしてみろ。間違いなく共和国民と政府の反感を買って、聖騎士団の派遣が絶望的になるぜ」

——いや、ちょっとって！　ちょっとどころか、ずいぶんと盛る気満々じゃないの⁉

趙藩王の言い分は、解る。

上は大統領から下は僻地《へきち》の田舎民まで、共和国民は皇国も皇帝も大嫌いだ。

聖騎士団長だけでなく、大統領や教主、他の聖騎士団の人達、それから共和国民。

彼らがリランの言葉を受け入れ、皇国や皇帝を助ける気持ちになるよう話を持っていくのは、至難の業《わざ》だとリランも思っている。

——だからって、事実の百倍も二百倍も話を盛るのは、どうなのよ……？

そもそも大樹がリランみたいな傷だらけで剣だこが手に幾つもできているような、華奢でも女の子らしくもない女と恋に落ちるなんて、かなり無理がある話だ。大衆を納得させるだけのロマンスのヒロインにリランを選ぶとは、片腹痛い。どう考えても配役が無謀《むぼう》だ。

——誰も信じないと思うんだけどなぁ……？

「お菓子みたいに甘くて夢みたいに綺麗なものが好きなんですよ、皆。リラン皇后陛下、共和国では、恋愛小説は読まれませんか？」

空気を読んでいないかのような唐突な蘇妃の質問と敬称にリランは退きながらも、名指しで問われた以上、答える。

「恋愛小説は人気ですよ、うちの妹達もよく図書館や友人から借りてきますし」

リランの回答に満足そうに蘇妃は頷く。

「恋愛小説は心の栄養ですからね、乙女《おとめ》の必需品です！　あ、この場合の乙女とは年齢不問、女性一般です。それから、男性でも乙女心をお持ちの方はいらっしゃいますし、男性が女性を理解するのに恋愛小説ほど役に立つ物はありません！　つまり、恋愛小説は全ての人が生きる上での必需品《ひつじゅひん》なのです!!」

キリッと目力強く、声高々に断言された。

男尊女卑主義の皇国民だが、蘇妃のこの発言はある意味、男女平等なのかもしれない。

「大陸の東の果てに生まれた皇子と西の果てに生まれた美しい少女が出逢い、恋に落ち、幾多の苦難を乗り越え、少女は皇后に冊立《さくりつ》される。こんなの、最上級の夢物語ですわ！」

――は？　美しい少女？

大樹と皇女、趙藩王の美貌の前に、美少女を名乗れるほど自分は厚かましくないと、リランは声を大にして言いたい。

――それに、幾多の苦難って……？　え、……と、苦難って、あなた達のことかな？

蘇《スー》妃の言葉についていけないリランが困惑しているのを気にもせず、蘇妃は手近な椅子に座ると、素早く紙と筆記具を持っていた布バッグから取り出して文章を書き出した。

「生まれる前に父君を失い、幼くして母君も失った。母君の身分が低かったこともあり、父君の妃達には疎まれ、軽んじられ、寂しく成長した皇子が……」

――大樹って、そんな皇子だったんだ⁉

驚き、リランが隣に立つ大樹を見上げると。

「蘇妃、話を盛りすぎだ。俺には異母姉上も異母兄上達も赫独もいた！」

リランの視線を痛そうに受けた大樹がやや慌てた口調で、蘇妃に抗議する。

ところが、地味で大人しいと思っていた蘇妃は、世にも恐ろしい顔で大樹に言い返した。

「陛下は黙っていて下さい！　わたくしは恋愛小説を書いているのです！　ノンフィクションを書いているのではありません！」

――な、なんかとんでもないことを言い切った！

「甘くも綺麗でもない事実を書いて、共和国の人々を魅了できるとお思いですか？」

「！」

頭の回転が速い大樹が、反論の言葉をなくしている。もしかしたら、蘇妃の鬼気迫る形相のせいかもしれないが。

――蘇妃の言いたいことも解らなくもないけど。えー、やっぱり、大樹はともかく、私を恋愛小説のヒロインにするって、かなり無茶だと思うけどなぁ……？

しかし、蘇妃は反論を一切受け付けそうにない。目が完全に据《す》わっている。こんなに怖い人だったのかと、リランは第七聖騎士団の聖騎士である矜持も忘れて慄《おのの》いてしまう。

「まあまあ、落ち着け、蘇妃。大樹。蘇妃が書く恋愛小説が、後宮内外でどれだけ多くの読者を持っているか知っているだろう？」

趙藩王が二人の間に入り仲裁する。

「それは、知っていますが、その」

――解る。うん。大樹の言いたいことはよく解るよ！

美しい少女が皇子と出逢い、恋に落ちたとか。気軽に赤面ものの言葉を並べないでほしい。

『では、大樹。明朝、百官を集め、皇后をお迎えする儀式を致しましょう』

『は、はい』

今まで黙っていた皇女が唐突に口を開き、話が逸れたのか、大樹はホッとした顔で頷く。

『本来、三日三晩執り行う儀式ですが、祭主たる妾の権限で、明夕には終わらせます』

『では、俺達は儀式が終わり次第、早速発《た》ちましょう。赫独』

『御意《ぎょい》。準備はお任せ下さい』

宰相が深々と大樹に頭を下げる。

『蘇才人。執筆はここではなく、自室で』

『はい、公主』

皇女に声をかけられた蘇妃は筆記具類を布バッグにしまう。インクが乾いていないのか、紙は広げたまま手に持ち、彼女は立ち上がる。

『共和国でお披露目《ひろめ》する時の衣装を、明晩までに後宮の妃達も含め総動員で用意します。あちらに侮《あなど》られないよう格別豪華絢爛な物を』

『異母姉上には、ご苦労をおかけします』

『なんの。そなたらが聖騎士団を連れて帰ってくれれば、妾はそなたも月樹《ユエシュー》も失わなくてよい。後宮の者達も〈屍魔祖《シーモーヅー》〉が甦せると知れば、一晩と言わず一月でも徹夜で準備をしよう』

リランには皇国語の会話内容は意味不明だが、皆、穏やかに話しているので今後の打ち合わせだろうと推測した。今夜の緊急会議その二はお開きのようだ。

赫独が扉を開いて押さえ、皇女、趙藩王、蘇妃の順番で部屋を出て行く。

『わたくし、先程、さり気に主上の幼少期の苦労話をしたのですが、少しは皇后の心に響いたと思われますか？』

『ええ、皇后の顔色が変わっていましたよ。まったく蘇才人は抜け目がない策士ですね』

『異母姉上、蘇才人！』

皇国語で何が語られたのか。去り際の女性達の会話に、大樹が目くじらを立てている。

呼び止められた形の蘇妃は立ち止まって、リラン達を振り返った。

「皇帝陛下、それにリラン皇后陛下。明晩からの共和国への旅に同行致しますが、どうかわたくしのことは名前、春 珠《チュンヂュー》と呼び捨てでお呼び下さい。今宵からわたくしは、皇帝陛下の第四位の妃ではなく、皇后陛下の女官長にして皇帝陛下の通訳でございます」

唐突な蘇妃の宣言にリランと大樹が面食らっていると、彼女はニッコリ微笑み、補足を入れてくれた。

「共和国では一夫多妻は許されないと伺っています。わたくしが皇帝陛下の妃の一人として共和国民の前に立てば、生理的嫌悪感を抱《いだ》かれ、陛下の好感度を下げてしまいます」

——なるほど。

「なるほど！」

リランが心の中で蘇妃の思慮深さに感嘆したのと同時に、大樹も同じ言葉を口にした。

「しかし、俺の通訳とは？　俺は共和国語の読み書きに苦労しないが」

「互いに違う国に生まれ、運命の出逢いを果たした言葉の通じない二人が、身振り手振りでちょっとずつ距離を縮めていくというシチュは、大変萌えるもので、エモく、尊いのです！」

その表情、その声、その口調。春珠が渾身《こんしん》の説明をしていることは、凄く理解できる。が。

——ごめん、意味が解らない！

「なるほど、意味が解らない！」

リランが春珠を慮《おもんぱか》って遠慮した言葉を、さすがは皇帝と言うべきか、大樹はするりと口にした。

言われた春珠は、眉と口角を不満そうに下げる。

「…………お二人の恋愛話を共和国民に語る時に、皇帝陛下が皇后陛下の母国語に堪能《たんのう》ではないとの設定は、より話が盛り上がる要素となるのです」

先程より春珠の声のトーンが下がり、台詞には一般的な単語が増えた。が。

――すみません、蘇妃、じゃない春珠。やっぱりよく解りません。

恋愛小説をよく読む妹達なら、春珠の言っている言葉が理解できるのだろうか。

勝手な印象だが、大樹も恋愛小説など読みそうにない。そんな彼でも蘇妃の言葉を理解できているのだろうかと横目で様子を見れば、頬が強ばっているのが確認できた。

春珠は春珠で、リラン達の態度に何やら諦念《ていねん》のオーラを燻《くすぶ》らせている。

「それに、皇帝陛下が共和国語を解らない振りをなさったほうが、共和国人の本音が聞ける可能性が高まり、交渉に役に立つかと」

「なるほど、なるほど。了解した！　では、これから君のことは春珠と呼ぼう」

リランもこの説明には納得し、大樹と同じように大きく頷いた。

春珠《チュンヂユー》が回廊へ出ると、それまで扉を押さえて待っていた赫独《ホードゥー》がパタンとドアを閉じ、有無を言わさずカチャリと鍵をかけた。

――あ。

後宮に来て、この部屋に閉じ込められるのは三度目である。

なぜ、今、赫独が鍵をかけるのを止められなかったのかと、額に手をやりかけて……。

――え、……と。

リランは己がさっきからずっと大樹《ダーシュー》と手を繋ぎっぱなしであることに気づいた。

さて、どうやって手を離したものか。

情緒《じょうちょ》とか乙女心に乏《とぼ》しいと聖騎士団や様々な所で言われ続けてきたリランでも、ここで大樹の手を振り払うのが論外なのは解る。

どうしようかと悩んでいると、極《ごく》自然な感じで大樹が指を解いてくれた。それから。

「聖騎士の君に失礼なことを言っていたら申し訳ないが、一つ尋ねてよいだろうか？」

前置きなくプロポーズする相手が、わざわざ質問自体の可否《かひ》を問うとは、何を言い出す気だろうかと、リランは心の中で身構える。

「問題ないけど？」

「ありがとう。では、尋ねるが、君は、一人で馬に乗れるのだろうか？」

「は？」

仮にも婚約した相手からプロポーズの次にされる質問としては、かなり変だと思う。

リランが何を問われたか理解できなくて、相手の顔をマジマジと見詰めると、大樹は居心地悪そうに首を掻《か》いた。

「あ、いや、明日、君を正式な皇后にする儀式をし、明晩から共和国へ強行軍を行う予定だ。馬車を使うには日程が厳しい。単騎での乗馬は可能か、念のため尋ねた。聖騎士の君に失礼なことを尋ねていたら申し訳ない」

――大樹は本当に気配り上手だな。

皇女など見るからにとても馬に乗りそうにない。多分、皇国では乗馬ができる女性は少ない。それで、大樹もこんなことを訊いたのだろうとリランは推測し、聖騎士相手に乗馬ができるかとの失礼な質問をしたことは不問にする。

「大丈夫。聖騎士は馬もロバも駱駝《らくだ》も乗りこなさないと仕事にならないから」

共和国では自動車や鉄道列車が普及し始めているが、まだまだ馬やロバでないと辿り着けない悪路の地方も多い。それにデスロード砂漠の西半分は共和国の国土だ。砂漠では駱駝が主な移動手段となる。

「それは凄いな。俺は駱駝の経験がない。実は砂漠を駱駝で越えるのが心配なのだ。以前、月《ユエ》樹《シュー》　異母兄上が馬に乗れるなら駱駝も乗れると言っていたが、駱駝は背中にこぶがあるだろう？　どうも上手く乗れる自信がない。何かコツでもあるのだろうか？」

「コツ……。駱駝には駱駝用の鞍があるし、馬に乗れるなら、そんなに心配しなくても」

リランが言うと、大樹は「そういうものか」と頷いて。

「それにしても馬どころかロバや駱駝にも乗れるとは、君はとんでもなく凄いな。十八歳の若さで六人もの弟妹を育てつつ、聖騎士になって、第七聖騎士団に在籍していることもだが」

何を思ったのか直球で褒めてくる。

「あ、そんなことは」

日頃褒められ慣れていないリランは、自分なんかまだまだだと謙遜《けんそん》した。

「ウェストクリフ聖騎士団長はもっと凄いから！　聖騎士になられたのが十一歳の時で、私より四つも年下の時だし、第七聖騎士団の騎士団長を二十歳そこそこで拝命されたのよ！　どれだけ凄いことか解る？　どんなオーガーも瞬殺されるくらいお強くて、しかも、目が覚めるような美貌の持ち主で、戦いが剣舞に見えるほどなのよ。もちろん馬も駱駝も簡単に乗りこなされるわ。それに私みたいな田舎者にもとても親切なの。ああ、もちろん聖騎士団長として厳しい面もあるけれど、依怙贔屓《えこひいき》とかなく、相手が誰であろうと平等に振る舞われる方でね」

リランは長々と聖騎士団長を褒めた。自分が褒められるのが照れくさかったこともあるが、ウェストクリフ聖騎士団長は真に素晴らしい人で、リランは三日三晩でも称え続けることが可能なくらい尊敬し、崇拝しているから、言葉は留まるところを知らない。

――さっきはちょっと疑ってすみません。

語りながら、リランは心の中で聖騎士団長に謝る。

――うん。やはりあの清廉潔白に手足が生えているような聖騎士団長は、部下を陥れる《おとしい》ような人ではないよね！

「そうそう聖騎士団長は、自動車の運転もおできになるの！　凄くない？」

ふと、気づけば、リランが語れば語るほど、なぜか大樹の視線が壁を泳いでいる。

「……大樹？」

「……ああ、その。……じどうしゃ？　とは？」

大樹は、聞き慣れない単語のことを考えていたようだ（と、リランは思った）。

「自動車とは、馬や駱駝などの動物に頼らず、移動できる馬車型の乗り物のことだよ」

「共和国には、そのような乗り物があるのか？」

男の子らしく——と言うと大樹は拗ねそうだが——大樹が自動車の話に目を輝かせたので、それからしばらく自動車や鉄道列車の解説をリランが解る限りでしていて。

不意にリランは春珠のことが心配になった。

「そう言えば、春珠は共和国まで馬車を使うのかな？　でも、そうすると、私達よりずいぶんと遅くなるんじゃない？」

春珠は、共和国で生まれたら間違いなく文学少女になったと断言できるような人だ。

しかも、皇帝の高位の妃で皇女のお気に入りとなれば、箱入りのお嬢様ではないだろうか。

馬に乗れるとは思えない。

しかし、心配するリランに大樹は吹き出した。

「春珠の前で、その台詞は言わないほうが良いな。春珠の故国蘇藩《スー》王国は騎馬民族の国だ。〈馬に乗れない奴〉との言葉は蘇藩王国では最大の侮蔑語《ぶべつご》になる」

「そうなんだ……」

言われてみれば春珠が地味な格好だと感じたのは、彼女の袖がヒラヒラしていなくて全体的に飾り気が少ない服を着ているからだ。

――騎馬民族の女性だから、動きやすさが優先だったのか。

「春珠は蘇藩王国の王女だが、馬に乗るのが何より好きな蘇《スー》一族の者とは思えぬほどの本好きだ。読むだけに飽き足らず、小説を書き始め、後宮で彼女の小説がブームになった。今では皇都中で彼女の小説は読まれている。この調子なら、来年か再来年には国中で読まれるに違いない。異母姉上など、皇国一のファンだと自称しているくらいだ」

「もしかして春珠が、あんなに共和国語が上手なのも、本好きが高じて、とか？」

「うむ。蘇藩王国にいた頃から本ならなんでも購入していたそうだが、その中にアーネスト教の聖書があり、その聖書で共和国語をマスターしたそうだ。本からの独学だから、発音では赫独や異母兄上が幾つか指摘する箇所《かしょ》があったようだが、書く方は完璧らしい」

「……それ、は、とんでもなく優秀な人じゃない？　いや、優秀と言うより、天才？」

文字自体が違う皇国の本一冊読んで皇国語をマスターしろと言われても、リランには絶対に無理だ。そう感心したリランに大樹も強く頷く。

「まったくだ。皇国は多民族国家だが、彼女は少数民族の言葉にも詳しい。様々な言語を覚えて、その地方の物語を聞いたり読んだりするのが好きなのだそうだ。共和国は皇国以上に出版物が多いので一生に一度でいいから訪れたいと常々言っていると、異母姉上から聞いていた」

「確かに、首都の国立図書館はとんでもない量の本があるから、本好きなら狂喜乱舞するかも」

初めて国立図書館に連れて行った時の、弟妹達の燥《はしゃ》ぎようを思い出して、リランが言うと。

「今回、同行させることができて、彼女の長年の夢を叶えることができたのは僥倖《ぎょうこう》だったと俺も思う。俺は以前から異母姉上を始めとする後宮の人々を楽しませる術を持った彼女を尊敬し、その功績に報《むく》いたいと思っていたのだ」

大樹が、後宮の人々――皇帝とその妃達――を、養豚場の豚より惨《みじ》めだと言っていたことを思い出した。

根が明るい大樹ですらそう思うような場所で、小説を書いて妃達を喜ばせた蘇《スー》妃は、真実素晴らしい人だと、リランも思う。

だから、彼女の功績に報いたいという大樹の気持ちは、リランも解る。

「――ただ、時々、おっかない女性だが」

上の兄だか姉だかに対する感想を述べる末っ子そのものの表情を見せる大樹に、釣られるようにリランも微笑んだ。

けれども、先程から蘇妃こと春珠について大樹が語れば語るほど、褒めれば褒めるほど何かモヤモヤとしたものがリランの胸の中に下りてきている。

――騎馬民族のお姫様で、本好きで、アーネスト教の聖書一つで共和国語をマスターした才女で、皇国一の恋愛小説家。それでいて、大樹を叱《しか》り飛《と》ばすことができるほどの、ある意味豪傑《ごうけつ》。

紫華《ツーファ》皇女、大樹に趙《ヂャオ》藩王らが傍にいるのと、服装が地味目なので美女という印象はなかったが、彼女単独で見れば普通に美人だ。

――そうか。こんな状況でなければ、大樹は春珠を皇后にしたかもしれないよね……？

と言うか、これほど皇后に相応しい人なのに、リランが皇后になって彼女が女官長役をするというのは、とても申し訳ない気持ちになってきた。

「……」

リランが急に黙り込んでしまったので、大樹は何か物言いたげな顔をした。

が、明日以降の強行軍を思い出したようで、大樹は冠を外し、就寝の準備を始めた。

――あ！

大樹が冠をテーブルに置く姿を見た瞬間、リランは寝室に飛んで行き、上掛けと枕を一つ取ると、昨夜の大樹と同じようにソファーを占領した。

「この部屋で一番寝心地が良いというソファー、今夜は私が使わせてもらうから！」

リランが「今日は勝った！」と得意満面で大樹を見やると、彼は心持ち眉を下げた。

「……リラン、君は俺の正式な皇后になることが決まったので、俺達が一緒のベッドを使っても異母姉上達ももう騒がないと思うが、どうだろうか？」

——はっ！　そう言えばそうだった！

「もちろん、君は名目上の皇后だから、変なことは絶対にしない。明日から強行軍だから、今夜はきちんとしたベッドで休んだほうがいいと思う」

大樹の言い分はもっともだし、大樹を信用していない訳でもない。

——と言うか、ソファーで休むことを頑迷に主張すると、大樹を信用していないようでは？

そんな主張をして、あのしょんぼりした子犬みたいな顔を見せられるのは心臓に悪い。

だが、同衾《どうきん》するほうがさらに心臓に悪い気がする。もう既に心臓の動きがおかしいのだから。

——大樹は自分の顔の良さを自覚すべきでは？

「済まない！」

リランがなんと返事をしたものかと逡巡《しゅんじゅん》していると、突如《とつじょ》大樹が大声で謝罪してきた。

「今のは考えが足りなかった。どういう理由があろうと、異性と寝具を共にするのは令嬢としては気分がいいことではないな。俺はこういうところが、気が利《き》かないと異母姉上によく叱られるんだ」

——聖騎士団では雑魚《ざこ》寝《ね》上等なので、大樹と同衾しても気分が悪いということは別にないよ？

リランは心の中ではそんなことを喋《しゃべ》っているのだが、それがどうしても口に出ない。

気分が悪いことは、ない。と、思う。

——ただ、落ち着かない。

大樹と過ごす夜は今夜で三夜目なのに、何かそんな今さらなことを思っている。

「……ダ、大樹が、昨日、このソファーがこの部屋で一番寝心地がいいと言っていたので、今日はここで休むことにするね！」

昨日、己がそう宣言した以上、リランの言葉に大樹も反論の術がなかったようだ。

「……そうだな。では、休もう。明日は朝から忙しい」

◈

「……なぜ、お二人は別々に休まれているのです？」

「リランが俺にとって、あくまで名目上の皇后だからだな！」

朝一番に現れた春 珠《チュンヂュー》の、底冷えのする低音の問いかけに、大樹《ダーシュー》は強心臓で答えている。

「聖騎士団の派遣をお願いするために、好きでもない俺の皇后になってくれたんだ。これ以上の無体は、人としてできまい」

——いや、好きでもないってことは、ない、けど……。そもそもどちらかと言うと、私を名目上とは言え皇后にすることは、大樹にとってこそ迷惑なのでは？

本当だったら大樹は蘇《スー》妃を皇后にしただろうし、蘇妃は蘇妃で皇后になれたはずなのに、リランの女官長なんて役職に甘んじさせるとは重ね重ね申し訳なくて、リランは小さくなる。

「あ、あのね、蘇妃」

「春珠です」

呼び名を訂正された。

「あ、ハイ。その、春珠、やっぱり私が皇后というのは、おかしくない？　共和国で聖騎士団の助力を乞うために、名目上、私が皇后になるのは解るけど、その、この国にいる間から、別に皇后扱い。しな………」

皇后扱いしなくてもよくない？　——と、言おうとした言葉をリランは最後まで発することができなかった。あまりにも怖い形相で春珠が彼女を睨み上げていたからである。

「……やはり皇后陛下もそれから皇帝陛下も、共和国では、わたくしが書いたシナリオ通りに話して頂くのがよろしいかと存じます」

逆らうことなど許さない強い口調で春珠が宣言した。

「「ア、ハイ」」

その声に、リランも大樹も素直に返事するしか選択肢がない。

その後に続く一日は、とにかく大変だった。

寝起きから浴室に放り込まれ、後宮初日の時以上に磨《みが》き上《あ》げられ、飾り立てられ、仕上げに重石《おもし》かと疑いたくなるほど重い冠を被せられた。

後宮にやってきた初日と同じく、いやそれ以上に派手に飾り立てられたリランを見た瞬間、大樹はこちらのほうが驚くほど瞠目《どうもく》し、マジマジと彼女を凝視した。

「……君は、本当に美しい人だな……」

嘆息混じりに言われる。

――は？　なんの嫌味ですか？　って言うか、それはこちらの台詞ですけど！

婚儀用に盛装した大樹は、いつにも増して完璧な美貌を見せている。

この大樹の横に立って遜色のない人物など、リランは世界で一人しか思いつかない。

「ウェストクリフ聖騎士団長に比べたら、私なんて衣装とメイクでなんとか見られるくらいのレベルだからね！」

リランの心の底からの正直な言葉に、大樹は口角を上げたまま唇を引き結んだ。

その笑顔は、オーラが視えなくても解るほど完璧な作り笑いだ。

「……そうだな。早く儀式を終わらせ、一刻も早く、第七聖騎士団長に会わねばなるまい」

「うん。一刻も早く、ウェストクリフ聖騎士団長に会って話をしないと」

リランは元気良く返事をしたが、大樹は相変わらず作り笑いのままだった。なぜか。


皇国風の結婚式は祭主である皇女の先導によって厳かに行われ、続いて披露宴《ひろうえん》の代わりか、大勢の人が集まる広場に張り出したバルコニーで二人並んで立つことになった。

広場に集まったのは高官と各藩王国の大使などで、リラン達は人気の舞台俳優でもこうはいくまいと思うほど、熱狂的な歓声と怒号のように踏み鳴らされた足音で迎えられた。

「……物凄く喜んでる？　私、一応仮想敵国の人間のはずなのに？」

「それは、君が……」

何事もハキハキ即座に返事をする大樹《ダーシュー》が、リランの質問に迷うように一度言葉を止めた。

「……君を皇后に迎えたことで、共和国との関係が改善されると期待しているのだと思う」

そう大樹が答えた途端、皇后の女官長として背後に控えていた春珠《チュンヂュー》がガタンと何かに躓いた。

「失礼しました。国民がこんなに盛り上がっている理由が、皇后陛下の美しさにあることは火を見るより明らかなのに、皇帝陛下がそれに触れずに、雰囲気をぶち壊す情緒も何もないことを仰るので、つい動揺してしまいました」

――はい？　むしろ、今の春珠の発言のほうが百倍も私的には動揺するよ？

もちろん、後宮のメイド達のメイク技術が凄いことはリランも認める。だが、美しいのはあくまでメイクや衣装が、であって、リランが、ではない。そこを勘違いして、痛い人にはなりたくないなぁと、リランは思うのだ。

――皇女や大樹の美貌を見てたら、私なんて大した造作じゃないって理解できそうなんだけどな。春珠は皇女を見慣れているから、逆に私みたいな顔が物珍しいのだろうか。

まあ、確かに金髪というだけで珍しさはあるかもしれない。瞳の色はこの距離では、観客もとい政府高官や大使達には判らないにしても——などと、リランが思っていると。

「わたくし、自国の皇帝がとんでもなくハンサムな時代の後宮に入れて、物書きとしてこんなに素晴らしいことはなかったと思っていましたけれども、これほど美しい皇后を迎えて言う言葉がそれとは。皇帝陛下は恋愛小説のヒーローにするには残念すぎます！」

作家なだけあって、春珠の物言いは大げさだ——と、リランは半《なか》ば諦めの境地で聞き流しに入った。真面目に聞いていると、面映《おもは》ゆくてしょうがないからだ。

「え〜、面白《おもしろ》いじゃん、残念なヒーローって。ありきたりじゃないのって大事じゃね？」

大樹の親族として同じく後ろに控《ひか》えていた趙《ヂャオ》藩王が口を挟む。

これだから素人は！　などと、春珠が舌打ちしたのが聞こえたのは、気のせいか。

——き、気のせいだよね？

王とか皇帝は、少しでも気に食わない国民をすぐに処刑するのだと共和国では言われていた。身分なんて言葉は共和国人の端《はし》くれとしては使いたくないが、この国では皇帝や皇帝の異母兄と春珠の間には、それなりの身分差があるはずで。

——ま、まあ、二人共、誰彼となく処刑台に送る感じはしないけどね。春珠は皇女のお気に入りの作家らしいし……。

そうは思うが、リランはちょっとハラハラする。

「残念なヒーローを好む方は！　とても！　少ないの！　です！」

ちなみに、本人はまったく怯む様子がない。

場が場であるだけに声量こそ絞っているが、語調はとんでもなく強いし、視線に圧がある。

「皇帝陛下のために皇后殿下の好みの殿方が残念系であってほしいと願いますが！　しかし、わたくしが美しいロマンスにまとめて共和国の皆様にお伝えし、我が国への好感度をアップさせねばならないことを考えると、あまりにも無理すぎます！　とんでもない無茶振りです！

皇帝陛下には速やかに残念系から卒業して頂きたいです！」

「なるほど。話の半分もついていけなかったが、要は俺が悪いのだな？　善処しよう！」

ここでこう笑顔で返せる大樹は、皇帝という職業はともかく——と言うか、皇帝なのに！

——、人として、尊敬できるとリランは真剣に思った。

十一——再会（一）

「——リランや！　そこに座りなさい！」

腰に下げた聖剣ナバルから明らかに不機嫌な大声で呼ばれて、リランは背筋を伸ばした。

場所は輝陽《フェイヤン》皇国の皇都から馬で八時間ほど離れた町のホテルの一室である。

ホテルと言っても皇帝が逗留《とうりゅう》する御座所《ござしょ》に相応しく、後宮と同じくらい派手で豪奢だ。

宛《あて》がわれた部屋に入った瞬間から砂埃《すなぼこり》と汗に汚れた身でどこに座ればと悩んでいたリランを、聖剣ナバルが一喝《いっかつ》したのである。

慌ててリランは聖剣ナバルを黒曜石のように輝くテーブルの上に置き、自身は床に跪いた。

「いい加減、この爺《じじい》に、状況を説明せい！」

昨夜、皇宮を出立する時にリランの手元に戻ってきたナバルが、そう言うのも無理はない。リランの周囲には大樹《ダーシュー》達がいたから、ナバルは何も喋れず、訳が解らないまま夜通し馬を走らせている間、悶々としていたに違いない。いや、おそらくリランが捕虜になってからずっと。

リランを巡る状況は日々激変し続けている。

なにせ大樹と出逢ってから怒濤《どとう》のような三日間を経《へ》て、四日目にはなぜか皇后となり、今朝が五日目の朝だ。

今、リランは聖騎士団の軍服と聖剣ナバルを取り戻したもののもはやただの聖騎士ではなく、なんと皇国の皇后だ。しかも、皇帝である大樹と共に共和国へ向かっている。

「ナ、ナバル、気持ちは解るんだけど、もうちょっと小さい声で、お願い。聖剣が喋るなんて、軍事機密だから」

女官長の春珠《チュンヂュー》には人払いを頼んでいるし、この部屋もかなり広いが、用心に越したことはない。

「……この爺とてそのようなこと、解っておるわ」

いかにも渋々と言った感じで、ナバルも先刻の十分の一ほどの声量に落としてくれた。ちなみにナバルの一人称が〈この爺〉なのは、昔、反りの合わなかった聖騎士にそう呼ばれて腹が立って以来のことだと言う。

この件からも解る通り、ナバルは聖職者のくせに、何かと根に持つ性格なのだ。

「解っておるから、ずっと黙っておったわ。一月以上も誰とも話さず、平凡な剣の振りをするのは、年寄りには堪《こた》えたのぅ」

「そのことについては、大変申し訳なかったです」

リランはナバルに向かって深々と頭を下げた。

「捕虜になるなら武器は取り上げられると、解っておったじゃろ？　だったら、この爺をなぜ、聖騎士団長に預けなかったんじゃ？」

アーネスト教の秘術により聖剣には昔の聖職者の魂が封じられている。聖人が宿った聖剣、それから同じように処置された聖弓のみ、オーガーを斃すことが可能なのだ。

体は剣となっても魂は人なのだから、封じられた聖人の中には話し好きもいようと思うが、それにしたってナバルはとんでもなくお喋りだ。他の聖剣の軽く千倍は喋る。その彼が一月以上も無言を強いられたのだから、かなり恨《うら》みを溜め込んでいるのもしかたがない。

「……その、心細くて。取り上げられるにしろ、同じ町にナバルがいると安心できそうで」

ナバルはリランにとって、彼女が聖騎士であることを証明する何よりのものだ。

――それに、ナバルは嫌がるかもしれないけど、おじいちゃんみたいな存在だし。

ナバルは凄くお喋りで小言も多いが、リランに対して本当に酷いことは一度も言ったことがない。戦闘時のアドバイスは的確で、聖騎士団の人達との軋轢《あつれき》でリランが凹めば、なんだかんだと元気づけてくれた。

聖騎士になってから何かと周囲との軋轢があったが、落ち込んだ顔を弟妹達に見せずにすんだのは、ナバルのおかげだ。だから、リランが生まれる前に父方の祖父も母方の祖父も亡くなったけれど、祖父とはナバルみたいな感じかと思うことが多かったのだ。

「あの、それにね、ナバル。実は私、今、共和国では殉職したことになっていて」

そのような状況だから、もし、リランが聖騎士団長にナバルを預けていたら、（書類上）殉職したリランの聖剣は次の聖騎士候補に回され、二度とリランの手に戻らなかっただろうと説明するが。

「――結果論じゃな、それは」

ナバルの機嫌は直らない。一月以上も沈黙を強いられたことの恨み辛《つら》みは大きいようだ。

リランは途方に暮れた。聖騎士団の皇国への派遣をお願いする時、ナバルにも手伝ってもらうつもりだったが、こう臍《へそ》を曲げられてはどうしたものか。

「と、言っても、実際、リランが聖剣を持ったまま皇国に残ったからこそ、ご老人はリランの聖剣のままでいる。終わり良ければ全てよしなのでは？」

「大樹！」

——こんなに簡単に背後を取られるとは、鍛錬し直さないと……じゃなくて！　なんで、大樹は許可も乞わずに勝手に人の部屋に入ってくるのかな⁉

「……？」

リランが怒った顔で振り返ったので、大樹は顔中に疑問符を浮かべている。

今日の大樹の頭には、いつもの仰々《ぎょうぎょう》しい冠はない。代わりに長い黒髪は後ろで一つに結んだあと、いかにも高価そうな銀糸の組紐《くみひも》と金糸の組紐で一本の縄のようにまとめられていた。

動きやすさを優先させるということで、大樹は昨夕、旅立つ時にリランの軍服に似た形の服を着ていた。今もその服を着ているが、多分、同一デザインの服に着替えている。

彼はリランと違い、ホテルに着くなり速攻で入浴と着替えを済ませたようだ。

「リラン、君が言いたいことは、そういうことではなかったのか？」

「それはそうだけど。どうして、大樹は人の部屋に断りもなく入ってくるの⁉」

——あ、口調が姉モードになっている。

そう焦ったが、皇国人の——あるいは皇帝家の人達限定なのか？　——こういうところだけは、どうしても頂けない。プライバシーの侵害だと思う。

——それに、大樹の顔を見るのは、結構心の準備が必要なんだからね！　いきなり入ってこないでよ、もう。

ウェストクリフ聖騎士団長もそうだが、大樹も三日で見飽きるような半端な美貌の主ではない。

「レストランで軽食の準備が整ったと聞いて、君もどうかと思って呼びに来た。そうしたら、知らない者と君が話している声が聞こえたので、驚いて立ち聞きしてしまった！」

などと立ち聞き犯から物凄く正々堂々と言い訳されて、相手の悪気のなさにリランは目眩を覚えた。

――時々、大樹って凄く子供っぽいよね？　そこが可愛いんだけど。あ、いや、ダメだ。プライバシーの侵害なんだから、ここはちゃんと言っておかないと！

リランが一人になった途端、きっとナバルが喋り倒すだろうからと予測して、春珠にはわざわざ人払いを頼んだのだ。

それに、このホテルに到着した時、夕刻の出立時間までは自由だとリランは聞いていた。

食事については準備に時間がかかる――なにせ、前触れの早馬とほぼ同時に皇帝夫妻がやってきたのだから料理人も肝《きも》を潰したことだろう――ので、しばらく待ってほしいとも言われた。

故にリランは入浴と着替え、休憩《きゅうけい》をしてから食事を取ろうと計画していたのだ。

――食事の準備ができたからって、皇帝自身が呼びにくる？　だいたい人払いしていたのに、なんなの？　まさか、〈人〉に皇帝は含まれないの？

そう言えば、皇国では皇帝は神の代理人なのだとか、そんな話を聞いたことがある。

――それならそれで、皇帝がホテルのボーイみたいなことをするのは変じゃない？　まあ、大樹が変テコな皇帝なのは、今に始まったことじゃないけれど！

「――立ち聞きしたなんて、そんな曇りなき眼で胸を張って言うことじゃないと思う」

「済まん。立ち聞きしたのは悪かった。これこの通り謝る」

リランに睨《ね》めつけられた大樹は、皇帝とは思えないほどしっかり頭を下げて謝ってくれた。

「君が困っているようだったので、つい、口を出してしまった。だが、君の言うように断りもなく令嬢の部屋に入り、いきなり話しかけたのは良くないことだった。重ね重ね申し訳ない」

こう素直かつ丁重に〈皇帝〉なんて偉い立場の人から謝られると、非が相手にあっても居心地が悪い。萎《しお》れた尻尾と耳が幻視できるような表情をする大樹相手なら、なおさらだ。

――大樹の言葉が助け船になったのも事実だし……。

「それにしても、聖剣が喋るとは！」

が、リランがどう対応しようか悩んでいる間に、大樹はこの件は終わったと判断したようで、今知ったばかりの〈聖剣は喋る〉との事実に興味津々《しんしん》で目をキラキラと輝かせていた。

――切り替え早っ！

大樹はまるで大好きなものを見つけた子供みたいな顔で、聖剣ナバルを見詰めている。

――聖剣が喋るのは軍事機密なんだけど～っっ！　こ、これが共和国政府に知れたら、自分は非常に厳しい状況に……って、共和国では私、殉死したことになっていたんだった！

さらに言えば、現在、リランは仮想敵国たる皇国の、名目上とは言え、皇后になっている。

そんな現状を鑑《かんが》みるに、リランは軍事機密がどうのと慌てる己が馬鹿らしくなってきた。

「……リラン、この御仁《ごじん》は？」

と、今まで様子見をしていたと思われるナバルが尋ねてくる。

「ご挨拶が遅れて申し訳ございません」

リランと同じくナバルが置かれたテーブルの前に跪くと、姿勢を正し、大樹《ダーシュー》は一礼した。

「俺は、大樹・輝《ダーシュー・フェイ》と言います。輝陽皇国で皇帝をやっています。このたび、リランを皇后に娶りました。幾久《いくひさ》しくお願い申し上げます」

「……………………」

対して、誰かに話しかけられたら即答どころか相手の言葉を遮ってまで喋り倒すナバルが、数十秒も黙り込んだ。

ナバルも大昔の人とは言え、共和国人だ。リランが皇国の皇帝と知己を得ただけでも想定外。さらに皇后となったと聞いて、言葉も出ないほど面食らったようである。

「……いやはやいやはや。生まれてこの方、これほど魂消《たまげ》たことはないの。この爺、名をナバルと申す。そうか、リランの伴侶は皇帝か。リランには普通の男では釣り合わんと思うとったが、皇国の皇帝ならなんの不足もないわ。やれ、めでたいことじゃの」

「いや、ナバル。これは便宜上《べんぎじょう》と言うか、私はあくまで名目上での皇后だからね！」

相好を崩したかのようなナバルの声音に、リランは慌てて訂正を入れた。

「なぬっ？」

一瞬、ナバルは押し黙った。その沈黙が空気を重くする。

「何じゃと⁉　この戯《たわ》け者《もの》共、聖なる婚姻《こんいん》に名目上とは何事じゃ！」

あ、と思った時には大音声で一喝されていた。せっかく下げてくれた声量が、逆に当初の十倍となっている。

「それが、リランは名目上でないと皇后になることに承知してくれなかったのだ！」

鼓膜が破れそうなほどの大喝《だいかつ》を食らったのに、大樹は平然と明朗闊達な口調で応じている。

「ちょっと待って！　それでは私が悪いみたいじゃないの⁉」

「実際、俺が君を皇后にと乞《こ》うた時、返事をしてくれなかったではないか。名目上と言って、ようやく了承してくれたのは事実だろう？」

「そ、それはそうだけれども！」

しかし、大樹にはよくよく考えてほしい。

――もしかして、大樹は私が仮想敵国の軍人なのを忘れていない？　忘れているよね？

しかも、元々捕虜だ。それも、ただの捕虜ではなく、借金の形であったのだ。

さらに言えば、共和国は借金を踏み倒そうとしているので、借金の形としては失格の身だ。

——そんな経歴の者を皇国の正式な皇后にするなんて、ありえないでしょう、常識的に。

そもそも大樹には春珠を始め、立派なお妃様が四百人以上いる。

聖騎士団を招聘《しょうへい》するという目的がなければ、リランを名目上とは言え皇后になどする必要はなかったのだ。

——ちゃんと解っているんだからね、私は。

自分は大樹の皇后の座に相応しくない。分を弁《わきま》えないといけない。色んな理由があってプロポーズされたけど、それで図に乗るなんてとんでもない。この期間限定の皇后の位は、用済みになったらちゃんと返上してみせる。自分は共和国人で、本来なら大樹《ダーシュー》の人生に擦《かす》りもしない人間だから。

「……どういう経緯《いきさつ》か、この爺に端から話してみ？」

リランと大樹は顔を見合わせた。

「話せば長くなりますが、元々皇国が建国される時に俺の先祖にあたる者が」

大樹は、〈始まりのオーガー〉と皇帝家の契約の話から始めることにしたようだ。

「その話、かなり長そうじゃな？」

途端、大樹の話をナバルは遮った。

「はい」

「では、今は止《や》めておこう。この爺は食事がいらぬが、リランやお前さんは違うじゃろう。まずは、食事に行きなされ。子供が腹を空《す》かせておるのは、落ち着かぬ」

リランは大樹を仰《あお》ぎ見る。

――大樹は子供扱いされて拗ねないかな？

「お気遣い、痛み入ります。それでは、一旦失礼致します」

ナバルとは何百歳も年が離れているせいか、大樹は先日のように機嫌を斜《なな》めにしなかった。

それどころか、大樹はそこにナバルという名の老人が座っているかのように、姿勢を正して一礼する。そして、二人は連れ立って部屋を出て、食事の準備がされた部屋まで歩き出した。

「聖剣は……、いや、これはあとで話そう」

軍事機密なのだろう？　――と、大樹の表情が尋ねてきたので、リランも無言で頷く。

いくらリランが名目上の皇后になったとは言え、共和国の軍事機密を気軽に通路で話して大樹以外の者に聞かれることがあったら大事《おおごと》だとリランも思ったのだ。

――剣が喋るなんて、気持ち悪いと思う人もいるだろうし。

しかも、ナバルときたら聖人らしさは欠片もなく、近所のご老人かのごとき話し方だ。

あのナバルに動じず、一般の高齢者に対する態度が取れる大樹は、やっぱり大物だとの感想をリランは抱いた。

「……ナバル殿にも叱られてしまったし、どうも、俺は残念な人間らしいが」

と言うのに、大樹は自身をそう評価する。

昨日、春珠に〈残念なヒーロー〉と言われたことを思い出したらしい。

「そんなことは、ぜんぜんないと思うけど？」

「いや、春珠があれほど言うのだから、俺という男は残念なのだと思う！」

しかし、大樹はリランより春珠の言葉を重んじたようだ。

「――」

違うよ、残念なんかじゃないよ――そう、リランはもう一度大樹に言いたかった。

が、再度リランより春珠の言葉を信じる大樹の言葉を聞かされるのが嫌で、口を噤《つぐ》む。

「だが、共和国の人々と仲良くなれるよう、残念な男なりに精一杯頑張るつもりだ。君には負担をかけるかと思うが、よろしく頼む」

そう言って、大樹は左手を差し出した。

「……はい。……え？」

落ち込んでいたリランは大樹に頷いたものの、差し出された手の意味が解らず、彼を見上げた。

「手を繋いでほしい」

「……は？」

何を言い出した、この皇帝は？　――と、リランは疑問符だらけの顔をする。

「……そこまで嫌そうな顔をされる頼み事だったろうか………」

「あ！　そ、その、意味が、解らなくて！　別に嫌とか嫌じゃないとかじゃないよ？」

そんなに大樹を傷つけるような表情をしていたのだろうかと、焦る。

「夫婦らしいことに慣れていないと、共和国でボロが出るかと思った。春珠曰《いわ》く、俺は残念なヒーローらしいから」

言っている台詞とキラキラした顔がまったく合致していない。

――だぁ〜〜〜〜！　そ〜〜〜、いう〜〜〜、とこっっ！

リランは春珠が大樹のことを残念なヒーロー呼ばわりするのが、まったくこれっぽっちも理解できない。顔も良いし性格も良いし、声も良いし頭も良い。気遣いにも長けていて、何が残念なのかさっぱり解らない。

ただ、己の顔の良さを自覚していないのは、確かに残念かもしれない。

手を繋ぐって夫婦らしいのかな？　――と思わなくもなかったが、それ以上の濃い接触は、リランの心臓が持ちそうになかったので、リランは大樹と手を繋いで、食事が用意された部屋まで歩いた。

……その後、何かと手を繋ぐ機会を増やされて、「しまった、あの時、うっかり手を取るんじゃなかった。手を繋ぐだけでも心臓が持たない！」などとリランが後悔するのは、三日ほど後のことである。

〝お前が、今宵の贄《にえ》か〟

と、恐ろしい化け物の王が歌うように大樹《ダーシュー》を指差し言ったのは、彼が六つの時だった。

〈屍魔《シーモー》〉と呼ばれるその化け物の中でも最強を謳われる王、あるいは始祖とされる〈屍魔《シーモー》祖《ヅー》〉は見上げるほど巨大で、大樹の小さな体など一飲みできそうな大きな口を持っていた。しかもその口には鋭い牙が三重《みえ》に並び、赤い舌にはびっしりと禍々《まがまが》しい棘《とげ》が生えている。暗赤色の瞳は左右にそれぞれ二つ。計四つの目に映《うつ》る己の姿は、腹が立つほどか細く小さい。

〝今からお前を、頭から食ろうてやろう。いや、内臓を破り、血を啜《すす》るのがよいか〟

楽しげに化け物の王は言い、舌先で大樹の頬を舐めた。舌に生えた棘が、大樹の柔らかな頬の肉を裂き、熱い痛みと血が湧く。

〝さあ、泣きわめけ。命乞いをせよ。人間の子供の悲鳴は、ことさら我が耳に心地良い〟

化け物の王は、いっそ優しいとさえ言えそうなほどの声音で大樹に囁く。

〝――――！〟

皮膚を切り裂かれた痛みに震えながらも、大樹は化け物を睨んだ。

——泣いてなど、やるものか！

自分は泣かない。叫ばない。命乞いなどしない。この化け物を喜ばせたりしない。

自分の血肉を化け物が喜び喰らおうとも、それ以外に何も、大樹はこの化け物の王に己のものを与えたくなかった。何一つ。絶対に。

大樹は現在の皇帝家で一番幼く一番身分の低い母から生まれた皇子として、この化け物の王への供物《くもつ》に選ばれた。

『そなたが王の飢えを満たせば、この皇国は少なくとも三年から五年は救われるのです』

皇宮の最奥《さいおう》のそのまた奥に隠された、この化け物の棲《す》む洞窟《どうくつ》に来る前に、母は泣きながら大樹に言った。

『父上も立派に贄を務められました』

ハラハラと、母の目から涙が溢れた。

そう、大樹の父も贄となった。この化け物の飢えを鎮《しず》め、皇国に安寧をもたらすために。

その日、父はこれ以上ないほど優しい笑顔で、母とまだ母の腹の中にいた大樹に今生《こんじょう》の別れを告げたと言う。迫り来る死をまるで恐れていないかのようだったと。

大樹の父は立派な皇帝だった。民のために、笑顔で化け物の贄になったのだと。

——俺も、父上のように、誇りを持って、生贄となる！

そして、冥府《めいふ》で父に褒めてもらうのだ。さすがは予《よ》の息子だと。母は立派な皇子を産んだと。

——褒めて、もらうのだ！　父上に。

大樹は父について顔も知らない。母が語る父しか大樹は知らない。

それでも、大樹は父が恋しく、父を誇りに思っていた。

〝——〟

小さな体で己を睨み上げる大樹に、化け物の王は訝しげな視線を向け、しばし動きを止めた。

〝——様、その子の血は不味いのでは？　きっと肉も美味《うま》くないかと〟

その時、誰かが化け物の王に囁いた。

化け物の王は禍々しい棘だらけの舌を口内にしまい、数秒考え込んだ。

〝……確かに血が不味い。こんな不味い血の贄は初めてだ。きっと肉も不味かろう。泣き叫びもせず、命乞いをしないのも面白くない。お前は、いらぬ〟

化け物の王が手を振ると、一瞬で大樹は洞窟の外に投げ出された。

こうして大樹は死を免れた。

……代わりに、五つ上の異母兄が贄となった。

十二――再会（2）

夏の旅なので昼間休憩して夜に移動したほうが距離が稼《かせ》げると、昼夜逆転の移動だった。婚礼の夜に皇都を旅立った翌朝にナバルのことが大樹《ダーシュー》にバレたこと以外は、旅は順調すぎるくらい順調で予定より二週間も早く国境の町に着いてしまったくらいだ。

リランは砂嵐に巻き込まれて国境を越えたため、この町を訪れるのは初めてだ。このオアシス自体は中立地帯で、町の真ん中に東の皇国と西の共和国両国を結ぶ唯一の国境門があるのだとか。

「皇后陛下。そろそろお召し物を替えて頂けますか？」

春珠《チュンジュー》が例の怖い顔で言った。実はこの件で、リランは春珠とは数日前から揉めている。国境を越えるのは、この町で人目が最も多い正午前と春珠によって決められていた。真昼だ。日差しはきつく、気温も高い。

故にリランは、あの燦爛たる重くて暑い皇后の衣装を着たくない。

「え、……と。あの、まだ、首都に着いていないしね？」

「趙《ヂャオ》藩王殿下の懇意の商人がじどうしゃ？　とやらを準備して下さったそうですよ。共和国に入れば、皇后陛下がもう馬に乗って移動なさる必要はございません。そもそもここから国境を越える時は、騎乗ではなく駱駝車で移動して頂きます」

「駱駝車とか自動車の中なら、人目もないし、わざわざ着飾らなくてもいいんじゃ？」

「陛下。何度も申し上げましたが、国境を越える時から、勝負は始まっているのです！」

——勝負？　勝負って何？　うん、勝負……？

「皇国は〈屍魔祖《シーモーヅー》〉以外のオーガーがいないけれど、共和国は違うからね！　いつ何時、オーガーが出るか判らないの。だから、私は聖騎士の」

「——皇后陛下」

春珠はリランを分不相応な肩書きで呼んでリランの言葉を遮ると、ぐいっと詰め寄る。

「共和国ではわたくしのシナリオ通りに振る舞って頂くと、お約束しましたよね？」

「ア、ハイ」

その迫力に、リランは白旗を揚《あ》げた。どうも春珠には一生敵わない気がする。

——皇后って皇国では最高位の女性で、どんな贅沢も我儘《わがまま》も通ると聞いていたのに、どういうことなの？

もちろん、リランは皇国の血税で贅沢をしたり他人に迷惑になるような我儘な振る舞いをしたりする気はなかった。ただただ、皇后としての権限を使って、皇后の盛装を暑い日中にしたくないだけなのだが、春珠はその細《ささ》やかな我儘を許さない。

——まったく共和国で流れる皇国の噂は、どれ一つ正しくないんだから！

ともかくリランは春珠に命じられて、泣く泣くあの綺麗で豪華だけれども、重くて暑い衣装を着せられ、盛大に装飾品で飾り立てられ、おまけに重い皇后の冠まで被せられた。

そんなリランを見て……否、念入りに凝視して、大樹はしばらく沈黙した。

──え、……と。

「……何か、おかしい、かな……？」

黙り込んだ大樹にリランは尋ねたが、問うた先から後悔した。

──おかしいよね、うん。

皇国の衣装は、黒髪で黒い瞳の皇国人に似合うように作られている。

皇女の装いや春珠を始めとするメイド達の装いを見慣れてくると、共和国人がギョッとするような派手な色彩も、皇国人達の黒髪を引き立てるためと解った。

──つまり、金髪の私には似合う訳がない。目に痛いだけだよね……？

「あ、いや、そういう訳ではなくて……」

いつも明朗闊達、ハキハキと即答する大樹が言葉を探している。

もう、それだけでおかしいんだと言われたも同然な気がして、リランは胸が痛い。

──いやいや、リラン・バード！　大樹がどう思おうと、私には関係なくない？　大樹にとって、私は聖騎士団と共和国政府を説得する人質みたいな存在なんだし。うん。おかしくても、とにかく目立てばいいんだわ。共和国人が皇后になっているって。

そう思おうとするが、上手く気持ちを切り替えられなくて、リランは俯いた。

「久しぶりにこういう盛装をすると、お互い、なかなかつらいな、と思った！　君も暑くて重くて大変だと思うが、我慢してほしい！」

あれこれと益体《やくたい》もないことを考えていたら、大樹から想定外なことを言われ、かつ頭を下げられ、リランは一瞬呆けた。

しかし、何はともあれ気遣いは嬉しい。リランが皇后の衣装を嫌がっているのも、その理由も解ってくれていることが、心底嬉しい。胸がポカポカと暖かくなって、元気が出てくる。

「そう！　そうなのよね！　重いのよね！　この冠も衣装も！　おまけに暑いし！」

「済まん。しかし、俺の冠も相当重い。服も砂漠仕様ではないからなぁ、確かに暑い！」

二人でそんな会話をしている背後で春珠の『主上……』との呪詛《じゅそ》を吐くような声と舌打ちが聞こえたが、気のせいにする。

結婚式の日以来の皇帝仕様の大樹は、この旅で陽に焼けたせいかなんなのか、以前より威厳《いげん》と格好良さと精悍《せいかん》さがプラスされている。

もちろん、後宮で初めて逢った時に、大樹に対してひ弱そうな印象をリランが持った訳ではない。

だが、あの夜の室内で見た彼より、今、夏の日差しの下で帝冠の宝玉を煌《きら》めかせている彼のほうが、ずっと頼もしいと言うか、貫禄《かんろく》を感じる。ある意味、凄く〈皇帝〉らしい。

――前から、大樹の容姿の良さは認識していたけど。

そうは言っても、リランはウェストクリフ聖騎士団長の世にも稀な美貌を見慣れた身だ。

だから、初めて逢った頃は、逐一《ちくいち》見惚れることなど（あまり）なかった。

なのに、最近、「あれ？　本当に大樹だったかな？」と確認するように見詰めてしまうことが多くなっている。こんな行動は他の誰にもやったことがない。

大樹に対してだけリランは、己でも何か色々と言動が制御不能な時があるのだ。

――こんなに格好良い大樹に比べると、成金の飾り立てた令嬢みたいだな、私は。

いつぞや大樹は自身を残念な男だと自嘲していたが、リランのほうがよっぽど残念な皇后だ。

――気品とか育ちの良さっぽいものが、もう少しあれば、大樹の隣に並んでも、まだ、見劣りがしないのに……って、いやいやいや、見劣りしようが、共和国人の皇后という肩書きが大事！

と、リランは頭を振りかけて、重すぎる宝冠の存在を思い出す。とても重いのだ、この冠は。

「……あの、春珠。これから、ずっとこの格好……？」

なんてことはないよね？　――との期待を込めて春珠を振り返ってみたが。

「共和国の皆様の前では、その格好でお願いします。なお、大統領とお会いになる時はもう三段ほど豪華な衣装を準備しております」

春珠に冷酷に宣告されてしまった。

リランは頭を押さえたい。しかし、親指以外の八本の指に銀と宝石とでできた飾り爪が被せられた手で額を押さえようものなら、間違いなく顔に傷ができる。

これ以上、みっともない格好にはなりたくないので、リランは両手を重ねて我慢した。

「意外と似合っておるぞ」

綺麗な錦《にしき》の袋に入れて装飾品のように腰に吊るした聖剣ナバルが、笑みを含んだ声で囁く。かなり小さい声だったので、リラン以外には聞こえなかっただろう。

——袋に入っているのだから、見えていないだろうに、勝手なことを言っているなぁ。

「この袋に入れられる前に見ておる」

リランの胸の内を読んだかのようにナバルは言う。それから。

「リランのツレも、相当男ぶりが良いのぅ。皇帝ならば、後宮にたんと妃もいるのじゃろぅ？リラン、負けるでないぞ」

——負けるでないぞって……？　春珠の勝負は始まっているという言葉といい、いったいなんと戦わせようとしているのよ、春珠もナバルも⁉

自分はオーガーと戦うことはできるが、他の何かと戦うつもりは毛頭《もうとう》ないのだが。

ともあれリランがホテルのエントランスから大樹と共に表に出ると、駱駝が引く馬車、否《いな》、駱駝車がリラン達を待ちかねていた。

御者《ぎょしゃ》の後ろの座席は、盛装したリランと大樹二人しか乗れそうにない大きさだ。天蓋はなく、リラン達の姿は周囲に丸見えになる。

——それはいいとして！　いや、あんまりよくないけど横に置く！

それより問題は車体だ。赤く塗られた車体には金と青の花のような模様が描かれている。共和国人としては、この色彩は許しがたい。

——文化が、違う……。

皇国に来て以来、もうほとんど日常の挨拶のように脳裏に染みついた言葉が湧いてくる。

こんな派手と言うかケバい車に、同じように派手に着飾った自分が乗るのか。大樹と。

——いやいやいや。乗り物が恥ずかしいとか、衣装が恥ずかしいとか、大樹の隣に皇后として並ぶのが恥ずかしいとか！　そんなこと、全部、些末《さまつ》なことよね！　〈始まりのオーガー〉を斃すことに比べたら！

そう己を鼓舞し、これまた恥ずかしながら大樹に助けられて——皇后の盛装は滅法《めっぽう》動きにくい——駱駝車に乗った。

美々しい刺繍に彩《いろど》られた皇国の乗馬服を身に纏った蘇《スー》藩王の子息を先頭に、豪壮な一団が国境門を目指してゆっくりと動いていく。

派手な駱駝車とその車上の盛装のリラン達に、うわぁ……と、周囲から歓声があがった。

大通りの先、国境の二重門の向こう、共和国側の人々は皆、ぽかんと口を開けていた。

ちなみに二重になっている門の皇国側の門は開かれていたが、共和国側の鉄柵の門は閉ざされている。その門越しに、共和国人がざわつき出す。


あれは、誰だ？

皇国の皇帝夫妻だと聞いたぞ？

そんな大物が来るなんて、聞いていない！

通して良いのか？

通さなくて良いのか？

ちょっと待て。皇国の皇帝がなんで、金髪の女性を連れているんだ⁉


「姉さん⁉」

ざわつく共和国側の人混みの中から、ひょろりと痩《や》せた少年が飛び出してきた。

「マシュー⁉」

思わず立ち上がりかけたリランを、大樹が腕を取って押さえた。

「動いている車の中で、急に立つのは危ない」

すぐ傍のリランにしか聞き取れないような小さな声で語るのは、幼い子供に話すような事柄だ。反論の余地がないド正論である。

――正論だけど！

マシューが、ずっと心配していた弟が、なぜかこの場にいるのだ。

しかも、閉ざされた国境門の鉄柵を摑んで、「リラン姉さん！」と大声で叫ぶマシューを、共和国側の兵士達が乱暴に引き剝がそうとしている。

これはじっとしていられない。今すぐにでも駱駝車を飛び降り、マシューの傍まで走り寄りたい。そんなリランが膝に置いた手に大樹が手を重ね、彼女を視線で制する。

『暁明《シャオミン》！　春珠！』

暁明は春珠の兄で、この旅の隊長を務める蘇《スー》藩王国の軍人だ。

大樹に名を呼ばれた二人はすぐに馬首を巡らし、駱駝車の傍にやってきた。

『なぜ、共和国側の門が開かない？　皇国の皇帝に含みがあるのかと問い質せ。それから、あそこで叫んでいる少年は皇后の実弟だ。それも伝え、丁重に扱うように命じ……る訳にはいかないか。共和国人には。ともかく速やかに共和国側の門を開け、あの少年を皇后と引き合わせできるよう最善を尽くしてくれ』

『承《うけたまわ》りました！』

二人は騎馬のまま、人混みを縫い、改めて国境門の前に立つ共和国兵に交渉に向かった。

しかし、その間もマシューが兵士達に小突かれている。

「……大樹」

我慢ができないと、リランが視線で訴えれば。

『ダメだ。我々が、徒歩で、国境を、越えるのは、よくない。皇国が、下に、見られる』

先程は共和国語を使ったが、大樹は己が共和国語は片言との設定を思い出したようで、リランにも解るように簡単な皇国語で説明する。

共和国への旅の間にリランは皇国語を学んで、書く方はまだまだだが、これくらいの言葉は理解できるようになっていた。

〝リラン様が陛下と僅《わず》かでも皇国語で会話ができるように、皇国語を学ばれたという設定は尊いですね。きっと共和国のご婦人方にウケます〟

そんな春珠の思惑はともかく、皇国語を覚えたのは無駄ではなかった。こうして共和国人がいる場所で、大樹と内緒話ができる。

「皇帝陛下と皇后陛下が、わざわざ貴国を訪問なさると仰っているのに、なぜ、国境門を開かないのですか？　陛下方に何か含みを共和国はお持ちなのですか？」

前方から春珠が共和国側の門兵を問い詰めているのが聞こえてきた。

「そ、そういう訳では……。た、ただ、皇国から皇帝夫妻がおいでになるとは聞いていないので、今、確認を取っているところです」

「確認など、取っても無駄でしょう。我々は事前に連絡をしておりません」

「は？」

門兵は顎《あご》を落とした。

共和国から使節団等を出す時は事前に皇国に連絡するものだし、その逆もしかり。ただの官僚を送るのにもお互いに使者を出し、事前の調整を行うのに、今回、出し抜けに皇帝夫妻なんて皇国の最高位の二人が国境を越えようとしている。

共和国側が慌てふためくのも当然だ。

それをあえて大樹達がやったのは、共和国に何かと工作する時間を与えないためである。

「皇帝陛下が溺愛《できあい》なさっている皇后陛下の望郷の念に感じ入られ、共和国への行幸啓をお決めになったのです。それについて貴国に連絡など必要ですか？　我が輝陽《フェイヤン》皇国の皇帝陛下が、なぜ共和国の大統領閣下の許可を求めないといけないのです？　共和国と皇国は対等では？」

春珠の言葉は、どれも強く、交渉上手だ。

——やっぱり、彼女こそ、大樹の皇后に相応しいよね……。

そんなことを考える場面ではなかろうに、リランは改めて、そう思った。

——春珠はちゃんとした藩王国の姫君で、吃驚するほど賢く、綺麗でしっかり者で、皇女の信頼も厚い。

「いや、普通は、その、予《あらかじ》め、使者を……」

「普通？　今まで一度も皇国の皇帝陛下が貴国を訪れたことなどないのに？　先例のない件の普通とはなんでしょう？」

いつ本物の皇后になってもおかしくないほど立派な春珠に相対することとなった共和国の門

兵は、タジタジになっている。

ねえ、聞いた？　望郷の念ですって？
聞いたわ、望郷の、ってことはやっぱり？
やはり、あの金髪の女性は共和国人か！
おまけに、あの皇国の偉そうな女、皇帝が溺愛する皇后と言ったぞ。
共和国人が皇后？　それも皇帝が溺愛する？　そんな話、聞いたことがないぞ！
いや、でも、あそこにいるのは、どう見ても皇国の皇帝だぜ……。
えええ⁉　皇帝ってもっとでっぷり太った人相の悪いおっさんじゃないのか？
独裁者だもんな。ただ、その割に、あそこにいるのは、なんか性格が好さそうな？
何よりあの皇帝、とても顔が良いわ！
うん。皇后も、皇帝が惚れ込むだけある美人だぜ。
それに二人とも、なんて贅沢な衣装！

国境門の向こうで、共和国の人々がてんでバラバラなことを喋っている。
春珠の背には、満足そうなオーラが輝いている。
門兵の対応はともかく、共和国人の反応は春珠には満足のいくものだったようだ。

「それから、あちらの少年は恐れ多くも我が輝陽皇国の皇后陛下の弟君でいらっしゃいます。丁重な扱いを要望します」

改めて皇后が共和国人だと認める言葉を言われ、門兵も声が聞こえる範囲にいた共和国人も衝撃すぎたらしく皆が一瞬無言になり、場が静まり返った。

「僕はマシュー・バード！　リラン・バード聖騎士の弟です！　あそこにいるのは姉です！　死んだと言われていた姉なんです！　この門を開けて下さい！　姉さんに会わせて下さい!!」

次の瞬間、マシューがそんな絶叫をあげた。共和国の人々はマシューを見てはリランのほうを振り返り、リランを見てはマシューを振り返る。

そこへフードを被った背の高い人物が人混みから早足で出てきた。

そして、マシューの肩を抱いて、周囲に言い聞かせるように語り出した。

「この少年の願いを叶えてやってくれ」

それから、フードを落とす。

一同は無意識に息を飲んだ。現れ出た精巧《せいこう》な銀細工のような美貌に。

「自分はケリー・ウェストクリフ。第七聖騎士団長だ。自分が責任を持つ。大統領閣下には自分が報告するから、まずは国境門を開けてほしい」

「だ、第七聖騎士団長……！」

ごくりと門兵は喉を鳴らした。第七聖騎士団長は共和国軍の最強部隊のトップだ。

「……そ、その。門を開けることで、何が起こっても、あなたが責任を取って下さる？」

「ああ。サインが必要なら、いくらでも書いてやる」

「でで、では。では、ウェストクリフ聖騎士団長の命令ですから」

小役人根性丸出しの国境門の門兵は聖騎士団長から一筆貰うと、閉ざしていた門を開く。

「姉さん、リラン姉さん！」

開け放たれた門を潜《くぐ》って、全力で走ってくる弟に、リランは反射的に立ち上がって駱駝車を下りようとした。が、ここでも大樹に止められた。

「大樹！」

『少し、待ってくれ。この手では、君は弟君を、抱き締められない』

——そ、それはそうだけれど。

自分で飾り爪を取ろうとすると一本は口を使うことになる。衆目を集めているこの場でやるのは、皇后として問題があろう。

と言って、まるでメイドみたいに皇帝である大樹が、リランの指から飾り爪を丁寧に取り外しているのもどうなのか。

困惑しているリランを置き去りにして、大樹は手早くリランの指から全部の飾り爪を外した。

それから皇帝の正装のくせに身軽に駱駝車から飛び降りると、大樹は両手を広げた。

『裾を、踏んで、転げ落ちる、と心配している。ので、抱き下ろさせてほしい』

——え、……と…………。

乗る時のように手を貸してもらえばなんとかなると思ったが、地面を見れば駱駝車の車体は存外高く、台があった搭乗時《とうじょうじ》より地面に下りるのは難しそうだ。

リランは軍人だから、転んでケガをすることなど恐れない。

——けど、皇后が服の裾を踏んで駱駝車から転げ落ちるのは皇国の威信的《いしんてき》に拙い、よね？

ただでさえ、共和国民は皇国を見下している。共和国出身とは言え、皇国の皇后が何か失敗すれば、共和国民はやはり皇国は劣った国だと嘲るだろう。

——そして、大樹がバカにされる。私みたいな皇后に相応しくない女を娶ったって。

自分のことはともかく、自分のせいで大樹や皇国の人々がバカにされるのは嫌だと思った。

——皇国は、共和国と比べてけして劣った国ではないもの。民主主義国家ではないけど、大樹は共和国の政治家達より、ずっと真剣に国のことを考えているし。代々の皇国の皇帝や皇子達は、国民のために〈始まりのオーガー〉の生贄になったような心優しくも強い人達だ。

皇国の皇帝は、共和国の政治家や役人達が言うような血税を食い荒らす独裁者ではない。

だから、リランは覚悟を決めた。背に腹は代えられない。大樹と皇国が共和国民にバカにされないためには、恥ずかしいとか恥ずかしくないとか己のつまらないプライドは捨てるべきだと。

駱駝車の縁《ふち》に寄ると、大樹はリランを驚くほど軽々と、そして、何かとても大切なものを預かっているかのような表情で、左腕に載せるように抱き上げた。

おかげでリランは初めて大樹を見下ろした。

しかも、超至近距離だ。視界いっぱいに大樹しか見えない。

——えっ⁉

これ以上ないと思ったくらい距離が近かったのに、もっと距離が縮められ、何か柔らかいものが頬に触れて、離れていった。

耳が痛いほどの黄色い歓声が飛ぶ。飛ぶ。飛ぶ。

大樹はリランを抱えたまま、悪戯《いたずら》が成功した子供みたいに嬉しそうに笑っている。

——ちょっと待って！　ちょっと待って‼　ちょっと待って!!!

リランは大樹の唇が触れていった片頬を押さえ、周章狼狽《しゅうしょうろうばい》し、羞恥に打ち震えた。

（し・ば・い）

大樹が百人の女性がいたら百人とも蕩《とろ》けそうな笑顔で、皇国語の単語を唇で綴《つづ》った。

——あ、ああ。ああ！　そう、そうでしたね‼

自分達は相思相愛、メチャクチャ仲が良い夫婦という設定なのだ。そう、設定！

——で、でも、だからって、だからって、だからって！　お、弟の前で抱き上げた上に、頬とは言え、キ、キスはないよ⁉　なんでキスなんかするの？　それもマシューの前で！

長弟は吃驚目でこちらを見ている。唖然としている。その表情にリランはますます羞恥を煽《あお》られる。

——マシューの前で、よりによってマシューの前で、なんでこういうことするかなぁ、大樹は！

意図は解る。春珠だって、相思相愛でイチャつく新婚カップルを演じよと無茶振りをしていた。大樹は、そのシナリオに真面目に従っただけだと。動揺する自分がおかしいと。

そう理解していても、恥ずかしいものは恥ずかしい。

——穴があったら入りたい。いや、むしろスコップを下さい。自分で穴を掘るから。誰か早くスコップを持ってきてぇぇぇえっっ!!

リランがそんなことを考えている間、大樹は彼女を抱き上げたままだったし、リランはリランでキスされた頬を押さえ真っ赤にしていたので、周囲は実に微笑ましげに二人を見ていた。

やー、溺愛って、本当なんだねぇ……。

頬にキスされただけで、あんなに真っ赤になるなんて、初々《ういうい》しいわぁ……。

いやあ、でも、あんなハンサムな皇帝にキスされたら、誰だってそうなるわよ。

けどよぅ、皇帝のほうも幸せいっぱい嬉しくてしかたないって顔だぜ？

うんうん、愛しさが爆発しているよねぇ？

そんな感想が共和国語でも皇国語でも飛び交っていたが、すっかり気が動転しているリランの耳には入っていなかった。無論、春珠が満足のオーラを燃え盛るように輝かせているのも目に入っていない。

そんなこんなで、傍《はた》から見たら長いこと見詰め合ったあと、大樹はゆっくりとリランを地面に下ろしてくれた。

豪華と言えば聞こえは良いが、派手でケバケバしい衣装に身を包んだリランが、皇国の兵士達に囲まれている駱駝車の傍まできて、マシューは戸惑うように立ち止まっている。

「……そ、その、マシュー？」

「姉さん！　……あ、あの、ほ、本当にリラン姉さんだよね？」

国境門の向こう、かなり遠くからリランを見分けたくせに、なぜかマシューは急に自信をなくしたらしい。

――いや、自信もなくすよね。当然だよね。戸惑うよね、マシューも。死んだと言われた姉が生きていて、なぜか皇国の皇后になって。し、しかも、こ、皇帝に……。

抱き上げられて、衆人環視の中、頬にキスをされた。

とは、心の中でさえ、言語化できない。

己でも冗談のような話だと思うし、一瞬前のことなど、即座に記憶から抹消《まっしょう》したい。

まだ、大樹の唇が触れた頬が熱い。

さっき、大樹に何をされたか考えるだけで、弟の前から全力で逃げ出したい気持ちになる。

「……うう、スコップが、欲しい………」

だって、ここ、穴が掘りやすそうな砂漠だしっ！　――と、ほとんど自棄《やけ》になって考えていたら、小声で心の声が漏れてしまった。

それを聞きとがめたマシューがギョッとしつつも妙に安心したような、器用な顔をした。

「ね、姉さん、なんだ……、やっぱり」

「もちろん。リラン姉さんだよ！」

「うん。ここでスコップがどうのとか、訳の解らない上に、ぜんぜん空気を読んでない発言ができるのって、姉さんしかいないよね！」

ずいぶんな発言である。どういう意味かと問い詰めたかったが、家長として、まずは他の弟妹達の安否を確認せねばならなかった。

「ソフィアやグレース、ロイも一緒？　ナンシーやジョニーは？　マシュー、なんだか痩せたようだけど、体は大丈夫？　それに、この時期にこんな所まで来て、受験勉強は？」

リランの自慢の弟は、飛び級して来春、共和国一の名門大学の医学部を受験予定なのだ。今頃は受験勉強も山場のはずだと、心配していると。

「姉さん！」

いきなりマシューはキッ！　と肩を怒らせ、噛みつくような勢いで話し出した。

「ここで受験勉強の話、する？　受験勉強なんてやってられないよ。だって、だってさ、姉さんが、し、死んだって……」

そこでマシューの涙腺は決壊してしまった。

うわああああああああんっっ！

幼い子供みたいな絶叫をあげて泣き出した長弟を、リランは抱き締めて、その頭をポンポンと撫でてやる。マシューがこんな風に泣くのを抱き留めたのは、母の死以来だと思う。

母が亡くなった時、リランは十四歳で、今のマシューより一つ下だった。

けれども、不慮の事故による唐突な父の死以来、母はある意味、心が壊れてしまっていた。

だから、リランは母が死ぬずっと以前から長女として、父の代わりに母を支え、母の代わりに弟妹達の面倒を見ていた。

母が亡くなる前からリランは家長の役目をしていたようなものだったし、母はそう長くは生きられまいと、毎日、その後を見据《みす》えた覚悟を積み立てていくこともできた。

加え、母が亡くなった時、リランには助けてくれる大人達も友人も大勢いた。

——それでも、心細かった。マシューはもっとつらかったよね……。

生まれ故郷の村を失った自分達の周囲には頼れるような大人はいない。二歳上の姉のソフィアは寮にいるから、そうそう頼れない。

リランが殉死したと聞いて、四人の弟妹達を抱えたマシューがどれだけ途方に暮れたかは、想像も追いつかないほどだろう。

「心配かけて、ごめんね、マシュー」

弟の頭を撫でながら、リランは大樹に飾り爪を外してもらったことを感謝した。

——うん。あの飾り爪を着けたままでは、間違いなく無理だった。咄嗟《とっさ》にそこに気づいて対処できる大樹は、やっぱり凄い……。

そう大樹に感心しつつ、リランが弟の頭を撫でていると、弟もようやく落ち着いたらしい。

俯いたままゴシゴシと袖で顔を拭ったマシューが、改めてリランを見上げた。

「姉さん。なんで死んだと聞かされた姉さんが、皇国の、こ、こ、……」

言っているうちにマシューの中で何かがキレたらしい。

「あいつ、なんなんだよ！　姉さんは姉さんで、なんで、そんな格好してんだよ⁉」

マシューが指差した先に、大樹がいる。

いきなり「あいつ」呼ばわりされたので、一瞬、吃驚目になったけれども、次の瞬間には大樹はリランの肩を抱いて、マシューにニコリと笑いかけていた。

いつも思うことだが、大樹は心臓が強すぎる。

ただでさえ眩しいほどの美貌の主で固有のオーラがゴールドで、皇帝なんて肩書きがあって、やたらめったら豪華な衣装を着ている人が近すぎるほど近い所にいるのは、かなりつらい。

目は潰れそうだし、心臓は常の四倍速くらいで動くから、リランはせめてもうちょっと距離を取ろうとしたのに、生憎《あいにく》さり気にガッチリ肩を摑まれている。

「きみ、ましゅう？　りらんのおっとの大樹だ。よろしく」

いつもの流暢《りゅうちょう》な共和国語はどこへやら。片手を差し出し、片言風に挨拶している。

「僕は認めない！」

バシッ！　と、リランの弟は大樹の手を叩くように振り払った。

「マシュー！」

「どうしたら、認めてもら」

――あ、今、片言設定を忘れている。

リランがそっと肘で突くと、大樹は単語を思い出そうとしているかのような間を入れた。

「……える、だろう？　か？」

「ど、どうしたらって……！」

マシューが困っている。まるで最初の日の自分のようだと、リランは遠い目になった。

――本当に大樹って、度量が広いと言うか、めげないと言うか、超ポジティブと言うか。

春珠と暁明が目を剝いているあたり大陸の東でも、人を指差したり、差し出された手を払いのけたりすることは、大変失礼なのだと思う。マシューのことを野蛮人と思っているかもしれない。

春珠と違って、暁明のほうは共和国語が解らない。だが、解らなくても、マシューの語調の強さや態度に、暁明が立腹しているのは立ち上るオーラでリランも察した。

皇帝に対する無礼は、皇国に対する無礼と同じだ。少なくとも皇国民にとっては。

マシューの無礼をどこまで彼が許せるだろうかと、リランはちょっと怖い。

そんなリランの気持ちを読んだのか。

『兄上。皇后陛下と共和国人を敵に回すようなことはなさらないで下さい』

実兄に釘《くぎ》を刺してから、足早にリラン達の前までやってくると、春珠はマシューに対して丁寧に頭を下げた。

「お初にお目にかかります、マシュー様。わたくしは春《チュン》珠《ヂュー》・蘇《スー》。リラン様の女官長です」

マシューは己と姉を様づけで呼ぶ春珠を、薄気味悪いものを眺めるような目で見て、それからリランにも同じ視線を向ける。なかなか弟からそんな視線を向けられるのは痛い。

「こちらにいらっしゃいますのは、我が輝陽皇国の皇帝陛下。リラン様は、我らが皇帝陛下の皇后陛下になられました。この方は、マシュー様の義兄君《あにぎみ》でいらっしゃいます」

「僕はこいつを姉さんの夫だなんて、絶対に認めないからな！」

「マシュー！」

マシューの暴言に大樹は怒らなかった。

代わりに暁明の拳が弟を襲った。リランがマシューの頭を抱え込んでしゃがむのと、大樹が間に入って暁明の拳を手で摑むのが、ほぼ同時だった。

『主上、失礼致しました』

皇帝に手を上げた形となった暁明は、青い顔で跪く。しかし、釈然《しゃくぜん》としなかったらしい。

『ですが、皇后の弟御《おとうとご》とは言え、主上を蔑《ないがし》ろにする態度は目に余ります。本来ならば首を落とされても問題はないほどです』

『そなたの気持ちは解るが、皇后の弟も急に皇帝が義兄になったと聞かされて、易々《やすやす》と受け入れられるものではないだろう。共和国人が我々に好意的ではないことを思い出せ』

そう諭《さと》して、大樹はリラン達のほうを向く。

『リラン、済まなかった』

『いえ、今のは、マシューーが、悪い』

「なんで姉さんが頭、下げるんだよ？」

「マシューー、あとできちんと説明するから、少し我慢して。往来の真ん中で話せるようなことじゃないの。解るでしょう？」

「……」

マシューーは不満顔ながらも、口を噤《つぐ》んだ。

「自分にも、説明を貰えるだろうか、リラン・バード……皇后陛下？」

固唾《かたず》を飲んでリラン達を見守る人達の間から、背の高い聖騎士団長が現れ出て、尋ねた。

「ウェストクリフ聖騎士団長！　もちろんです！　聖騎士団長には、ご相談したいこともありますし」

「相談……？」

ウェストクリフ聖騎士団長のアイスグレーの瞳が、リランと大樹の間を彷徨《さまよ》う。

「承知した。ようこそいらっしゃいました、輝陽皇国皇帝陛下。自分はケリー・ウェストクリフ。皇后陛下の元上司となります」

臣下のように跪くことはないが、外国の要人に対するように、聖騎士団長は胸に手を当て一礼した。

大樹はなぜか呆気に取られた顔をしている。

『第七聖騎士団長は、美しい方でしょう？』

きっと団長の美貌に言葉を失っているのに違いないと、リランが皇国語で囁けば。

『女性、だったのか……』

——え？　そこ？

『てっきり男性だとばかり……』

敬愛するウェストクリフ聖騎士団長がいかに優れた騎士で、指揮官で、その上、この世に二つとない美貌の持ち主であるかを、リランは折りに触れ何度も何度も大樹に語っていた。

しかし、皇国には女性の軍人はいない。

だから、大樹が聖騎士団長を男性だと思っても無理はないと、リランは合点がいった。

『共和国は男女平等です』

リランだって女性で聖騎士だ。聖騎士団長が女性でも不思議ではない。共和国的には。

『なるほど、そうか。そうだったのか……』

『……ウェストクリフ聖騎士団長が女性だと、何か問題が？』

あまりに感慨《かんがい》深く何度も呟いているので、リランが尋ねると、大樹はブンブンと首を振った。

『いや、ぜんぜん！　まったく、問題ない！』

「……リラン・バード……皇后、陛下……？」

リランと大樹が二人、聖騎士団長の挨拶をスルーして皇国語で話し込んでしまったので、訝しそうに聖騎士団長が声をかけてきた。

「し、失礼しました！」

「皇后陛下」

焦るリランに春珠が圧のある笑顔を向ける。

――あ！　皇后は簡単に頭を下げちゃダメだよね？　ごめんなさい。気をつけます。

「皇帝陛下は、皇后陛下から常々ウェストクリフ聖騎士団長のお話を聞かれていらっしゃいます。大変素晴らしい指揮官だと」

「！」

大樹とリランを目で制して春珠が二人の代わりに挨拶を始めると、聖騎士団長は何か意外なことを言われたような顔をした。

「……至らぬ元上司を、ずいぶんと買い被《かぶ》って下さったらしい」

「ウェストクリフ聖騎士団長⁉」

いつも傲慢なくらい自信満々だった聖騎士団長の自嘲的な言葉に、リランは驚く。が。

「立ち話もいかがかと存じます。詳しい話は全て後ほど」

春珠が言い、この再会劇は一旦《いったん》幕を下ろした。

十三――共和国訪問（1）

弟との再会は嬉しかったが、その前後に起こったことはリランにとってかつてないほど恥ずかしい出来事だった。

故に砂漠地帯を抜けたあと、駱駝車から自動車に乗り込んだリランがぐったりとした溜息を零すと、なぜか隣で大樹《ダーシュー》も同じように深い溜息を吐いている。

『……君の弟に、嫌われた、ようだ』

ポジティブ魔人の大樹の、あるはずのない耳と尻尾がすっかり萎れて見える。ぺしゃんとなることはあっても、だいたい秒で復活する大樹が膝に肘を突いて組んだ両手の中に頭を落としている。

ここまで解りやすく落ち込まれると、感情のオーラが視えなくても相手の凹み具合が判ろうというもの。

「あ、あの！　大丈夫。マシューは元々人見知り癖《ぐせ》がある子なだけだから！」

焦って、とりあえずリランは上手くもない慰めの言葉を口にする。

これが弟妹達なら、頭を撫でたり肩を抱いたり背中を叩いたりスキンシップをするところだ。

だが、大樹相手にそれはできない。

――だ、だって、ほら、子供扱いしていると拗ねるに決まってるしっ！　そもそも皇帝様だよ？　恐れ多くて頭なんか、撫でられる訳がないよね⁉　いや、もちろん共和国人の私には身分なんて関係ないけど！　あれ？　でも、私、今は皇后なんだっけ。え、でも、それは、期間限定で、だから、その……ああっ！　もうっっ‼

脳内で誰へともなく始めた言い訳が、だんだんグダグダになってしまい、リランは切れかけている。

――もう。そもそもマシューが……。

怒りの矛先《ほこさき》を弟に転じかけて、リランは大樹に謝らなければならないことに気づいた。

その場でも謝りはしたが、こんなに落ち込ませた以上、もう一度きちんと謝罪すべきだろう。

「あの。……人見知りとか言っても、あの言動はかなり失礼だったよね？　マシューの姉として謝罪します。弟の躾《しつけ》がなってなくて、ごめんなさい」

この車は、趙《チャオ》藩王の商売相手だというハーヴェイ財閥――なんとリランでも名前を知っている共和国有数の大財閥だ――が用意したものだ。

普通の自動車よりかなり大きく、後部座席もそこそこ広い。それで、後部座席に座ったままながら、できるかぎり体を大樹のほうに向けてリランは頭を下げた。

「ああ、いや、済まない。君が謝ることではない」

大樹が手を振る。ニコっと笑った様子は、もういつもの大樹だ。

――もう、こっちに気を遣っちゃって、年下のくせに。凹んでいるなら、無理して笑わなくていいのに。

そもそも今回の旅は強行軍だった。聖騎士として無理な長距離移動に慣れているリランでも、結構しんどく思ったのだから、旅慣れていない大樹にはもっときついものだったのではないだろうか。

そういう肉体的疲労時は、普段なら気にしない他人の一言二言が重くなるものだ。

――だから、いつも元気でめげない大樹が、マシューの言動にこんなに落ち込んじゃったんだわ。

そうリランは見ている。

「謝ることだわ。だって、私はマシューの姉でバード家の家長なんだから。大樹はぜんぜん悪くないいんだし」

リランが言いつのると、大樹は苦笑気味に微笑んだ。

「うむ。解った。バード家の家長の、謝罪を、受け入れよう」

――……うーん。またまた、気を遣わせちゃった、かも？

リランだったら意地を張りそうなところでも、大樹は意地を張らない。すぐに折れたり、退いたりしてくれる。

――私のほうがお姉さんなのになぁ……。

年齢の話をすると、大樹は拗ねる。大樹が十八になるまであと一ヵ月ほどだ。悪戯に相手を不快にさせて喜ぶ趣味はないから、リランも心の中で呟くだけだ。

――大樹は子犬みたいな表情をして、メチャクチャ甘やかしたくなるような気持ちにさせるくせに、実際に甘やかされているのは、いつも私のほうだよね？　今日みたいに凹んだ日も。

たった半年とは言え年上として、リランは己の不甲斐《ふがい》なさを痛感する。

「ありがとう」

だから、せめてここは素直にお礼を言おうと思い、リランは感謝の言葉を口にした。

「暁明《シャオミン》さんからマシューを庇《かば》ってくれたことも、ありがとう」

――暴力に訴えるのはどうかと思うけれど、マシューの態度も態度だったし。暁明さんが怒るのもぜんぜん解るし。

「皇后陛下、そろそろ」

助手席の春珠《チュンヂュー》から声がかかった。

そろそろいい加減、共和国語での会話は止めましょうね。

春珠の声にならない声が聞こえてきた。

──あ！　うっかり共和国語で会話しちゃった。大樹は皇国語をちゃんと使っていたのに。

この車の運転手はハーヴェイ財閥が寄越した人で、つまり生粋《きっすい》の共和国人だ。彼には大樹は共和国語が片言だと説明してある。

そのわりにリランと大樹が共和国語で問題なく会話をしているのに、引っかかりを覚えられたかもしれない……。

『ご、ごめん、うっかりしてた……』

『いや、俺も、悪かった。君とは、共和国語のほうが、話しやすい、から』

微笑む大樹には嫌味の欠片もなかったが、リランは少々卑屈《ひくつ》になる。

──う。皇国語が、まだ、小学生レベルでごめんなさい。

これも口にすると大樹がまた気遣うだろうから、リランは心の中で謝った。

──聖書一冊で共和国語を完璧にマスターした春珠に比べたら、私、自分が思っていたよりずっと頭が悪いのかも……。すぐ設定、忘れちゃうし。

やっぱり春珠は凄いなぁ──と、つくづく思う。

その春珠を押しのける形で、期間限定とは言え皇后の座に就いたからには、ちゃんと聖騎士団を皇国に連れて行って、〈始まりのオーガー〉を甦さなければと、リランは決意を新たにする。

今、州都に向かう自動車に乗っているのは、助手席に春珠、後部座席にリランと大樹だ。

他のお付きの者達は同じくハーヴェイ財閥が用意した別の自動車に、マシューは聖騎士団長が運転してきた自動車に分乗している。

『……でも、マシューが、あんなに過激？　強烈？　な反応するとは。いつもは、静か？　穏やか？　えー』

『冷静？』

適切な皇国語の単語を探していると、大樹が先に見つけてくれた。凄い。

『それ！　冷静な子、なの』

そんなマシューでさえ、あんなに反発するのだ。

共和国人の皇国アレルギーには困ったものである。

──ウェストクリフ聖騎士団長は大丈夫だと思うけど、他の聖騎士団長とか説得が厳しいかも……。

『いや、知らない相手を、すぐに、兄とは呼べまい』

内容もそうだが、話し方にも気遣いが溢れている。

皇国語を使う時、大樹はリランが聞き取りやすいように、できるだけ簡単な単語を選んで、ことさらゆっくりハッキリ話す。

大樹はいつもそういうさりげない気遣いをしてくれるので、リランは見倣《みなら》いたいと思う。

――私にできる気遣いって何かな？　大樹は共和国に慣れていないから、共和国人に対する態度とか、僅かでもアドバイスができるかしら？

『君だって、マシューが、いきなり、外国人の妻を、連れてきたら、どうする？』

「それは祝福するよ？　マシューが連れてきた子だもの！　絶対に良い子に決まっているわ！」

思わず皇国語に思考を翻訳するのを忘れて共和国語で返してから、リランは頭を抱えた。

そう。リランならばマシューがどんな相手を連れてきても、手放しで歓迎する。祝福する。応援するに決まっている。自慢の弟が選んだ相手なのだから。

それは、裏を返せば。

「……もしかして、私、マシューから、信用されてない……？」

――いや、皇国の皇帝って、確かにハードルは高いけど。でも、姉さんが選んだのならって、言ってくれても良さそうなものじゃない？　まあ、仮想敵国の皇帝だけど。でも、大樹を見たら、性格がメチャクチャ良いの、解りそうなものじゃない？　そりゃあ、仮想敵国の皇帝だけど。でも、姉さんが選んだ人だよ？　あ、まあ、正確には選んだと言うか選ばされたと言うかだけど……。けど、最終的に大樹の手を取ったのは、私だから、私が選んだで間違いないわよね!?

などなど、あれこれ考えた挙げ句の結論は。

——と言うことは、やっぱり私、弟から信用されていない!? ショックだ。これは凹む。かなり凹む案件だ。十五年も愛情を注いで、リランが育てたと言っても過言ではない長弟に信用されていなかったとは。

『悪かった。今のたとえは、よくなかった』

リランの落ち込んだ様子に、今度は大樹が慌てた。

『俺は、ただの外国人ではなく、仮想敵国の、しかも、共和国人が、大嫌いな皇帝だ。マシューが、嫌うのも、当然だ』

『大樹……』

大樹は、何でもないことのように言う。

——大樹だって、好きで皇国の、皇帝家の息子に産まれて、皇帝になった訳じゃないのに。大樹は理不尽に、共和国の人から嫌われている。嫌われているのが解っていて、リランが暗殺されないように、共和国まで一緒に来てくれた。本当はリランが一人でやらないといけないことだったのに。

「きょ、共和国人は確かに皇帝は嫌いだけど、大樹のことをちゃんと知ったら、きっと皆、大樹のことが好きになるよ。だって、私、わた……………!」

私は、大樹のことが、好きだから。

言いかけた言葉が、宙に浮く。

大樹が夜空色の瞳を丸くして、リランを凝視している。

——あ、あ、あぁああああああああ！

物凄い勢いで、顔に血が上った。綺麗な衣装を台無しにしそうな雄叫《おたけ》びが口から零れそうになるのを、リランは大樹とは反対のほうを向いて両手で必死に抑え込んだ。

——い、い、今、何を言おうとした、私⁉　いや、今のはナシ！　ナシでしょう！　うわぁあ、恥ずかしい。恥ずかしい！　恥ずかしい‼　期間限定の皇后のくせに、何を口走ろうとした、私⁉

告白されるのなんて、面倒臭いだけのイベントだって散々思っていたくせに。

——大樹もそう思っているんじゃないかしら。なにせ四百人以上の妃を「仕事が忙しい！」で放置した強者《つわもの》だもの。そんな風に思っていても、ぜんぜん不思議ではないよね？　人が嫌がることはしてはいけないと、弟妹達に教えて諭してきたのに、何をやっているのよ、自分⁉

そんなことをワタワタワタワタと考えながら、考えながら、リランは。

——私、大樹のこと、好きなんだ……。

胸の中のどこか静かな場所に、その言葉が、感情が、光るように横たわっている。

『……リラン？』

リランが何かを言いかけたまま、ずいぶん長いこと黙ってしまったので、さすがに大樹も不審に思ったようだ。

「ア、ハイ！　え、……と、その、ね？」

――いけない。いけない。また、共和国語になっている！　共和国語は使ってはいけない。使ってはいけない。

一生懸命リランは、自覚した思いから離れたこと、直前の会話のことを考える。

『マ、マ、マシューだって、きっと、大樹のこと、う、受け入れてくれると、思う！　大樹のこと、よく、知ったら。それは、私が、保証するわ！　うん、保証する！』

――うん。会話に矛盾《むじゅん》ないよね？

リランは大樹を見やる。

大樹は何か口にしようと……。

「ププッ！」

――え？

「失礼しました。あまりに可愛らしかったんで」

吹き出したのは、大樹ではなく、運転手だった。

ハーヴェイ財閥の青年はリラン達より十ばかり年嵩《としかさ》で、最初に挨拶しただけであとはずっと話さず、黙々と運転をしていたのだが。

「――可愛らしい、とは？」

大樹の声が珍しく不穏に下がる。

「ああ、重ね重ね失礼。実に新婚旅行中の新婚さんらしい会話だな、と思っただけです。あ、自分、最初にも申しましたが、皇国語もそこそこ解りますので」

「しし、新婚旅行中の新婚さんらしい⁉」

――え、え、え、……と。今の会話のどの辺がっ⁉

耳まで真っ赤になったリランが大樹を見ると、彼も微《かす》かに頬が赤い。

――え、え、え？　私、な、何か、拙いこと、したかな？

パニックになっているリランの耳に、笑みを含んだ春珠の声が届く。

「そうですね。近年稀に見る、良質な栄養を摂取《せっしゅ》できましたわ」

「春珠⁉」

――良質な栄養って何っっ⁉

ハーヴェイ財閥は州都一の格式を持った豪勢なホテルを三フロア分も予約してくれていた。おかげでマシューや聖騎士団長も同じホテルに泊めることができたし、貸し切っているフロアから出ないことを約束して、春珠《チュンヂュー》にようやく簡素な格好をすることを認めてもらった。

それにしても、マシューにはどこからどう説明したものかと、リランが春珠に相談すると。

「皇后陛下からの説明は不要です。ゴウガイ？　と言うのですか？　ハーヴェイ財閥の方を通じて、新聞社からこれまでの経緯と陛下方が共和国を訪問していることを、周辺地区に印刷して配って頂きましたから」

などと世にも恐ろしいことを告げられた。

——い、いったい、いつの間に？　ずっと一緒に自動車に乗っていなかった？

リランが疑問に思っていると、国境の町でハーヴェイ財閥の人に会った時に原稿を渡し、一番近くの印刷所で活字を組んで号外を刷《す》ってもらったのだと春珠は説明してくれた。

どれだけ手回しがいいのかと、リランは呆れ半分感心半分で春珠を見る。

なお、時間の関係で夕刊には間に合わなかったが、明日の朝刊には全共和国で漏れなくリラン達の話が掲載されると、春珠はニコニコ顔で説明してくれた。

——ぜ、全国に……？

「……それは、あの、春珠の渾身の恋愛しょ」

「もちろんですわ！」

恋愛小説ですか、と、最後まで言う前に食い気味の返事がくる。

「リラン様も読んで下さいませ。皆様と会話する時に、矛盾が生じると困りますし」

「……ソ、ソウデスネ……」

ソファーに座り、リランは差し出された号外に渋々目を通す。

冒頭、リランは第七聖騎士団の一員としてオーガーを追ってデスロード砂漠に足を踏み入れ、砂嵐に遭ったと書いてあった。

砂嵐により彼女は他の団員達と逸《はぐ》れ、瀕死《ひんし》の状態で皇国の国境警備隊に助けられたとある。

ここまでは、それほど事実との相違はない。

しかし、ここから加速度的にどんどん事実とは乖離していく。

趙《チャオ》藩王国で体調を崩したままのリランを、心優しい趙藩王はたいそう心配した。そして、皇国の最高位の医者である皇宮の典医に彼女を託《たく》そうと、皇都に送り出した。

その皇宮で、リランは皇帝と運命的な出逢いを果たし……。

「こ、この絵はっっ⁉」

目が滑りそうになる文章をなんとか読んで、裏を見たら、なんと駱駝車から抱え下ろされた時のリラン達の絵がデカデカと印刷されていた！

「わたくしのメイドの一人がとても絵が得意で、わたくしの小説の専用画家なのです。あの時のお二人を脳裏に焼き付け、号外の印刷に間に合うように描いてくれたのですよ」

春珠は鼻高々だが、リランは息も絶え絶えで今にも死にそうな気分だ。

——え？　マジで、私、こんなことしたの、大樹《ダーシュー》と!?

改めてあの時の様子を写真のように正確な絵で突きつけられて、羞恥に悶《もだ》える以外何ができようか。リランは、テーブルに突っ伏した。

相手のことを好きだと自覚したあとに見せつけられると、自覚する前より恥ずかしさが倍増、いや百倍増しだ。

——ダ、大樹にとっては、これはあくまで芝居。私達がラブラブイチャイチャの新婚カップルであることを強調するのは、今後の交渉をスムーズにするため。それ以上の意味なんてないし！

恥ずかしがって狼狽えるのはリランだけで、なんだか本当に己が愚《おろ》かしい。

——そうは、思う、けれど…………。

頬をテーブルにつけたまま、リランは薄目で号外を見やる。

春珠の、文字が糖蜜《とうみつ》に溶けているかのように錯覚する甘ったるい文章と、とても正視しがたいが、大樹の特徴を非常に良く捉えた綺麗な——自分を除く——絵。

明日にはこの文章もこの絵も全国紙のトップを飾るらしい。

——これが。これが、全国に…………。

今さらそれを春珠に抗議をしても、止めることは無理だろう。

皇后の権力など――いや、皇帝の権力でさえも、だ――、春珠の前にはまったく役に立たないことは、この旅の間、何度も思い知らされてきた。

皇国って独裁国家じゃなかったの⁉　共和国の大統領のほうが、まだ、部下に命令権を持っているわ！　――と、リランがやり場のない怒りと羞恥に打ち震えていると、ボーイが食事の準備ができたと、リラン達を呼びに来た。

ホテルのレストランを使うのは憚《はばか》られたので、大樹の部屋で夕食は取るらしい。

リランの官舎より広く、千倍は豪奢な大樹の部屋へ赴《おもむ》くと、そこにはリランの長弟マシューとウェストクリフ聖騎士団長までいた。

テーブルを挟んで、大樹とリラン、弟と聖騎士団長が座り、大樹の背後に春珠が立つ。

「……すみませんでした！」

席に着くなり、マシューが謝罪を始めた。

「まさか、姉さんが皇国の人達に命を助けられて、こ、皇帝様と恋に落ちるなんて、そんな恋愛小説みたいなことが、実際に、しかも、リラン姉さんに起きるなんて、思わなくて。この場にいる今でも信じられません」

――そ、それは、信じられなくて正解だから！　姉さんは期間限定の皇后だからね！

そう言いそうになるリランを、背後に立つ春珠が視線の圧だけで制した。

思わず振り返ったリランに春珠は笑顔を見せるが、その瞳はまったく笑っていない。まるで、表情筋が死んでいる宰相赫独《ホードゥー》のようだ。

——春珠って、おっかない……。

あらゆる意味で有能で、あらゆる意味で怖い。

「でも、号外も出たし、目の前に皇帝様と姉さんが並んでいるんだから、信じない訳にはいかないですよね。先程は大変失礼致しました！」

最後は体ごと大樹のほうを向いて、マシューは膝に額がつかんばかりの勢いで頭を下げた。

マシューと和解できて大樹は嬉しそうだ。見えない尻尾がブンブン振られている。

ニコニコしてその謝罪を受け入れ、まずは食事をしようと片言の共和国語で言い、四人で他愛のないことを語らいながら夕食を取った。

「改めて、ありがとうございます」

食後のコーヒーの後、マシューが再度、大樹に対し、丁寧に頭を下げた。

「姉さんを助けてくれて。僕達、両親が早くに亡くなって。リラン姉さんがずっと僕らを育ててくれたんです」

マシューの声が震えている。

「……僕や二つ上のソフィア姉さんはまだ、なんとか大丈夫でしたが、下の妹や弟達はすっかり元気を失って」

「そうなの⁉　グレースもロイもジョニーもナンシーも？　今、皆、どうしているの？」

「彼らは今、自分の母が面倒を見ている」

リランが動転のあまり立ち上がったところに、聖騎士団長の冷静な声が響く。

「国境の町で電報を打ったから、今頃は元気を取り戻しているだろう」

「……聖騎士団長の、お母様が？」

意外な話に、リランは聖騎士団長の美貌を二度見した。聖騎士団長はそんなリランの視線を避けるように、目を伏せる。

「……こちらの号外にあるように、皇国との国境近くでリラン・バード聖騎士は、砂嵐に巻き込まれ、我々とはぐれた。デスロード砂漠で、砂漠越えの準備もろくにしていない状態で一人生き延びることなど無理だと、上は判断し、バード聖騎士は殉職したことになった」

そう共和国政府が捏造《ねつぞう》した話を、さりげなく説明してくれる。

「だが、マシュー達は君が……、皇后陛下が生きていると信じて疑わなかった」

ウェストクリフ聖騎士団長は伏せていた視線を上げた。

「皇国に助けられている……可能性があると、自分も信じた」

いつもは完璧にオーラを視せないようにしている聖騎士団長も、今この時ばかりは感情の制御が上手くいかなかったらしい。

共和国政府の意向に、逆らおうとして逆らえなかった。そんな痛恨《つうこん》のオーラが、聖騎士団長の周りに立ち上っている。

「マシューやソフィアと相談し、最終的に自分がマシューを連れて皇国へ、君を探しに行くことになった。下の子達にはデスロード砂漠を越えるのは無理だろうと、母に預けた。母は子供が好きな人だから、そんなに悪い環境ではないと思う」

「ウェストクリフ家が悪い環境なんて、ありえないです！」

聖騎士団長が図らずも政府の嘘に加担したことを、リランに対して申し訳なく思っているのが解ったから、ついつい声が大きくなる。

「首都に戻りましたら、必ずお礼に伺います」

頭を下げて、それから立ち上がったままだったことに気づいて、リランは座り直した。

「皇国の皇后陛下を迎えるなんて、家中がパニックになるだろう」

珍しく聖騎士団長が軽口を叩いたのは、リランが気遣っているのを解ってくれたからだろう。

それから、今度はウェストクリフ聖騎士団長が大樹に頭を下げた。

「自分からも改めて、お礼を申し上げます。皇帝陛下ならびに皇国の皆様には、バード聖騎士を助けて頂き、感謝の言葉もありません」

春珠がマシューや聖騎士団長の言葉を訳したかのように、大樹に耳打ちする。

『春珠に任せる。適切な言葉を言ってくれ』

「気にされる必要はないと、皇帝陛下は仰っています。最愛の伴侶を助けただけだからと」

――サ、サイアイノハンリョ。かぁ……。

チラリと大樹を見る。好感度の高い微笑を浮かべた大樹の顔は、感情の乱れ一つ見えない。

――大樹は、私を他人にそんな風に紹介されて、嫌じゃないのかな？　私は……。

顔が赤くなっていくのが判る。恋愛小説家である春珠が作った芝居の台詞に一々動揺する己が恥ずかしい。

――だから。皇后って言っても、期間限定だし。事が済んだら皇后を辞しても構わないって、大樹も言ってたし。大樹は春珠のシナリオに沿って動いているんだし。

それなのに、ワタワタ慌てている自分が、かなり愚かしく思えてくる……。

――芝居。芝居なんだからね！

大樹がリランを抱き上げて頬にキスをしたのも、ここで春珠が最愛の伴侶なんて言葉を使っても大樹が否定せずにニコニコしているのも、全部芝居だ。

リランも、この芝居の演者なのだから、動揺せず、演じなければいけない。大樹の皇后を。

「わたくしの目から見ましても、お二人の出逢いは運命、必然だったと思いますわ！」

内心感情の大嵐が吹き荒れているリランを置き去りにして、春珠は舌好調である。

「皇帝陛下は生まれる前にお父上を亡くされ、母君も幼い頃に亡くなられたのです。ご両親を早くに亡くされたのは皇后陛下と同じですわね。皇后陛下もご苦労をなさったと推察致しますが、先の皇太后陛下は皇子時代の皇帝陛下にずいぶんと冷淡で、食事もろくに与えないような
……」

——そうなの⁉

春珠の語りに、リランは思わずテーブルの下で大樹の手を握った。

心配はいらないとばかりに大樹は微笑んで手を握り返してくれたが、視線が遠い。

大樹が真っ直ぐにこちらを見ないのは、春珠の話が完全な嘘じゃないからだろう。

春珠の語る大樹の子供時代は凄惨《せいさん》だ。食事も与えられなければ、冬に暖を取るための炭や綿入りの服も与えられない。

乳兄弟の赫独と皇女が大樹のきちんとした衣食住のために奔走《ほんそう》し、奮闘《ふんとう》するも、皇太后の命を受けた使用人達に邪魔され、せっかく用意した物を破棄《はき》されたりもしたと言う。

——以前、後宮の使用人達が大樹の命令より皇女の命令を優先させるのは、彼が長らく皇帝家の末っ子だったからだと説明してくれたけど、前の皇太后を始めとする彼の異母兄達の母らが、長く大樹を貶《おとし》め続けたせいもあるのかも……？

後宮の暮らしを、養豚場の豚のほうがマシだと大樹は言った。それが、悲惨《ひさん》な子供時代の経験も加味した上での発言だったら、たまらない。できようことなら、その当時の大樹に駆け寄って、抱き締めてあげたい。

「……そのような訳で、皇帝陛下はすっかり女性不信になられて。ですが、皇后陛下に出逢われて、その素晴らしいお人柄に触れられ、変わられたのです！」

——は、はいっっ⁉

リランがしんみりしているうちに、話が恋愛小説のターンに入ってしまった！

そ、その恋愛小説もどきは号外で語られているので、春珠先生が語る必要はないのでは？

――と、リランは皇国語で苦情を申してみたが、春珠は己が目撃者として語ることで、マシューと聖騎士団長の信用を得るのだと譲《ゆず》らなかった。

ひとしきり春珠が語り終えたところで、リランは恐る恐るマシューに目を向けた。

弟は多感な時期の少年らしく、今まで聞かされた姉の恋愛（嘘）話に火が出そうなほど顔を赤らめている。

「……マ、マシュー」

「あ、な、何かな、ね、姉さん？」

姉弟揃って挙動がおかしい。動揺しまくりである。

「そ、その、聖騎士団長と諸々の相談があるから、席を外してくれるかな？」

「はい。皇帝様。姉さんをよろしくお願いします」

十四――共和国訪問（２）

「……皇帝陛下」

マシューが退出するのを見届けると、ウェストクリフ聖騎士団長は口を開いた。

「この号外を皇国側の公式発表と考えても？　リラン・バード聖騎士を助けるのにかかった費用を、皇国は共和国に請求しないとの理解でよろしいのでしょうか？」

「そうしないと、辻褄《つじつま》が合わなくなります」

春 珠《チュンヂュー》に通訳ごっこをさせる手間をリランが省《はぶ》くと、聖騎士団長は首を振った。

「だが、借金は借金です。共和国の都合で皇国の財政に穴を空《あ》ける訳にはいきません。政府が払わないというならば、自分がウェストクリフ家の私財を売り払っても返すつもりです。それで今回の件は許して頂ければと」

共和国政府が借金返済を渋ってリランを殉死扱いにしたのは趙《ヂャオ》藩王らから聞かされていたが、ウェストクリフ聖騎士団長の口から出ると少しばかり胸が痛い。

自惚《うぬぼ》れているつもりはなかったが、自分は聖騎士で。共和国にとって自分は簡単に切り捨てられる人材ではないと思っていたのだ。

――自己評価高すぎ。痛い人だったのね、私。

そう凹んだところで、大樹《ダーシュー》から手を握り締められた。

「！」

大樹が先程の礼だと言わんばかりに手の甲を優しくさする。それから、彼は聖騎士団長に向き直った。

「第七聖騎士団が皇国に借金を負ったことは、気にしなくて構わない」

「！」

突然流暢に共和国語を話し始めた皇帝に、聖騎士団長の眉が上がる。

「大樹」

『主上』

春珠もリランも窘《たしな》める声を出したが、大樹は首を振った。

「リラン、君が語った通り、ウェストクリフ聖騎士団長は信頼に足る人物だ。ここは腹を割って話すべきだと思う」

「リランよ、この爺もそう思うぞ。そなたの主はそういう人物だったと記憶しているが、違ったかのう、モーガン？」

「我が現在の主は、ナバル・オー・エルガ猊下《げいか》がお考えの通りの人物でございます」

不意にリランの聖剣ナバルが、ウェストクリフ聖騎士団長の聖剣モーガンに話しかけ、モーガンも呼応する。

「え、……と。ナバル・オー・エルガ猊下？　え？　ナバル・オー・エルガ猊下っ⁉」

リランは先程までとはまったく違う方向で動転した。

ナバル・オー・エルガ猊下と言えば、アーネスト教の教祖の直弟子《じきでし》で、教会組織を整え、初代教皇となった大聖人である。

ちなみに、今は各国の教会がそれぞれの国で聖職者のトップとして教主を立てるようになったため、教皇と呼ばれる聖者はいなくなった。アーネスト教が始まって以来、教皇の位に就いたのは、三人しかいないのだ。

──たった三人しかいない教皇の、しかも初代!?

「聖剣に封じられる前の身分など、関係ないことじゃ。この爺は、今はリラン、そなたの聖剣にすぎぬ。失言であったぞ、モーガン」

「申し訳ございません」

「では、改めて話そう。ウェストクリフ聖騎士団長、そして聖剣モーガン殿」

特に説明されなくても、大樹はモーガンが聖騎士団長の聖剣の名だと判ったようだ。春珠はいささか戸惑った顔をしている。聖剣が喋ることを前もって知らされていなかったからだろう。

「俺は大樹《ダーシュー》・輝《フェイ》。輝陽《フェイヤン》皇国の皇帝をやっているが、共和国民の君達に、皇帝を敬えと命じるつもりはない。……まあ、公《おおやけ》の場では、皇国の威信的に顔を立ててくれるとありがたいが」

「聖騎士団長、私のことも、リランでもバードでも以前と同じように呼んで下さい。大樹と同じく、公の場では皇国民に迷惑をかけるっぽいのでダメなんですが。皇后陛下と、聖騎士団長に呼ばれるたびに、どうにも背中が痒《かゆ》くて」

「前に言った俺の気持ちが解っただろう、リラン?」

「え? ああ、皇帝と呼んでほしくないと言われたっけ。確かによく解った。本当にそうだね。ちょっと気持ちが良くない。名前ではなく、皇后陛下と呼ばれるのは」

リランと大樹がそんな話をしていると、それまでやや呆然とした感じでリラン達の会話を聞いていたウェストクリフ聖騎士団長が、ふわりと口元を綻ばせた。

「……お二人は、実に仲の良いご夫婦なのですね」

リランは一瞬、固まった。

仮面のような無表情で知られるウェストクリフ聖騎士団長が、目を和《なご》ませて微笑んでいる姿は珍しい。

それも充分リランを驚愕させるに値したが。

「な、仲の良いふ、夫婦、と、いうことは」

「そうなのだ！」

それは誤解です。夫婦というのは設定です。色々訳がありまして……、とかなんとか。しどろもどろに言いかけるリランの声に被せるように、大樹が満面の笑みで強く肯定した。

「俺は聖騎士団長がリランを皇国に残してくれたことに、心の底から感謝している！　よくぞリランを選び、残してくれた！　本当にありがたい！　感謝しかない!!」

——ダ、大樹ぅううう！

ちょっと今、リランは隣に座る期間限定の配偶者に殺意を覚えた。いや、殺意と言うのは言いすぎにしても、とりあえず黙らせたかった。

——腹を割って話すなら、私が皇后になったのも、あくまで名目上で、期間限定だって話すべきでは？　なぜ、そこで春珠の恋愛小説もどき設定を、ダメ押しするの⁉　大樹は芝居を演じているんでしょうに！

「皇后陛下」

圧のある声を春珠が発したので、リランは大樹を睨むのを中断した。まったく春珠は視線といい、声といい、おっかない。

「――だが、もし、第七聖騎士団長が、皇国に借金を残していることを気にしているならば、一つ、俺達に協力してほしい」

リランを置き去りに、大樹は聖騎士団長に交渉を切り出した。

「協力、とは？」

「皇国には君達が〈始まりのオーガー〉と呼ぶ化け物が巣くっている。それを退治するのに協力してほしい」

「……〈始まりのオーガー〉が？　皇国に？」

聖騎士団長は、アイスグレーの目を見開いた。

「そうなんです！　皇帝家の男児が、奴の生贄になっているんです。三年から五年の周期で、奴は目を覚まし、生贄を食べ、そして眠りに就くそうです。もう何百年もの間、ずっと」

リランが言葉を添えると、大樹も頷き、さらなる補足を口にする。

「皇帝家の先祖は奴と取引をしたのだ。継続的に皇帝家の男児を生贄として差し出す代わりに、皇国から他のオーガーを追い出した」

「……数年おきに、皇帝家の皇子が生贄にされているというのか？」

ウェストクリフ聖騎士団長が聞き返したので、大樹とリランは二人揃って頷いた。

すると、ウェストクリフ聖騎士団長は間髪いれずに立ち上がった。

「皇后陛下をお借りしても？」

「それは、どういう意味だろうか？」

大樹の声が硬い。聖騎士団長が何を言うか、息を詰めるような気持ちなのかもしれない。

「今から速攻で彼女を連れて、首都に向かいます。大統領閣下や軍務長官、グラン・アーク大教会の教主様、ならびに第一から第六までの聖騎士団長を説得に」

「もちろん、お供《とも》します!!」

リランも喜んで立ち上がった。やはり聖騎士団長は、聖騎士中の聖騎士である。被害者が皇国の皇帝や皇子であろうとも、見捨てることをよしとしない清廉潔白の騎士だ。

「では、俺も行こう」

続いて大樹も立ち上がる。

「……皇帝陛下」

即断即行が信条のウェストクリフ聖騎士団長が、一瞬、言葉を躊躇った。

「申し訳ないですが、首都までは距離があります。自動車は急ぐ旅にはまだまだ安定性に欠けます。鉄道列車は、陛下方に人だかりができるのが目に見えています。各宿場で馬を替えながら向かうのが一番早いでしょう。……その、皇后陛下の騎馬術の凄さを自分は知っていますが」

「大樹は並みの聖騎士より騎馬術が巧《たく》みです。あと、今回の旅の従者達はメイド達も含め、全員騎馬民族出身なので、心配ないですよ」

リランが聖騎士団長の心配を取り除くが、彼女はまだ何事か心配なようで。

「四泊五日、ほぼ完徹の旅になると思いますが？」

「体力には自信がある」

「蘇《スー》民族には、子供でもできる容易《たやす》い旅です」

大樹と春珠が請け合う。

「……その、人目につかない格好をして頂く必要がありますが？」

――あ！

皇帝は贅沢な衣装を好み、豪華絢爛な格好を常にしていると、共和国人は信じている。

実際、国境の町での大樹は、金銀宝石が煌めく、派手でいかにも皇帝らしい衣装を着ていたし、今も手間とお金がやたらとかかっていることが一目で判るような衣装を身に着けている。

春珠も皇国の中では地味な装いだが、共和国人的には明るすぎるピンク色に染められたシルクに金糸銀糸で緻密《ちみつ》な刺繍が施された皇国風のドレスは、充分派手だ。

それで、リランはともかく、大樹達は質素な格好はできないだろうと、聖騎士団長は考えたようだ。が、しかし、大樹は彼女の杞憂《きゆう》をあっさり笑い飛ばした。

「俺もリランもこういう豪奢な格好が苦手だから、ちょうど良い！　君らと同じ格好をしよう！」

聖騎士団長は〈始まりのオーガー〉の話を聞いた時以上に目を丸くし、リランに確認の視線を送った。


共和国内では自動車で移動する予定だったから、春珠《チュンチュー》達は共和国の乗馬服を持っていなかった（皇国の乗馬服は共和国民視点ではとても派手なので、今回の旅に向かない）。

しかし、事情を話すと、ものの一時間もしないうちにハーヴェイ財閥が服を用意してくれた。

その上、各宿場駅に春珠達の馬も用意してくれるとの話だ。

ウェストクリフ聖騎士団長の自動車も、ハーヴェイ財閥の者が彼女の自宅までマシューと一緒に届けてくれることになった。

「趙《ヂャオ》藩王様には、大変お世話になっておりますし、今回のことについては経費もしっかり頂いておりますから、ご安心下さい」

恐縮するリランにそう笑ったあの運転手の青年は、訊けばハーヴェイ財閥の次期当主だった。

ちょっと趙藩王の人脈は侮れない。

十五――共和国訪問（3）

ウェストクリフ聖騎士団長が事前に電報を打ってくれたのと、あの、リランには嫌がらせにしか思えない春珠《チュンヂュー》の恋愛小説――一応、体裁的にはノンフィクションとなっている――が全国紙に連日掲載されたおかげで、首都に着くなり、大統領に会うことができた。

「ようこそ、グラン・アーク共和国へ、輝陽《フェイヤン》皇国皇帝陛下」

「はじめまして、だいとうりょうかっか」

大樹《ダーシュー》がわざと下手な共和国語で挨拶し、でっぷりと肥《こ》えた大統領が差し出した手を両手で包むように取って握手する。

大統領が呼んでいたらしい新聞記者らがフラッシュを焚《た》いて、何枚も写真を撮《と》っている。

大統領は頭髪を綺麗に撫でつけ、上等の礼服を纏っている。

対する大樹は、直前になんとか顔だけは洗ったものの豪華な衣装に着替える時間がなく、薄汚れた乗馬服に身を包んでいた。格好だけ見ればとてもとても一国の皇帝には見えなかった。

そのまま大統領府の会議室で、大統領や軍務長官らとの最初の会議がもたれたが、共和国の対応はけんもほろろだった。

〝本当に〈始まりのオーガー〉か判らない〟

〝逆に〈始まりのオーガー〉だったとしても、それならそれで聖騎士の大半を皇国に派遣せねばならない。その間の共和国の守りはどうなるのか〟

などなど言われ、共和国政府としては断固として派遣は許さないとの回答だった。

ところが、翌朝、大統領と大樹が握手をする写真が新聞各紙に掲載されると風向きが変わった。

まるで庶民のような格好をした美貌の皇国皇帝の人気はうなぎ登りに上昇し、大樹と比較するとあまりにも金にあかせた贅沢な服を着て醜《みにく》く肥えた大統領の人気はダダ下がったのである。

どちらが独裁者か判らないと、共和国民達は口を揃えて自国の大統領を腐した。

おまけに、身分の低い母から生まれたが故に、父や異母兄らの妃達から苛《いじ》められ、迫害されて育ったとか。

砂漠で死にかけていた共和国の聖騎士を助けてくれたとか。

父親の妃達に苛められた育ちからすっかり女性不信だったのが、共和国の庶民の少女と運命の出逢いを果たし、恋に落ちたとか。

そして、共和国の少女を、周囲の猛反対を押し切って正式な皇后に召し上げたとか。

蘇《スー》・春珠《チュンチュ》作《ー》の大樹達の大恋愛話――大樹の幼い頃の逸話《いつわ》は知らないが、リランとの出逢い以降は百二十パーセント創作だ。リランに言わせれば妄想の類いである――が、新聞に連日掲載された上に、まとめたものが美麗な挿絵《さしえ》つきで一ケントという破格値のペーパーバックで売り出されたのである。

ちなみに革装丁本の廉価版《れんかばん》であるペーパーバックは、共和国ではどんなに安くても五十ケントはするのだから、一ケントはタダ同然だ。

安くて、大衆が大変好む内容で、しかも春珠の共和国語の文章が素晴らしく読みやすいときて、人々は一斉《いっせい》に飛びついた。

ハーヴェイ財閥の者が語るには、毎日刷っても刷っても刷った端から売れていくらしい。

おかげで半月足らずのうちに共和国の空気は、完全に皇国に好意的なものに変わった。

新聞記者の話では、共和国中の女性達の若い世代は皇国の若き皇帝がアイドルか何かのようにファンと化し、大人のご婦人方は彼の母か姉のような気持ちになっているらしい。

また、そのことはこの二週間、弟妹達に会うためや聖騎士団長との相談のためにウェストクリフ家を訪れたり、各紙の新聞記者との取材に応じたりするたびにリラン達は体感していた。

なにせリラン達がウェストクリフ家を訪問しようものなら、高級住宅街の一画だというのに、人気俳優が現れたかのごとく、彼女達に好意的な人々が大勢集まる現象が生じたくらいなのだ。

ただ、そこまで風向きが変わっても、グラン・アーク大教会の教主だけは頑《かたく》なにリラン達と会おうともしてくれなかったが。

「大統領閣下、ここで私が、真実を国民に告げたら、どうなると思いますか？」

初回の会合から二週間後、再び大統領府を訪れたリランは、大統領にそう迫った。

なお、今回はリランも大樹《ダーシュー》も皇女が用意した、目も眩むような豪華絢爛な最上等の服を着込んでいる。その服のせいもあるのか大統領は、最初から気圧《けお》され気味だ。

「し、真実、だと……？」

「皇国に助けられたのは、本当はブラウンズ州に派遣された第七聖騎士団の部隊全員で。彼らを無事に帰すために、私一人が借金の形に皇国に残された。それなのに、共和国政府は皇国への借金を踏み倒そうと考え、私が殉職した事にしたという真実ですが」

「今さら、そんな話を誰が信じると⁉」

バン！　と、会談のテーブルを叩いて、大統領が叫ぶ。

「皇国の皇帝と皇后、それに第七聖騎士団団長の自分が証人だ」

「ウェストクリフ聖騎士団長、そんなことをしたら、非難は貴様にも及ぶぞ！」

「望むところだ。自分にはウェストクリフ家の真の名誉を守る義務がある。過《あやま》ちを正し、己の義務を果たすのが、ウェストクリフ家の人間としてやるべきことだ」

聖騎士団長の断固たる態度に大統領は、青い顔で肥え太った体を震わせた。すっかり落ち着きをなくした大統領に、背後に控《ひか》えていた政党幹部の男が何事かを耳打ちする。

「……グラン・アーク大教会の教主が応じれば、聖騎士団の皇国への派遣を認めよう」

大統領は虚勢を張っているのが丸わかりの態度で、リラン達にそう宣告した。

「我らがグラン・アーク聖騎士団は、アーネスト教徒をオーガーの魔の手から守るために存在しておる。異教徒を守るために遠くデスロード砂漠の向こうの皇国まで、聖騎士団を派遣することなど、ありえぬ」

大統領の秘書官に連れられたリラン達に渋々ながらもようやく面会に応じた高齢の教主は、大聖堂の会議室でリランと大樹《ダーシュー》に対して頑迷に言い放った。

「皇国は多くの民族をその懐に抱《かか》えております故、それぞれの民族の祖神を敬《うやま》い、神々の主として太陽神を祀《まつ》っております」

春珠《チュンヂュー》がここでも素晴らしい交渉人となった。

「わたくし、アーネスト教の聖書を具《つぶさ》に読みましたが、教えの数々を照らし合わせますと、主アーネスト神とは、皇国民が太陽神と呼ぶ神と同一であると確信しております。皇国の藩王国で祀られるそれぞれの民族の祖神は、共和国の教会で言う聖人に等しいかと」

「よ、よくも、そのような詭弁《きべん》を」

「教主よ」

教主が怒りに声を震わせたタイミングで、リランの聖剣ナバルが教主を呼んだ。

「ここの皇帝にの、聖弓を引かせてみ」

「ああ、なるほど、ナバル・オー・エルガ猊下」

呼ばれた教主より先に、ウェストクリフ聖騎士団長の聖剣モーガンが反応した。モーガンのその言葉に、教主や教会の者達が大きくざわめく。

「ナ、ナバル・オー・エルガ猊下だと？　ま、まさか、あの〈ハズレ聖剣〉が⁉」

聖騎士団長の誰かが動転して叫ぶのを、ナバルはフンっとせせら笑った。

普段ナバルは家名を名乗らない。他の聖剣や聖弓達がモーガンのようにナバルに敬称つきで話しかけることも、リランが知る限りなかった。だから、聖騎士団長達も教会の上層部も、ナバルの正体が、アーネスト教の初代教皇ナバル・オー・エルガ猊下だとは知らなかったようだ。やたらとお喋りで小煩《こうるさ》い爺が封じられている面倒な聖剣扱いだったからこそ、リランに回されたようである。

そして、下手をすると皇国に取り上げられて共和国に戻らない可能性があるにも拘《かか》わらず、ウェストクリフ聖騎士団長と副騎士団長が、ナバルを手元に残したいとのリランの願いを許可したのも、ナバルが〈ハズレ聖剣〉と見なされていたからだったようである。

——もちろん、聖騎士団長の温情もあるだろうけど。

騎士団の他の人達が反対しなかったのも、そういう事情だろうと思う。

「そのほうのような、下らぬ騎士を主《あるじ》にしとうはないでのぅ、わざと小煩い爺を演じておったんじゃ。いつ、いかなる時もこの爺の下らぬ話に耳を傾けるだけの余裕があったのは、聖剣に封じられてから、リラン皇后、唯《ただ》一人じゃったわ」

ナバルはそう言い放ち、「さて、グラン・アーク大教会の現教主よ」と、教主に向かって声を張り上げた。

「この場におる聖剣、聖弓達全員に、この爺が人であった頃はナバル・オー・エルガ猊下と呼ばれていたと証言させねば、そのほうはこの爺の言葉に従う気にならんかのぅ？」

「い、いえ！　とんでもないことでございます、猊下！　失礼致しました」

リバーシの駒《こま》のように教主の態度はひっくり返った。

どの聖剣・聖弓に封じられた聖職者も、基本的に騎士団や教会の者達から尊敬されているが、やはり初代教皇ナバル・オー・エルガは別格なのだ。

「アーネスト教徒以外の者に、聖弓は扱えぬ。皇帝がアーネスト教徒かどうかを確認するのに、これ以上の物はありますまい。教主、そうは思われぬか？」

モーガンがナバルの先程の発言を補足する。

「ははっ。拙僧《せっそう》もその通りかと存じます」

教主はすぐさま従士《じゅうし》に命じ、現在持ち手のいない聖弓エルマーと矢を会議室に持ち込ませた。

「これ、を、どこへ、はなてば？」

「どうせ、そなたには引けぬ」

聖弓エルマーと矢を受け取った大樹の片言の問いに、教主はせせら笑った。

そして、一瞬後、泡を吹いて倒れた。

大樹が教主の右耳のすぐ横を通って、背後の壁に刺さるように矢を放ったからである。

「さて、これで皇国が異教徒の国であるという主張はなしになったの」

教主の代わりとばかりに聖剣ナバルが言う。

これで問題が解決したかと、リランが内心ホッとしたその時。

「異教徒だとか異教徒じゃないとか、関係ない！　皇国の皇帝のために、なんで俺らが戦わなければならないんだよ！」

ドン！　と第六聖騎士団長がテーブルを叩いた。彼は、聖騎士団長の中で最も年嵩だ。その分、皇国嫌いも筋金入りなのか。

「おれは、わざわざデスロード砂漠を越えてまで、皇国へ〈始まりのオーガー〉を退治に行くなんてごめんだ」

「自分もよぉ、皇国なんて、大嫌いなんだよな」

「それに、遠い国の子供がいくら死のうが、知ったこっちゃねぇわな」

「皇国の皇子が生贄になっている？　そんなこと、自分らには関係ねぇよ」

教主が強制退場となったせいか、それまで大人しく話を聞いていただけの聖騎士団長達が、第六聖騎士団長の声を合図に、一斉に柄《がら》の悪い言葉で文句を言い出した。

自分達は皇国の皇帝や皇后なんかに気を遣ったりしないとの主張を含ませて、一様に品がない。

「〈始まりのオーガー〉を斃せば、オーガーがいなくなります！」

これはけして、皇国だけに利益がある戦いではないと、リランが言えば。

「あんたの言う通りだ。もし、皇国にいるのが〈始まりのオーガー〉なら、オーガーがいなくなる。で、そうなったら、どうなると思う?」

第三聖騎士団長が反応する。

「聖騎士団は、お払い箱だぁ」

——え? まさか。まさか、聖騎士団長達は、そこを気にしているの⁉

思わずリランが見詰めると、ばつの悪そうな表情を浮かべつつも相手は言葉を紡《つむ》ぐ。

「皇国のオーガーが〈始まりのオーガー〉でなければ、俺達は皇帝のためにタダ働きをするようなもんだ」

「報奨金《ほうしょうきん》は充分に払いますわ」

春珠が応じると、聖騎士団長の一人が顔を背けて唾《つば》を吐き捨てた。

「金を積まれたって、赤の他人の、それも皇国人のために、命を賭ける気はねぇよ」

「それに皇国のオーガーが〈始まりのオーガー〉ならもっと悪い。コーゴー陛下さまよぉ、あんたはいいよ、あんたは」

リランに絡むような口調で呼びかけたのは、第二聖騎士団長だ。

「腐っても一国の主の配偶者様だ。死ぬまで金の苦労もしないだろうが、おれらは違う」

「今の聖騎士団はさ、良家の子女の就職場でもあるんだよな。高官や政治家の子弟が多い。そいつらの先輩とか上司とかになると、騎士団員やその家族にはメリットが大きいのさ」

「あ、あなた達は！」

リランは思わず両手で机を叩いた。声が震える。怒りで。

「あなた達は！　なんのために！　なんのために、聖騎士になったんですか⁉」

腸《はらわた》が煮えくり返っている。聖騎士団長にまで上り詰めて、自身の都合ばかり語る彼らに。

――いや、私も、同じだった……。

最初に大樹にオーガーの斃し方を問われた時、軍事機密だと突っぱねた。保身に走った。

――家族が、大事だから。

でも、それは、やっぱり間違いなのだ。

自分の家族が無事なら、他の人達の家族はどうでもいいなんて、少なくとも聖騎士が言って良い言葉ではない。目の前で子供が死んでいくのを、座して見ていていい訳がない。大人が。

――助けられる力がある大人が！

「私達が聖騎士になったのは、オーガーから人々を守るためじゃなかったんですか⁉」

「あんたは金持ちの伴侶を見つけたから、聖騎士団が解体されても関係ないだろうがよ」

目の前が真っ白になる。言葉がぜんぜん相手に届かない。これほど至近距離で、同じ言語を使っているのに。

「私は！」

自分は、あくまで名目上の皇后だ。期間限定だ。

〈始まりのオーガー〉を斃したら、皇后を辞して、共和国に戻る人間だ。

聖騎士団が解体されたら、他の誰よりも真っ先に生活に困る。

どうやって弟妹達を育てていけばよいのか解らない。

リランは中等学校しか出ていない。そして、オーガーを狩ることしか知らない。まともな職を見つけるのに、相当苦労するだろう。

「……それ、でも」

それでも、リランは故郷の村人達に、助けられなかった多くの人達に誓ったのだ。

オーガーを狩り尽くすと。もうこんな理不尽に人が殺されることがない世界を作ると。

――大樹《ダーシュー》や趙《ヂャオ》藩王、趙藩王の息子達。

皇国の人々のためとは言え、彼らが生贄になるのは、間違っている。

「それでも、助けるのが、聖騎士団の使命じゃないですか？　〈始まりのオーガー〉を斃すことが!!」

〈始まりのオーガー〉を斃せば、弟妹達を抱えて、途方に暮れる未来が見えている。

――それでも、生きていたら。

生きていたら、なんとでもなる。

――なんとでもしてみせる。

死んでしまったら、何もできない。

それに。

リランは隣に立つ大樹を見やる。

――大樹が殺されるのは、嫌だ。

絶対に絶対に、嫌だ。この世界のどこにも大樹がいないなんて、嫌だ。だから。

「聖騎士団がなくなろうと、生きていたら」

そんな風に思ってしまうのは、皇国を助けたいと思うのは、ただ自分が大樹のことが好きで。

あれやこれやと綺麗事を並べても、結局、大樹を助けたいだけで。

この思いはけして綺麗なものではなくて、ただのエゴかもしれない。けれど。だけど。

「生きていたら、なんとでもなります！」

「ハッ！　綺麗事を」

「――聖剣ガーフィー」

第二聖騎士団長が必死なリランを嘲笑するのと、彼の聖剣をナバルが呼んだのが同時だった。

「はっ！　ナバル・オー・エルガ猊下」

「聖剣アメリア、聖剣テイラー、聖弓エノーラ、聖剣ステラ、聖弓ロビネット」

第一、第三、第四、第五、第六聖騎士団長の聖剣や聖弓の名を続けざまにナバルは呼び、聖剣達はそれぞれ声を出して、返事をする。

「汝《なんじ》らは、ろくでもない主を選んだものじゃの。恥《はじ》を知れ！」

ナバルが一喝すると、聖騎士団長の腰や背にあった聖剣や聖弓達はガシャンガタンと武具となった身を、人が恥《は》じ入《い》る時のように震わせた。

「ま、誠に申し開きようがございません」

「汗顔の至りでございます」

「拙《せつ》は、直《ただ》ちにこの者と縁を切る所存でございます」

「我もこの者には愛想が尽きました。もはやこの男を主とするのは、これまで」

「このような恥ずかしい者を主と認めたとは、情けない。己の人を見る目のなさに不甲斐ない思いで一杯でございます」

聖剣聖弓達から一斉に縁を切られそうになった聖騎士団長達は、途端、慌てふためいた。

「い、いや、それは」

「お主など、拙がおらねば、どのみち、聖騎士団にはおられなくなるのだ」

「我らが魂だけになっても、この世に残ったのは、〈始まりのオーガー〉を斃すため。その志を持たぬ者を、どうして、主と呼べよう?」

「ガーフィー、頼むよ。俺には家族がいるんだ！　職を失う訳にはいかないんだよぉ!!」

「皇国から、充分な報奨金をお出しします」

泣き言を言い出した聖騎士団長達に、大樹から促されて春珠が提案した。

「皆様の生活に支障が出ないだけの年金も」

それでも、迷うような顔でお互いを見交わし続ける第一から第六までの聖騎士団長達に、ウェストクリフ第七聖騎士団長が最後通牒《つうちょう》を出した。

「聖剣達に愛想を尽かされて職を失うか。皇国へ赴き、〈始まりのオーガー〉を斃し、職を失うにしろ、皇国から一財産と年金を貰うかの二択なら、選ぶのは後者に決まっていよう」

十六――決戦（一）

皇国への帰りはウェストクリフ聖騎士団長をはじめとする百二十人の聖騎士と、そのフォローをする準騎士やら従士《じゅうし》達、料理人や聖剣の手入れをする聖職者達と、ずいぶんと大所帯になった。

「リラン姉さん」

本日はデスロード砂漠のオアシスの一つに宿泊することとなったが、リランが自分に宛がわれたホテルの部屋に入るなり、長妹のソフィアがやってきた。

伝道者見習いの勉強中だった彼女は、今回、皇国語の通訳がある程度できる聖職者ということで、派遣メンバーに入ったのだ。

「ソフィア？　何かあった？　もしや、私の妹だということで苛められたとか？」

リランが尋ねると、リランの可愛い妹は吹き出した。

「そんなことあると思う、皇后様？」

「ソ〜、フィ〜、ア〜っっ」

「姉さん、皇后様でしょう？　皇后様って呼んで何が悪いの？」

言いながら、妹はソファーに腰かける。

「……本当に、まさか姉さんが皇国の皇后になるなんて、考えたこともなかった」

「……私も、なかったよ……」

皇国の皇后になる未来なんて、リランも他の共和国人も思いつきもしなかっただろう。

「でも、義兄《にい》さん、大昔の皇帝みたいに偉ぶってなくて、気さくでいい人だし。凄いハンサムだし、姉さんが恋に落ちるの、解るわ」

「……あ、あのね、ソフィア」

設定の話をするのに絶好の機会かもしれない。

リランは聖騎士団を皇国に派遣するために、大樹《ダーシュー》の名目上の皇后になったことを説明した。

「……と言う訳で、〈始まりのオーガー〉を斃したら、皇后を辞めて共和国に戻る予定だから、ソフィアもそのつもりでいてね」

「…………………」

何やらよく解らないブラックの——同じブラックでも性格が悪いとか、悪巧みをしているとかと、微妙に違う色だ——オーラと、怒りを表すオレンジのオーラが絶妙に入り交じって、長妹の全身から激しい焔のように立ち上っている。

十八年生きてきて、リランはこのような禍々しいオーラを初めて視た。それも常日頃、天使のようなとか妖精のようなとか姉バカ全開の形容詞つきで呼んでいる妹から出ているのだ。

少々リランが引いたとしても、誰が責められようか。

「え、……と。あのぅ、ソフィア？　怒っている？　姉さんもソフィア達にちゃんと説明もせずに皇后になったりして、悪かったと思っているよ。でも、皇国では大樹か、大樹のお兄さんか、大樹の甥《おい》っ子《こ》が次の生贄になるって決まっていて。そんなの、見過ごせる訳、なくない？」

「……リラン姉さん」

「は、はい！」

長妹の据わった目と背筋が凍るような口調に、家長として情けないが声がひっくり返った。

「姉さんはお人好しすぎます！　皇国の、それも皇帝の妻になった経歴を持って、どうやってまともな再婚相手を見つける気なんです⁉」

そうソフィアに詰問《きつもん》されるが、彼女の言っていることがリランはピンとこない。

「特に結婚する気はないから、問題ないけど？　あ、ソフィアやグレース達の結婚に問題が生じたら、ごめんなさい」

「姉さんのことで、あたしを振るような相手なんか、こっちから願い下げです！　グレースだってナンシーだってそう言いますよ！」

「あ、……ありがとう」

食い気味に言われて、リランは目を丸くしつつ、ソフィアの言葉に安堵《あんど》する。

「そもそも姉さん、結婚する気がないって、どういうこと⁉　あたし達は姉さんが、姉さんを大事にしてくれて、姉さんが頑張らなくても楽に暮らしていけるような財力を持っていて、姉さんと並んでも見劣りもせず、姉さん以外に見向きもせず、あたし達を邪険にもしないような優しい人と結ばれて、倖せになってくれることを日々、祈ってきたのに！」

「――え、……と。それは、高望みしすぎでは？　ソフィアやグレースならともかく」

妖精のように可愛く、天使のように優しいソフィア達なら、どんな相手も望めよう。

しかし、自分はそんなごたいそうな人間ではない。ソフィアが理想とするリランの夫の条件に、大樹は合致しているが、だからと言って、いつまでも彼と手を繋いでいける訳もない。

――大樹には、私なんかよりずっと皇后に相応しい女性がいるのだから。

春珠《チュンヂュー》もそうだし、彼女以外にも大樹には四百人を超える妃達がいる。

長い歴史を持つ藩王家の姫君達は、きっとリランより綺麗で優しくて。皇国の言葉や歴史や礼儀作法にも、リランなんか比較にならないほど熟知していて。

――そういうちゃんとした姫君が大樹に寄り添って、大樹を倖せにしてくれるといいな。養豚場の豚みたいに惨めだなんて、大樹が二度と言わなくていいように。

そのために〈始まりのオーガー〉を斃して。

自分はその役目を終えたら、皇后の座を降りるのだ。

「何が高望みなの？　姉さん、村でだって聖騎士団でだって選び放題だったじゃない！」

「そんなことはないよ。特に村ではむしろ、ソフィアのほうがモテてたと思うよ」

「……は？」

「聖騎士団の人達は、己の子供が聖騎士になってほしいと思う人が多いからね、配偶者も聖騎士が望ましいって事情があって。今の聖騎士団に若い女の子の聖騎士なんて、私くらいしかいないし」

一応、リランより十歳年上だが、ウェストクリフ聖騎士団長も独身だ。

しかし、彼女を口説くのは、その美貌も強さも〈聖騎士家〉一の名家の生まれというあたりも、並みの聖騎士や準騎士、従士の皆さんには荷が重かったのだと思う。

その点、リランなら寒村出身の孤児だ。気軽さが違う。

――そうは言っても、私のことを美人とか綺麗とか言うのは、目が悪すぎよね。ウェストクリフ聖騎士団長を見ていて、どうして私ごときを美人と思うかなぁ？

「あと、嫌がらせで告白してくる人も少なくなかったし」

リランと付き合って、リランが本気で恋したところで捨ててやると、息巻いていた人達がいたのだ。リランの異常に早い出世に嫉妬したり、傷ついたりした人達が。

ともかくそういう認識だったので、リランは己がモテていた自覚がなかった。

「もう！　どうしたら村であたしのほうがモテてたなんて認識になるの？　姉さんが聖騎士団で何かと酷い目に遭ったのは知っているけど、知っているけど、それにしたって、姉さんは己を過小評価しすぎだからね!!」

「過小評価って……。ソフィアが過大評価しているだけだってば」

リラン的にはちゃんと説明したつもりだったが、ソフィアの激高はまだまだ続く。

「あの人のこと、皇国の皇帝ってことは気に入らないけれど、それ以外は文句なし。今までの求婚者の中で一番と思っていたのに！　つまり義兄さんは、いや、あの皇帝は、姉さんの人の好さにつけ込んで、利用するだけ利用して、ポイ捨てしようとしてるってことよね!?」

「え、今の話でどうしてそういう結論に？」

ソフィアの出した結論に、リランはついていけない。

「今の話、どこをどう聞いても、そうとしか聞こえません！」

ダンッ！　と勢いよく、ソフィアは立ち上がった。

「姉さん達、新婚なのにずっとホテルで別々の部屋を取っているから、変だと思っていたの。あんな人畜無害な顔をして、こんな悪巧みをしていたとは。やっぱり皇帝なんて代物は歴史書にある通り、ロクデナシなんだわ。許せない。あたし達の大事なリラン姉さんをこんな雑に扱うとは、たとえ主アーネスト神が許しても、あたし達は絶対に許さないわ！」

右の親指を噛んでブツブツと呟いている妹が、心底怖い。いつもは天使のような妹なのに。

「いや、あの、大樹はぜんぜん悪くないよ？」

それでも、リランは大樹のために果敢にフォローしたが。

「あたし！」

くわっと目を見開き、リランを睨む長妹は、轟々《ごうごう》と燃え盛る怒りのオーラを煌めかせていて。

「あたしはバード家の代表として、ここにいるの！　マシュー達から頼まれてきたの！」

「だ、代表？　頼まれてきた？」

「そう、姉さんがちゃんと皇国で幸せになれるか、見届け役。教主様に無理を言って、皇国まで付いてきて、本当に良かったわ！　皇国語を学ぶことを決めた過去の自分、超偉い」

「リラン、入ってよいだろうか？」

そこへどういう理由だか、最悪のタイミングで大樹がやってきた。

「大樹！　い、今、ちょっと取り込んでいて」

と、慌てて追い返そうとするリランより素早くソフィアが部屋の扉を開くと、大樹の前に仁王立ちになった。

「ちょっと、あなたねぇ、酷すぎですわ！」

「……どういうことだろうか？」

大樹がソフィアとリランを交互に見て訊く。

「……そうか。そうなのか……」

テーブル越しに対峙《たいじ》したソフィアから話を聞かされた大樹《ダーシュー》が、遠い目をしてしょげかえっている。この反応はちょっと想定外だ。

「そうかとか、そうなのか、とかではないです。リラン姉さんを弄《もてあそ》ぶようなことをして！」

「俺は誓ってそんなことはしていない！」

「でも、リラン姉さんを名目上の皇后にしたのは本当でしょう？」

「それは、君の姉上が名目上の皇后がいいと言ったからだ」

「えっ？」

高速でソフィアは隣のリランを向いた。

「あ、あのね、ソフィア、大樹」

二人の視線が猛烈に痛い。

「二人共、落ち着いて、よぉ～く考えて。皇国の皇后なんて高貴な身分の者に、共和国のド田舎の山村育ちの、ただの庶民の娘が、なれる訳がないでしょう！　まったく相応しくないのは、誰だって解ることじゃない？」

リランが常識を説くと、妹と暫定《ざんてい》伴侶は顔を見合わせて、何事か視線で会話をしている。

「姉さんは優しくてしっかり者で筆舌に尽くしがたい美人で、しかも聖騎士なのよ！　姉さんが皇后に相応しくないのではなくて、皇后の位が姉さんに相応しくないと言うべきよ‼」

「君は仲間のためにただ一人、敵国に捕虜として残るような勇敢《ゆうかん》な戦士で、敵国の子供でもオーガーの生贄になっていることを哀《あわ》れんで、自分の評判は二の次にして名目上の皇后となって、聖騎士団の派遣に最大限の尽力をしてくれるような心優しく、類を見ないほど立派な人物だ。どうして皇后に相応しくないなんてことが言えよう？」

二人から嵐のような勢いで返されて、リランは言葉を失う。

ソフィアと大樹の二人はと言えば、お互いの言い分に納得したようで。

「あ、ちゃんとリラン姉さんのこと、解っているんだ？」

「もちろんだ。君の姉上ほど皇后に相応しい人物は世界中を探してもいない」

「でも、姉さんを美人だと思っていないのが気になるわ。今、姉さんの容姿を褒める言葉が一つも出なかったのは、大きく減点したい」

「綺麗だと思っている！　だが、君の姉上は、容姿を褒めるとすぐ、ウェストクリフ聖騎士団長のほうが綺麗だと言い始めるのだ。うかつに容姿を褒めて、聖騎士団長を称える話を半刻も聞かされた俺の身になってほしい」

大樹の言い分に、ソフィアはリランを再び睨んでから、大樹に頭を下げた。

「……すみません、姉がご苦労をおかけして」

「解ってくれるか」

「はい。まったく、うちの姉ときたら……」

――え？　なんでそこで和解が成立しているの？　大樹とソフィアがケンカをしなかったのはいいことだけど、この会話の流れって……。

リランが動揺しまくっていると、いつぞやのように大樹がリランの足下に跪いた。

「リラン。改めて君に乞いたい。どうか、俺の本当の皇后になってもらえないだろうか？」

そう乞われても、リランは困る。大樹は仮想敵国の皇帝だ。しかも彼の皇后に相応しい妃を四百人以上持っている。

――それに……、それに、大樹は、オーラが視えない。

だから、〈始まりのオーガー〉を斃して聖騎士団が解体されたら職を失うと騒いだ聖騎士団長達に報酬や年金を約束したように、大樹はリランの将来や立場、家族を気遣っているのではとの疑いが晴れない。

――趙《ヂャオ》藩王が以前言っていたように、大樹は幸せになるべきだと思う。

物心つく前から、皆のために〈始まりのオーガー〉の生贄になることとか、奴を斃すこととか、皇帝として国を正しく治めることとか。

そういう他人の幸せばかり考えて生きてきたのだから、〈始まりのオーガー〉を斃したら、今度こそ自分の幸せを考えて生きてほしい。

――私を、心配しなくてもいいのに。

父が死んだ時も母が死んだ時も村を失った時も。なんとかなった。なんとかしてきた。

――だから、大丈夫なのに、自分は。

大樹が世界のどこかで生きていれば、それだけで。

傍にいられなくても、大陸の東の果てと西の果てとに遠く隔てられていても、大丈夫なのだ。

――生きてさえいてくれれば。

〈始まりのオーガー〉を斃して、大樹は皇国で倖せに笑っていると信じられる状態に世界がなれば、それだけで自分は充分すぎるほど充分なのだ。

「……ダ、大樹には！」

「うん」

「春珠を始め、色々な藩王国の王女様がお妃として後宮にたくさんいるでしょう」

「そうなんですか⁉」

リランの言葉にまた、妹の目の色が変わる。

「皇国は四百を超える藩王国からなる多民族国家だ。皇帝はどの藩王国とも平等に付き合う必要があり、代々藩王国から妃を娶《めと》ることになっている。だが、彼女達も一律名目上の妃だ」

跪いたまま、大樹がソフィアの質問に丁寧に答えた。その様はどうかすると、ソフィアに求婚しているようにも見える。

「本当に、本当ですか？」

「疑うなら、皇宮で俺の名目上の妃達全員に会って、真偽を確認してくれても構わない」

ソフィアは思案顔で少しだけ黙り込んだが、すぐにキッと大樹を睨んだ。

「名目上とは言え、四百人以上も妃がいる人に、大事な姉さんを嫁がせられません！」

「解った。では、皇都に戻り次第、妃達は全員俺の養女として、臣下や各藩王に嫁がせる。それならどうだろうか？」

例のごとく、大樹の提案提出は早い。

「それならいいです。ね、リラン姉さん？」

「ああ、だが、春珠《チュンヂュー》はこのまま女官長として残りたいと言いそうだ。異母姉上のお気に入りの作家でもあるし、君も親しいだろう？　春珠が望んだら後宮に残しても良いだろうか？　無論、妃ではなく、女官長としてだが」

——春珠！　そう、彼女がいた！

「大樹は、春珠を皇后にするべきだよ！」

「なぜ？」

即座に聞き返されて、リランは言葉に詰まる。

——なぜって、なぜって、それは。

「それは、彼女は蘇《スー》藩王国の歴とした王女だし、大樹が欲しい妹や弟も持っているって話だし、紫華《ツーファ》皇女のお気に入りで、趙藩王とも親しくて、頭も良いし、度胸もあるし、美人だし……」

言えば言うほどリランには、春珠ほど大樹の皇后に相応しい人はいないように思えてくる。


「でも、俺は春珠より君が好きなんだが」


「！」

今、確実に驚愕で心臓が止まったと思う。

――え？　な、な、何を言っているの、大樹ってば⁉

「ソフィア嬢ちゃん」

そんなリランをよそに、リランが傍らに置いていた聖剣ナバルがソフィアを呼んだ。

「なんでしょう、ナバル様？」

「ちと、この爺を連れて、部屋を出ないかのぅ。お前さんもこの爺も、撤退時じゃ」

「ああ、そうですね！　仰る通りですわ！」

「ソ、ソフィア」

リランの呼びかけも空しく、長妹は聖剣を手にさっさと部屋を出て行ってしまう。

「リラン」

大樹が改めて彼女を呼ぶ。

「その、君はどうしても共和国に帰るのだろうか？　俺の皇后になるのはそんなに嫌なのだろうか？」

相変わらずオーラは視えないのに、垂れた耳と萎れた尻尾が見えるのはなぜなのか。

「……聖騎士は」

「うん？」

「聖騎士は、人のオーラが視えるの。あ、その人の時々の感情とか気分を表す光を、人は常に放っていて。それをオーラと呼ぶんだけど」

「うん」

「大樹は、赫独《ホードゥー》さんもだけど、オーラがほとんど視えないの。大樹はまだ固有オーラ……、その人物が持っている魂の色みたいなものが視えるけど」

「……」

「ウェストクリフ聖騎士団長や他の聖騎士の方々にも、訓練してオーラを視せないようにしている人はいるわ。ただ、どんなに訓練しても、常にどんな時でも固有オーラさえ消してしまう人は、赫独以外、逢ったことがない。それから」

大樹は黙ってリランの話を聞いている。

「大樹はいつも笑っているけれど、固有オーラ以外ほとんどオーラが視えない」

「……」

「私を皇后に、と、言ってるけど、それは本心から？　私に迷惑をかけた償《つぐな》いにと思ってプロポーズしているのなら」

「リラン！」

不意に大樹は立ち上がって、リランを抱き上げた。

「ダ、大樹……？」

「済まん。もう、ダメだ。我慢できない」

声が凄く幸せそうに笑っている。

謝ればなんでも許してもらえるってものじゃないんだからね！　――と、半年とは言え年長者として説教したいのに、あまりに大樹が嬉しそうなので何も言えなくなる。

「君、今まで自分がどんな〈気〉を、オーラを放っていたか、解っていないだろう？」

――え？

その瞬間、自分を抱き上げている大樹の全身から前触れもなく、とてつもなく温かくて喜びに溢れた輝きが放たれた。

「……皇国では人の体には〈気〉と〈血〉と〈水〉が巡っていると言う。赫独に武術を習った時、〈気〉を消す訓練を受けた。〈屍魔祖《シーモーヅー》〉との戦いには必要だと。だから、赫独や俺は君が話すオーラを他人に視せないようにすることができる。もちろん、今のように視せることも」

「な、なるほど」

と、頷いてから、リランは遅ればせながら、先程の大樹の台詞の意味に気づいた。

「……もしかして、大樹、私のオーラ、ずっと、視えていた……？」

高く抱き上げられているので、目線は大樹が下になる。降りかかったリランからの視線に、大樹の目が泳ぐ。

「それは……、君は、オーラを、隠してなかったし……」

――つまり。こちらの気持ちは、常時ダダ漏れだったと……！

名目上の皇后になってから今この瞬間まで、羞恥で死にそうになったことは何度もあったが、今、この時以上に恥ずかしくも気まずい思いをしたことがあっただろうか。

「……君はいつだって、自分のことより他の人達のことを優先させていた」

「そんなことないよ。最初にオーガーの斃し方を訊かれた時、私、保身のために断ったし」

「君は俺達に同情してくれた。助けたいと思ってくれた。でも、家族を優先させた。良心が咎《とが》めて己の心が痛むことより、家族の生活を守ろうとしただろう？」

「――」

「八つで父君を亡くし、十四で母君を亡くした時、君はまだ子供だったのだから、弟妹達を抱えて、家長として生きる必要もなかった。でも、君は生き別れになるのを嫌がる弟妹達のために家長となったし、聖騎士団にも入った」

「――」

「君はオーガーに殺される人を減らしたい一心で誰よりも過酷な訓練を重ねて、瞬《また》く間に聖騎士になったのだと、ウェストクリフ殿が言っていた」

「――」

「俺が初めて皇后になってくれと頼んだ時も、共和国人として様々なデメリットがあることを承知で、皇国のために皇后になってくれた」

「――」

「共和国で、春珠が指示したことは君には耐えがたいことが多かった。でも、皇国のために、君は我慢してくれた」

「――」

「今、俺が本当の皇后になってほしいと頼んだ時も、俺にはもっと相応しい人物がいるはずだからと、頷いてくれなかった」

「……な、……なんで……、そこまで……」

そこまで自分のことを知っているのだろう、この皇帝は。

「共和国に滞在していた間、君の弟妹達に何度か会っただろう？　その時、彼らが君のことを何くれとなく教えてくれた。それに、君のオーラは凄く、解りやすい」

そう言って、それから大樹《ダーシュー》は少し苦笑する。

「……とは言え、強い好意のオーラと恋愛的な好意のオーラを見分けるのに、ちょっと時間がかかったが」

自分自身のオーラは鏡などを見ても視えない分、大樹が言っていることは解るような、解らないような。

ただ、大樹から溢れている光は、リランの両親が生前お互いを輝かせていたオーラと同じ、泣きたくなるほど優しくて、暖かなものだ……。

「でも、私は皆のためにと思っていたんじゃない。全部、自分がそうしたいから、そうしてきただけ。私のこと、凄く買い被っている。私は大樹が言うほど、立派な人間でも優しくもないよ」

「うん。だから」

だからだと、大樹は微笑む。

「……迷惑をかけて申し訳ないとか、君には意に添わないことをいっぱいさせてしまい、悪かったとか。実際、そう思っている。けれど、それはそれとして。俺はいつだって無自覚に自分より他人を優先させる君が、好きなんだ」

君が俺やマシュー達や他の人達を倖せにするように、俺は、俺が君を、倖せにしたいんだ。

耳元でとても大事なことのように伝えられる。

ふわりとした甘く優しく、幸せと愛しさに満ちたオーラが大樹を覆い、リランを明るく暖かく照らす。

──目が、暖かい。

瞳に映る大樹の存在が暖かい。大樹のオーラの色が暖かい。触れ合う手から伝わる体温が暖かい。瞳から零れる涙が暖かくて。

「……ダ、大樹……」

「うん?」

「そ、その、……色々、ダダ漏れだったかも、しれないけど!」

〝でも、俺は春珠より君が好きなんだが〟

先に受けた告白は、とても驚いたけれども、嬉しかった。体中の細胞が多幸感に塗《ぬ》り潰《つぶ》されるくらい嬉しかった。だから。

「わ、私……!」

告白されることはあっても告白するのは初めてで。

とにかくとにかく心音が喧《やかま》しく、体温は暖かいどころか暑いくらい急上昇していて、恥ずかしさで逃げ出したい気持ちで一杯だ。

――けど、大事なことはちゃんと口に出さないとダメだって、父さんも母さんも言っていた。だから、リランは物凄く頑張って、大樹の瞳を真っ直ぐに見た。

「私も、大樹のことが、大好きだから！　……凄く、凄く、とても、誰よりも、大好きだからね！」

大樹は一瞬、吃驚したように夜空色の瞳を見開いて、それから、ゆっくりと破顔した。先刻よりもさらに暖かく、幸せに満ちたオーラが彼を包む。

「――では、リラン、どうか俺の皇后、生涯ただ一人の妃となってくれないか？」

これで都合三度目のプロポーズだ。

けれど、今までの二回のプロポーズとはまったく違った。違ったから。

「はい」

リランが素直に頷き、大樹を抱き締め返すと、彼からの光はより一層輝きを増した。とても、とても幸せだと主張して。

そのまま、見詰め合い、分厚い毛織りのカーペットが敷かれた床に二人して崩れ、転げるように何度も抱き合い、何度もキスを交わした。

十七──決戦（２）

皇都に辿り着いて、聖騎士団の方々には一旦皇宮の外の宿舎で休息を取ってもらった。

それから、リラン達と宰相の赫独《ホードゥー》が宿舎に赴き、皇宮の図面を広げた。

「〈始まりのオーガー〉は、見た目は大狒狒《おおひひ》に近い。大型のオーガーのおよそ三倍から五倍の大きさがある。目は二対。その牙《きば》は上下に三重に生えている」

例によって赫独が淡々と説明してくれるが、その語るところは歴戦の聖騎士団長達ですら見たこともないほど、巨大で特異な形状のオーガーだ。皆、顔色を変えている。

「尾の付け根が奴の心臓だ」

オーガーの心臓を聖剣ないし聖弓の矢で貫くことができれば、オーガーは死ぬものだ。

どんなに巨大で恐ろしいオーガーでも予め心臓の位置が解っているなら、なんとかなるのではないか。そう聖騎士達がホッと気を緩めると、赫独はその彼らの頬にピシャリと張り手を打つようなことを言った。

「だが、奴の背後を取るのは容易なことではない。腕も足も太く、皮膚は硬い。そなたらの聖剣でも擦り傷すら与えられるかどうか解らぬ。何より尾が長く、尾全体に人が触れれば即死するほどの猛毒がある。それから、奴の背には翼が四対ある。普通の鳥と比較すればその羽毛は薄く短いが、いざとなったら飛ぶこともできる。また、翼は手足と同じくらい頑丈で、腕と同じように攻撃に使われる。つまり、奴には腕が十本あるのと変わらぬ」

オーガーは人を食べる化け物だ。元々〈生きる死体〉呼ばわりされていたように、成り立てのオーガーは人間に成りすますことができるほど人型を保っているが、人を食べれば食べるほどに人からかけ離れた姿になる性質を持っている。

赫独が語る〈始まりのオーガー〉は、あまりにも人からかけ離れた化け物で、彼が千年は優に超える長い長い年月の中で数多の人を喰い殺してきたのを、その形状だけで物語っていた。

「……ここが後宮。その奥、ここに祠《ほこら》がある。祠の向こうに広い洞窟がある。奴はそこに眠っている。祠には奴の結界が張られている。それを破れば、奴は目を覚ます」

地図上の拠点を指で示しながら、青ざめた人達の間で赫独は淡々と説明を続ける。

「つまり、今は眠っている〈始まりのオーガー〉を眠らせた状態のままで討つことはできないということか？」

ウェストクリフ聖騎士団長が発した質問に、赫独は頷く。

「そうだ。だが、目覚めた直後の奴の動きは鈍《にぶ》い。完全に目覚める前に、討《う》つのが良い」

「聖職者の封印の呪文はどれくらい持つ？」

「自分達の術では話に聞くその化け物は、三分と足止めできないかと」

「火薬を使って、洞窟ごと爆破するのは？」

「奴は空を飛べる。火薬を使うにしても、洞窟を爆破すれば、奴を空に放つようなものだ」

「では……」

様々な意見が侃々《かんかん》諤々《がくがく》と出て、赫独とウェストクリフ聖騎士団長達が作戦を立てていく。

「……赫独は、〈始まりのオーガー〉についてとても詳しいんだね」

リランが皆からやや離れた皇后の席から、隣の玉座に座る大樹《ダーシュー》に問うと。

「俺が〈始まりのオーガー〉を斃したいと言い出した時、赫独だけが真面目に取り合って、一緒に研究してくれたんだ。俺に武術を教えてくれたのも、聖騎士団の存在を教えてくれたのも、共和国語の基礎を教えてくれたのも赫独だ」

自慢の乳兄弟で自慢の義兄だと、大樹は莞爾《かんじ》として笑う。

「君の弟妹達も、俺のことをそう思ってくれると良いのだが」

「それは心配いらないよ、大樹だもの」

大樹は性格が良い。人当たりが良い。頭が良い。心根が優しく、真面目で、家族思いで、統治者として皇国の民のこともきちんと考えている。ダメ押し的に顔も声も良い。

こういう人を嫌うのは、相当な捻《ひね》くれ者《もの》だろうし、リランの弟妹達は捻くれていない。

それに大樹は武術も騎馬術も相当なもので、外国語の共和国語だってペラペラだ。皇帝のくせに何でもできる。それこそ、お茶を淹れることも。

——どこまで赫独さんが教えたことか知らないけど、大樹が不遇な時代、子供だったはずなのに皇太后らの目を盗んで大樹を助けてきた赫独さんってば、何でもできすぎでは？

春珠《チュンジュー》も規格外に優秀な人材だが、赫独も負けず劣らない。生まれ持った身分で人生の大半が決められてしまう皇国で、どこでどう学んだのか、平民ながら官僚試験をトップで合格し、その優秀さで頭角を現すと、瞬《また》く間に宰相になり、遂《つい》には皇女の夫となったと聞いた。

彼は今、聖騎士達に混じって作戦を練っている。その言葉はどれも的確すぎるほどに的確だ。ほとんど彼が作戦を立てているに近い。

――……なのに。

なぜだか、初めて逢った時から、リランは大樹ご自慢の義兄への違和感が消せなかった。

◇

ついに決戦の日が来た。

オーガーは陽の光が苦手で、夜に蠢《うごめ》く化け物である。洞窟の中は夜も昼もないようなものだが、入り口に大きな鏡をたくさん置いて太陽の光を洞窟の中に入れようと工夫を凝《こ》らした。

祠の前には、結界を切る役目を負った赫独《ホードゥー》に、大樹《ダーシュー》もいた。あの聖騎士の軍服によく似た服を着て、聖弓と矢筒を抱えて。

聖騎士団を説得した時に持ち出された聖弓エルマーは、一時的に大樹に貸し出されていた。実際に聖弓を使うことができる上に腕前も相当なものなので、大樹も今回の作戦の頭数に入れられているのだ。

「大樹は、皇帝なのに」

いくら体を鍛えていると言っても、聖騎士の訓練を受けた訳ではない。危険ではないかとリランが不満げに言っても、その心配を大樹は笑い飛ばした。

「皇后を前線に出して、皇帝が安全地帯にいるほうがおかしい。男女は平等なのだろう?」

「……私、大樹の、その時々正論で人を殴るところ、嫌い」

「それは困った。だが、甘い菓子にだって塩が一つまみ入っているものだろう?」

「だから、そういうところ!」

もしかしたら、口では一生この末っ子皇帝に敵わないのではとリランが膨《ふく》れていると。

「まるで今から逢い引きに行くようじゃ」

ナバルに突っ込まれて、リランは黙った。この大事な一戦の前に痴話ゲンカをしている皇帝夫妻を、周囲の聖騎士達が実に生温《なまあたた》かい目で見ていることに気づいたからだ。

「結界を切った、扉を開ける!」

彼でさえ興奮しているのか、珍しく赫独の声が大きい。

赫独の声と共に祠の扉が開き、扉の前に置かれた無数の鏡が朝日を次々に反射し、扉の奥、洞窟の中にまで陽の光を届ける。

「――――――!!!」

文字に書き表しがたい、奇妙で凄まじく醜い絶叫が場を制した。その叫びが空気を激しく震わせ、リラン達は全身を打たれたような感覚に陥《おちい》ったくらいだ。

「矢を」

ウェストクリフ聖騎士団長の短い命令に応じて、リラン達聖剣の騎士達より前へ大樹と聖弓部隊が出る。聖職者によって聖別された銀の矢が放たれる。

「────────!!!」

再び凄まじい叫びが起こり、空気が揺れ、怒りに満ちた奴の足踏みに地面が揺れた。

大樹が放った矢が、化け物の目の一つを潰したのだ。

『輝《フェイ》!』

〈始まりのオーガー〉は吠《ほ》えた。今度は皇国語で。その音の連なりは、大樹の家名だ。

『輝! 輝! 約束を、約束を違えたな』

『俺は約束などしておらぬ!』

もう一度放たれた大樹の矢が、化け物の二つ目の瞳を潰す。衝撃波のような叫びが、全身を襲い、耳を劈《つんざ》く。先程から奴が動くたびに地震のように揺れる地面に、皆が足を踏ん張ったが、バランスを崩す者も出てきた。

『お前は我の飢えを満たすために、子を寄越す。代わりに我はお前の国を守る。そう約束したではないか!』

『お前が皇国を守っていたと？　何をしたと言うのだ？』

『蝗害《こうがい》、水害、干魃《かんばつ》、疫病《えきびょう》……我の力で、この国は災害を逃れていたのだ！』

一瞬、矢を持った大樹の動きが止まる。

実際にそうなのかと、大樹は頭の中の歴史書やら報告書やらを紐解いているのだろう。

『嘘だ、大樹！　天上から堕ちたこいつに全ての災害を潰す力などない！』

赫独の強い叫びにハッと顔を上げ、大樹の三本目の矢が、化け物の三つ目の瞳を潰す。大樹の矢は的確に奴の力を削いでいる。聖弓の聖騎士達の矢だって、奴に損傷を与えていたが、ここまでのところ、大樹が一番活躍していると言っていい。

――大樹はずっと奴を斃すと心に定めて、あらゆる努力をしてきたと言っていたけど、歴戦の聖弓部隊に引けを取らないどころか、一番奮闘しているって……。

まったく共和国で長年言われてきた〈皇帝〉らしくない。大樹がどれほどの思いでこれまで生きてきたのか、知っていると思っていたが、リランは改めて理解した。

――私も、頑張らないと！

聖剣ナバルを握る手に力が籠もる。

『赫独！　おのれ、この裏切り者め！』

大樹に全ての目を潰された化け物が叫ぶ。

――裏切り者？　赫独が？　どういうこと!?

リランは洞窟の入り口に立つ赫独を振り返った。彼はいつもの無表情さで皆を見ている。聖騎士達は皇国語がほぼ解らないから、化け物の言葉に反応したのは大樹とリランだけだった。赫独は、大樹の乳兄弟だ。大樹の異母姉紫華《ツーファ》皇女の夫だ。この皇国の宰相で、今回の作戦の立案者だ。

奴はオーラを気配として察知するらしい。視界を失い、オーラも消されると、相手は聴覚と実際に肌に触れた物理的な触覚だけでリラン達と対峙せねばならなくなる。そう赫独に言われ、皆、オーラを消している。そして確かに視覚を失った奴の攻撃は的確さに欠けている。

鏡を通じて浴びせられた陽光が化け物の巨体の一部を焼いているし、聖弓から放たれた矢で体には幾つもの傷を負っている。赫独の作戦は有効なものばかりだ。

リランが立ち止まっていても、聖職者達は作戦通り封印の呪文を唱《とな》える。化け物の動きが停止した瞬間を捕らえて、ウェストクリフ聖騎士団長、その他の聖騎士達が一斉に斬《き》りかかった。

背後に行かせまいとばかりに広げられていた腕を数人がかりで切り落とし、薄く短い羽毛に覆われた羽根も同じく落とす。無論、大樹達聖弓部隊の攻撃も続いている。

——赫独の立てた作戦に間違いはなく、成功しつつある。

化け物の言葉より、それが大事なことだと、リランは気持ちを切り替え、前を向いて走る。

皆より遅れて走り出したリランだったが、聖騎士達の中で最も身軽なだけあって、一番に尻尾の付け根に近い位置に着いた。目を凝らしオーガー特有の暗赤色のオーラが最も濃い場所を探す。

——あそこか！

巨軀《きょく》のわりに驚倒するほど心臓が小さい。幼子の掌くらいだ。リランは剣を振り被る。と、その時、封印の呪文の効果が切れたらしい。化け物の尾がリランに襲いかかった。

「リラン！」

大樹が叫ぶ。その声を聞いたが、リランは猛毒の尾の攻撃を受ける覚悟で、そのまま相手の心臓を聖剣で刺し貫いた。

「————————!!!」

鼓膜、いや、全身の皮膚が裂けるような凄まじい絶叫が洞窟の中を何度も反響して巡る。

ようやくその叫びが途絶えたのは、数十秒後か数分後か。時間の感覚を失ったリランが反射的に閉じていた瞼を開くと、そこに土に汚れ、頬に擦り傷を負った大樹の顔がある。

「大樹！　大丈夫!?」

「君こそ、無事か!?」

大樹はリランを抱え、猛毒の尾の下を潜《くぐ》り抜《ぬ》けるようにして、間一髪で尾の攻撃圏外《けんがい》に滑り出たようだ。顔だけでなく、背中も土で汚れている。

『……お、のれ……』

通常なら弱点の心臓を聖剣で刺し貫かれたら即死するオーガーだが、〈始まりのオーガー〉

はさすがにしぶとい。ウェストクリフ聖騎士団長を始めとする聖騎士達が、敵の声に剣を構え直す。

『！！！！！！！！！！』

この日、何度目かの耳を劈くような咆哮《ほうこう》と共に、〈始まりのオーガー〉の三重に連なっていた牙が、銃弾《じゅうだん》のごとく奴の周囲にいた者達を無差別に襲った。

前方にいた聖騎士達は聖剣や聖弓を盾《たて》代わりにし、後方の聖職者達も聖騎士達が防ぎきれなかった牙から聖別された防具や呪文で難を逃れた。しかし。

「赫独！」

『赫独！』

一番遠い、洞窟の入り口にいたのに、赫独はその牙を右目に受けたらしい。牙にも毒があったのか、倒れた赫独の体は右目から刻一刻と焼け爛《ただ》れたかのように醜く腐食していく。

『そやつも我も、……もう、助からぬ……』

虫の息の化け物が、嗤《わら》うような息と共に、そう吐き捨てる。

『……だが、我を斃して、しまいだと思うな……。赫独のように、我の種子を持った子は、まだ、世界に、何人も…………』

──赫独のように、我の種子を持った子……？

それはどういう意味だと聞き返そうにも、〈始まりのオーガー〉は沈黙してしまった。

二度と、声を発しないし、動かない。

『赫独！　何をすれば、お前を救える？　赫独！　教えてくれ、頼む！』

大樹が赫独のまだ無事な手を取る。

赫独はいつものように無表情だ。だが、その顔色は白く、吐き出す声に力がない。

『……長く、……それはもう長く、生きてきた……。あの化け物が……、まだ、人の形に近かった頃……、戯《たわむ》れに……、抱いた女の……、子として……。……もう、……充分です……』

――赫独が、〈始まりのオーガー〉の子供だったなんて……！

リランは、今まで赫独に抱いていた違和感や疑問の源を理解した。

『嫌だ！　あの日、生贄になった俺を助けてくれた日から、お前はずっと俺を助けてくれた。乳兄弟だと周囲を欺き、いつも俺の傍にいてくれた。あらゆることを俺に教えてくれた。〈屍《シー》魔祖《モーヅー》〉と戦う方法も。それなのに俺には何もさせてくれないのか？　俺はお前に何もしてやれないのか⁉』

大樹の声が悲痛そのものの音となり、彼の瞳から溢れる涙が、リランの心を深く刺した。

赫独は大樹が父の妃達から苛められ、苦しかった時代を支えた存在だ。大樹が皇帝になったあとも、宰相となって彼を支えた。大樹の、かけがえのない大恩人だ。

――ならば、私にとっても赫独は恩人だ。それに、そもそも赫独の作戦がなければ、〈始まりのオーガー〉は斃せなかった！　大樹や私だけではない。赫独は、この世界を救った恩人だ。

『赫独！』

「……」

それなのに、赫独は助からない。そう覚悟をせざるをえないほど、赫独の声は弱く、毒に蝕《むしば》まれた箇所は今にも崩れ落ちそうだった。

『……数多の皇子を、皇帝を……、見てきた……。……〈屍魔祖〉を前に……、いささかの怯えも……、見せなかったのは……、貴方《あなた》だけだった……。だから、……貴方なら、……アレを、……斃してくれると……。やっと……、やっと、死んだ……。もう……、充分です……』

子供は、親を選べない。

リランは己の両親のことが大好きで、彼らの子供に生まれたことを心の底から幸せだと思っている。それでも、早逝《そうせい》した両親を持ったことを不幸だと人から言われることが多々あった。自慢の両親を持つリランでさえ、そうだったのだ。

ましてや赫独は、この世界の一番の害悪、諸悪の根源と、世界中から呪詛される存在の息子に生まれたのだ。どれだけつらい思いをしてきたことだろうか。

そして、相手が醜悪な化け物とは言え、父親を殺すために生きて、死んでいかねばならない。

彼の孤独、彼の苦しみを思うと、リランは胸が張り裂けそうだった。

——赫独のために、何かできることはないの？　何か？　何か!?

このまま、ただただ彼が死ぬのを見ていることしかできないのか。

「――リラン、この爺を、あの者のもとへ」

無力感に唇を噛み締めていたリランに、突如〈始まりのオーガー〉の心臓を貫いたままだったナバルが声をかけた。

「ナバル・オー・エルガ猊下！」

「猊下！」

聖剣モーガンを始めとする何本かの聖剣が、咎めるような声をあげる。言葉は解らぬとも、彼らは赫独の正体に気づき、ナバルが彼を助けようとしていることに反対なのだろう。

「あの者がいなければ、この勝利はなかった。それが、そなたらには解らぬか！」

しかし、ナバルはそうモーガン達を叱りつけて。

「あの者の右目の上に、この爺の刀身を置け。それから、ウェストクリフ聖騎士団長」

「はい」

「他の聖騎士団長達、聖騎士達も彼の体の傷んだ場所に聖剣や聖弓を置くのじゃ」

命じられるまま、リラン達がナバルや聖剣、聖弓を赫独の焼け爛れたような半身の上に置くと、驚くべきことに聖剣達が白く光り、その場所から赫独の体が再生されていく。

『……こ、これは……？』

赫独が困惑げに体を起こし、潰されたはずの右目を毒で形をなくしかけていたはずの右手で押さえ、それから、自身の体のあちらこちらを確かめるように触れ、見下ろす。

「聖剣、聖弓が百以上あったからの。オーガーの毒も、オーガーからそなたが分け与えられた血肉も、全て浄化できたようじゃぞ」

ナバルが優しい声で告げる。

「だが、それでも、わたしは、〈始まりのオーガー〉を父に持った……、人ならざる化け物だ」

『赫独は、化け物ではありません！』

誰かが知らせたのか。この洞窟に最も近い建物でリラン達の勝利を祈り、待っていたはずの皇女が駆けつけ、赫独の胸に飛び込んだ。

『公主。貴女は、化け物の子と解っても、まだ、私を夫と扱おうと？』

『公主として皇国の祭主として、妾はそなたを夫に選びました。公主の命令には、どんなに抵抗しても無駄です。貴方は妾が死ぬまで、妾の夫です。いいえ、妾が死んだあとも』

『そして、俺の乳兄弟で義兄で、命の恩人だ』

異母姉夫妻の会話に大樹が割り込み、ニッコリと微笑んだ。

『わたしが貴方の乳兄弟というのは、公主達の記憶を操作したもので……』

大樹と皇女に両側から抱きつかれたまま、そんな言葉を口にする赫独の目に、涙が浮かんでいる。いついかなる時も仮面のように無表情だった赫独が。

『……わたしは、まだ、生きていていいのでしょうか……？』

独り言のような呟きを、リランは万感の思いで拾った。

――生きていて、悪いなんて、そんなこと、絶対にない……！

リランは泣きそうになる自分を叱咤《しった》し、笑みを作る。赫独が、これ以上ない笑顔だと思ってくれることを神に祈った。

「ナバルが言ったように、あなたがいなければ、この戦いの勝利はなかったです。それに、ナバル達はあなたの中のオーガーを浄化したじゃないですか」

「皇后陛下。しかし、わたしは、わたしの父は……」

「共和国なら、父親が犯罪者でも、子供を犯罪者扱いすることはないですよ。皇国だって……、皇国だって、敵国の捕虜が皇后になるような、懐の広い国じゃないですか。どうして、赫独さんが生きていて悪いことがあるんです？」

リランの言葉に、赫独は目を丸く見開く。

唇がわななく。それから、ゆっくりと赫独の唇が綻んでいく。

「……なるほど、そうか。そうだな……」

初めて、赫独のオーラが視える。彼の固有のオーラは心が優しい人が持つ乳白色だ。

「リラン」

赫独の体を異母姉に渡して、大樹が彼女を呼ぶ。

「ありがとう。君のおかげだ、何もかも」

ぎゅっと抱き締められて、リランも抱き締め返す。

「お礼を言うのはこっちだからね。デスロード砂漠で遭難した時も、共和国が借金を踏み倒そうとした時も、それから、さっき〈始まりのオーガー〉の毒の尾からも。大樹がいなかったら、私は何度死んでいたか判らないわ」

「いや、そもそも君がいなかったら、聖騎士団を呼ぶことはできなかったし、アレに止めを刺したのは君じゃないか」

そう言って、大樹はいつぞやのように高くリランを抱き上げた。

「何より俺は君のおかげで、君というこれ以上ないくらい素晴らしい皇后を手に入れた。これまでの人生の中で、これほど嬉しいことはない。本当にありがとう！」

戦闘に参加した大樹に宝石の帝冠はない。服も動きやすさを優先させたシンプルなもので、常の豪奢さはなく、しかも土に汚れている。髪も乱れ、頬には擦り傷まである。

それでもリランには、今までに見たどの大樹よりも輝いて見えた。ゴールドの固有オーラにイエローのオーラが重なり、大樹はまるで夏の青空に輝く太陽のようだった。

「それを言うなら、私だって大樹という世に並ぶ者のない配偶者を手に入れ……」

聖騎士としての悲願の勝利。恩人たる赫独《ホードゥー》が助かったこと。それから、大樹の言葉とその光煌めく笑顔に有頂天になったリランは勢いよく言いかけて……、口を閉ざした。

ウェストクリフ聖騎士団長以下かつての上司や同僚達が、固唾を飲んでリラン達を見守っていることに気づいたからである。

「あ、……あのっ！」

真っ赤になったリランに、囃《はや》すような口笛とやんやの喝采《かっさい》が飛んだ。

「こうして魔物は斃され、皇帝様と皇后様はいつまでもいつまでも幸せに暮らしましたって話に収まるんだろ？　物語の締めくくりにゃ、キスの一つや二つ、当然つきものだよなぁ！」

ワッと賛同の歓声があがる。煽ったのは第二聖騎士団長だ。相変わらず品がない。

「うむ！」

大樹がニコニコしながら元気に頷く。

「え、ちょ、ちょっと大樹！」

本気で皆の前でキスする気なのっ⁉　――と慌てふためくリランに。

「諸君の健闘《けんとう》に礼の言葉は尽きないが、俺の皇后は大変な恥ずかしがり屋なのでな。今日のところはここまでで勘弁してほしい」

そう言って、大樹はリランを抱き抱えたまま、頭を深々と下げた。抱えられたまま、リランも頭を下げる。

場は静まり返った。やはり共和国人には、他人に頭を下げる皇帝なんて、我が目で見ても信じがたいのだろう。その気持ちは解ると、リランは心の中で大きく頷いた。

「――皇帝陛下、皇后陛下。お二人のおかげで我々聖騎士団は悲願を果たしました。我々こそ、礼を言うべきところです。ありがとうございました」

ウェストクリフ聖騎士団長が声をかけてきた。頭を下げながら、チラリと目配せをしてくる。

「お二人が本日の殊勲者《しゅくんしゃ》です。後始末は自分達に任せて、先にお戻り下さい」

皇帝皇后がいると、聖騎士団の者達ものんびり後始末ができないのだろうと察する。

「お言葉に甘えて、俺と皇后は失礼させてもらおう」

「すみません、ウェストクリフ聖騎士団長、それから、皆さん。あとはよろしくお願いします」

なので、二人してもう一度頭を下げた。

それにしても、いい加減、下ろしてくれないものかと、リランは大樹の肩を叩いた。が、大樹は笑うばかりだ。どうやら抱き上げられたまま、洞窟をあとにせねばならないようである。

「皇帝陛下、皇后陛下。……どうか、どうか。おとぎ話のように、末永くお幸せに」

ウェストクリフ聖騎士団長の祈りのような言葉を合図としたのか。他の聖騎士団長や聖騎士達から、暖かい祝福の声や揶揄うような口笛、前途を言祝《ことほ》ぐ拍手等が乱れ飛ぶ。

共和国からの旅と緊迫した戦いを経《へ》て、彼らはもう大樹やリランに反感を持っていないらしい。振り返ると、皆が皆、優しい色のオーラを輝かせている。

「「――」」

リランと大樹は顔を見合わせ、微笑みながら、その騒がしくも喜びに満ちた場から退場した。

十八――後日譚

パーン！　と、高い音がして、リランが持っていた木刀は遠くに飛ばされた。

「今日はこのあたりにしておこうか」

「いえ、まだまだ！」

リランは飛ばされ、地面に転がった木刀を走って取りに行くと、また、構え直した。と。

「皇帝陛下、皇后陛下、そろそろ朝議のお時間です」

リランと大樹《ダーシュー》がいる中庭に面した回廊から、春珠《チュンヂュー》が声をかけてきた。

「だ、そうだ、リラン」

「う～、今朝はまだ、大樹から一本しか取れていないのに」

格闘は体格差もあるので敵わないが、剣術だけは負けたくない。が、朝議に出席せねばならない。大樹は皇帝で己は皇后なのだから。

階段を上って春珠の傍に行くと、ともかく汗を拭くようにとタオルを渡された。

「皇帝と皇后って、戦闘訓練をするものなのですか？」

あの戦いから三ヵ月が過ぎている。

リランと大樹は特例で〈名誉聖騎士団員〉として聖剣ナバルと聖弓エルマーを手元に残させ

てもらった（初代教皇でもあるナバルが、渋る教会相手に強硬に言い張ったおかげだったりする）。

その手入れが必要だったことと、皇国に布教を目論《もくろ》む教会の思惑、そして姉の幸福を見届けると言うソフィアの個人的な願いが合致して、彼女と一部の聖職者達は皇都に留まっている。

そのソフィアが、春珠の横で首を傾げている。

「ち、が、い、ま、す！」

春珠が即座に力強く否定した。

「皇帝陛下はともかく、歴代の皇后陛下は軍事訓練など一切なさいませんでした！」

この機を逃さず、春珠は大樹とリラン双方に「もう訓練などなさらなくても」と何百回目かの進言をしてくる。

「で、でも、ほら、〈始まりのオーガー〉が不穏なことを言って死んだでしょう？」

「ああ、それで聖騎士団も規模は縮小したものの、継続になったんでしたっけ」

ソフィアが頷く。

彼女は皇后の実妹として後宮に住むこともできたが、皇国に残った数名の聖職者と相談の上、彼らと共に皇宮の外で暮らしている。こんなに朝早く彼女が後宮を訪れたのは初めてで、その理由は朝議に教会の代表代行として出席するためだった。

「うむ。いつ、何かあるか解らない。体を鍛えておくことは、大事なことだと俺も思う」

「そうそう、人間、体力は大事！」

大樹《ダーシュー》の言葉に、リランは乗っかった。そう、体力は大事である。皇帝皇后は激務なのだ。

「でも、姉さんの場合、単に義兄さんに負けたくないだけでは？」

しかし、長妹に鋭い突っ込みを入れられた。

「リランは負けず嫌いだからな」

むぅっと睨んだが、大樹は笑っている。

リランは結婚してから大樹を怒らせるのに、成功したためしがない。

◇

リラン達は皇帝皇后の礼服に着替え、それからソフィアと共に朝議に出た。

本来、皇国の皇后は朝議どころか政治的な活動に一切参加しないものらしいが、大樹《ダーシュー》がその先例を覆した。

そもそも共和国人の皇后自体が例にない。同一の皇帝が五年を越えて治めることも――まだ、大樹は即位して三年目だが、よほどのことがない限り五年目以降も彼が皇帝だ――皇国史上初だ。

だから、新しい皇国を君と俺で作ろうと、大樹は言い、その通り実行してくれている。

リランの皇国語もずいぶん上達した。

しかし、書く方はまだまだで、夜は大樹に字を教えてもらって過ごすことが多い。

真冬のこの時期、夜はずいぶんと冷え込むが、暖炉《だんろ》に火を入れた部屋は暖かく、ソファーもカーペットもふかふかで。

そして隣に腰かけてリランを見詰める大樹の放つオーラは、暖炉の火以上に暖かい色だ。

『璃《リ》……、蘭《ラン》……。璃……、蘭……。璃……、蘭……』

文句なしに倖せだが、己の名前を皇国の文字で書くことに、現在リランは苦労している。

「……大樹の名前のほうが、易《やさ》しい気がするんですけど？」

己に宛てられた皇国文字の画数の多さに、リランは愚痴《ぐち》を零す。筆の扱いが、また、難しい。

「だが、この字はとても綺麗な意味を持つんだ。〈宝石で作られたオーキッドの花〉という意味になる。これほど君に似合う名前はない」

リランの名前の音に合わせて皇国文字を選んだ大樹が、得意そうに説明してくれる。

——その説明は、もう何度も聞いたし、何度聞いても死ぬほど恥ずかしいんだからね！

もちろん共和国語で〈リラン〉はそんな大それた意味はないし、有り触れた名前なのだ。

——完全に名前負けしてると、思うんだけれどなぁ……。

一度、何かの折りに赫独《ホードゥー》にそう言ったら「皇帝陛下から賜《たまわ》った御名《みな》に不満があると？」と変な方向にキレられた。相変わらず、極度のブラコン宰相である。

ソフィアはソフィアで「姉さんはオーキッドよりマリーゴールドとかサンフラワーだと思

う！」と、やはり変な方向にツッコミを入れていた。そもそも花に喩《たと》えられるような美女じゃないと言うリランの感想は、溜息でスルーされた。なぜか。

「そう言えば、マシューの受験は三月だったか。それが終われば、皆を皇国に呼べるな」

ウキウキした口調で大樹が言う。リランに六人の弟妹がいることが大樹は本気で羨ましかったようで、帝都にいる間、義弟義妹となった彼らを誰に憚ることなく、可愛がっていた。

マシュー達も最初は戸惑いが大きかったようだが、最後には大樹にすっかり懐いていた。今も、砂漠を越えて手紙のやり取りをしている。

大樹も、それからもちろんリランも、当初、弟妹達をすぐに皇国に呼び寄せようとしていた。

しかし、あの戦いのあと、ウェストクリフ聖騎士団長がリランは皇国で暮らすにしろ、弟妹達は高等学校ないし大学を卒業するまでは共和国で過ごしたほうが良いのではと提案し、共和国での彼らの保護者役を買って出てくれた。まだ幼い末妹末弟のことを思えば異国で暮らさせるのもどうかとリラン達も思い直し、ウェストクリフ家に甘えることにした。

ただ、無事にマシューが医大に合格すれば、夏休みに皇国を訪れる約束をしていた。学校を卒業したあと、皇国と共和国のどちらで暮らすかは、それぞれの判断に任せることにしている。

「実は、異母姉上に子供ができたそうで」

「そうなんだ！　お祝いは何がいいかな？」

話が飛んだ気がしたが、皇女も義兄も大喜びだろうと、リランがほのぼの考えていると。

「うむ。それで、俺達の婚礼のやり直しを火急に行わなければと張り切っている」

「……は？　何が？　どうして？　そうなるの⁉」

いきなり大樹から爆弾を投げつけられて、リランは持っていた筆を取り落とした。

「先日の俺達の婚礼は速攻で共和国に行くために超簡易版だったろう？　あれが、異母姉上的には祭主としても、俺の家族としても許せなかったらしく、体が自由に動けるうちにと」

「やっぱり、なんでそうなるのか、ぜんぜんっ！　解らないんだけどっっ⁉」

「うむ。それで、俺はリランの弟妹達がいない時に婚礼を行うのはどうかと言ってみた」

「え？　それって、マシュー達がきたら、婚礼のやり直しってことになるのでは？」

意味がないのではと、リランが大樹を睨《ね》めつけると。

「だが、マシューが受験終了後、ナンシー達を連れて皇国に来る頃には、異母姉上は祭主の仕事が難しい時期になっているかと」

「ナイスだわ、大樹！」

リランは大樹に抱きついた。

「……本音を言えば、俺は婚礼衣装の君をもう一度、いや、何度でも見たいのだが」

しかし、その抱きついた相手から耳元でそんなことを甘く囁かれる。

むぅっとリランは小さく唸った。

「どんな格好をしても大樹は格好良くて魅力的に私には見えるけど、大樹はそうじゃないと？」

大樹が珍しく反論に詰まったようで、口づけてきた。

「……キスしたって、ごまかされないからね？」

「違う。今の拗ねた君がとても可愛らしかったから、我慢できなかった！」

——そういう赤面ものの台詞を、輝く笑顔つきでさらっと吐かないでほしいんだけど！

「もちろん、君はいついかなる時でも綺麗で、魅力的だ。ただ、父と皇后の婚儀が夢のように麗しかったと母が何度も語っていたので、皇后の婚礼衣装を着た君と母が憧れていた正式な儀式を体験したいと思ったのだ」

——ここで、お義母様《かあさま》の話を持ち出すのは、反則だってば！

期待半分諦め半分の顔で、大樹がリランの沙汰《さた》を待っている。あるはずのない尻尾がブンブン振られているから期待が若干多めか。

「……じゃ、じゃあ、マシュー達が皇都に来た時に、紫華《ツーファ》義姉さんが儀式を執り行えたら」

ついうっかりそんなことを言ったせいで、リランは翌夏、二度目の、そして完璧な婚礼を同じ相手と行うことになったのだった。

恋に落ちた、その瞬間

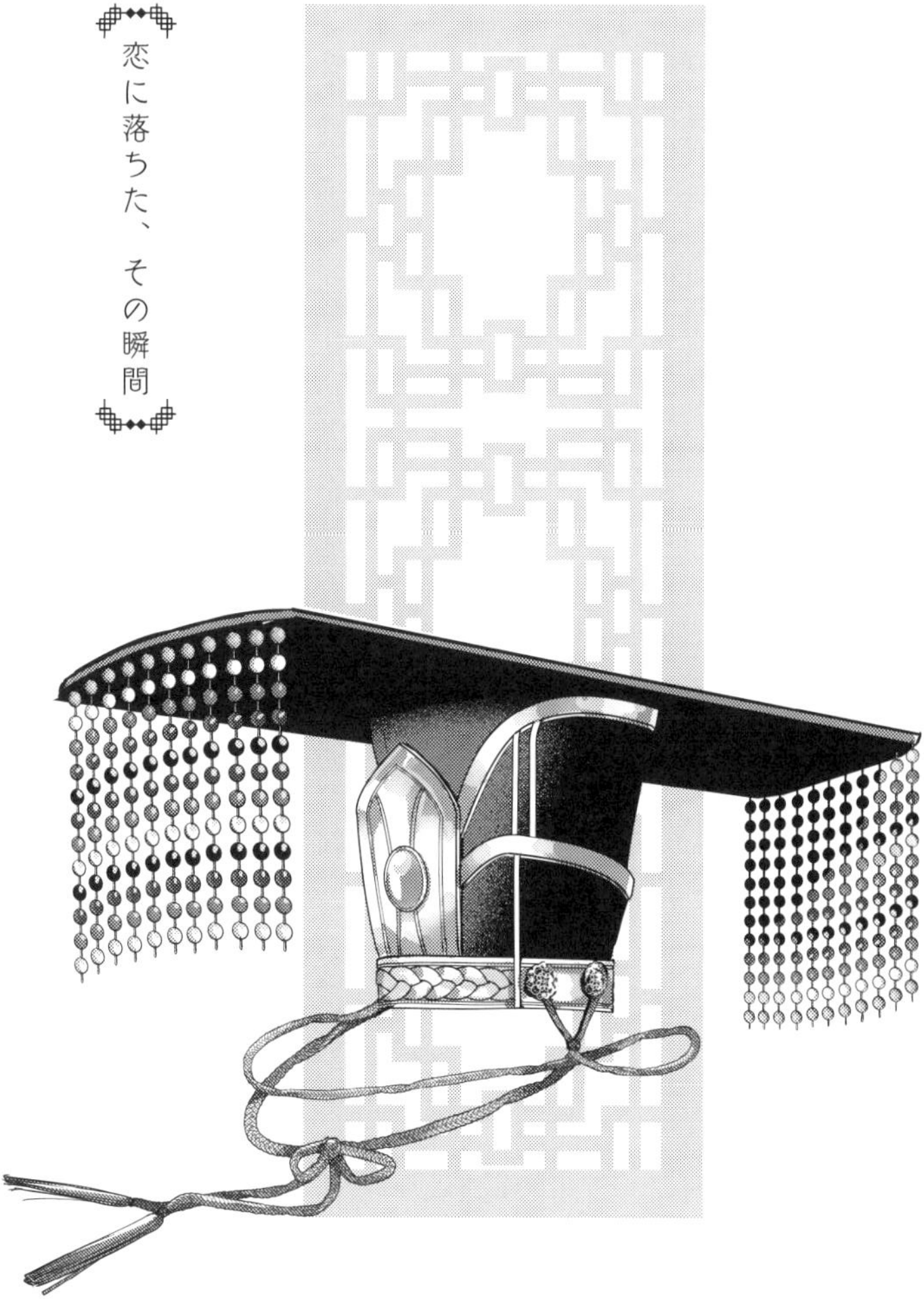

それは見事なまでに激しくも美しい焔《ほのお》だった。

赤に黄、朱色に黄金。橙《だいだい》に柑子《こうじ》。

似ているようで異なる多種多様な色が、複雑に重なり爆《は》ぜるように煌《きら》めく。

怒りの感情に怒りの感情が重ねられて、燃え盛る焔のように多彩な色を見せながら、その〈気〉が示す感情は、どこまでも怒り以外は何も見いだせない。そのことに、大樹《ダーシュー》は驚いていた。

これまでの人生の中、怒りの〈気〉を纏《まと》って、大樹に向かった女性は数多《あまた》いた。

父の皇后。異母兄達の母達。異母兄達の妃達。彼自身の妃達。

皆、激しい怒りと妬《ねた》み、嫉《そね》み、そして、それ以上の哀《かな》しみを纏って、大樹と対峙《たいじ》した。

大樹自身も怒りを覚える時、その感情には哀しみや口惜《くちお》しさ、もどかしさ、己《おのれ》の不甲斐《ふがい》なさ等々、たくさんの感情が綯《な》い交《ま》ぜになっているように思う。

——なのに、この少女は。

哀しくはない。悲しくもない。妬みも嫉みもない。何の感情も混じらない純粋な怒り。

そんな感情をもって彼を見る人物など生まれて初めて出逢ったので、大樹は些《いささ》か、いや、かなり驚いていた。怒りという負のはずの感情が、かくも美しい焔になるとは初めて知ったから。

だから扉を開けて、リランを見つけた時、大樹はしばらく彼女から目が離せなかった。

正直な話、容姿端麗な女性を、大樹は見慣れていた。彼が育った後宮には、皇国一の美女と名高い異母姉を筆頭に数多の美姫《びき》が暮らしていたからだ。父の皇后も、異母兄達の妃達も、皆、美しく、揃《そろ》って嫋《たお》やかな女性達だった。華奢《きゃしゃ》で、箸《はし》より重い物は持ったことがないような。故《ゆえ》に大樹の中で女性とは、か弱く、小さく、絶対的に庇護せねばならない存在だった。

——なのだが、な……？

異母姉達が用意した新しい妃のもとを義務感だけで訪れた大樹は、驚かされっぱなしだ。

リラン・バードと名乗った少女は、大陸の東半分を占める彼の国ではまず見かけない金髪に翠《みどり》の瞳、大理石のように白い肌を持っていた。彫りの深い顔立ちは恐ろしいほど整っている。

——しかも、固有の〈気〉が金色だ。

金色の〈気〉は、徳高く、才気に溢《あふ》れ、神々に愛され、皇帝になるべく生まれた者であることを示している。もちろん、皇帝家の血を引かぬ、しかも女性の彼女は皇帝になるはずもないが、尋常《じんじょう》でない才を有《ゆう》しているのは間違いない。おまけに第七聖騎士団の聖騎士だと言う。大樹の異母姉達はいったいどんな魔法を使って、これほどの逸材《いつざい》を後宮に送り込んだのか。

「ッ！」

リランは舌打ちと共に大樹が伸ばした腕から体を反らして逃れた。その反射神経に舌を巻く。女性とはこのように素早く動ける生き物だったかと、思わず自問したくらいだ。

「皇国は皇国で方策を考えて下さい。共和国は協力しません」

そう口にはしても、リランの〈気〉は先程までの焔のごとき怒りに泣きたくなるような優しい翠《みどり》色が加わっている。翠は哀れみを意味する色だ。さらに自己嫌悪を示す深い藍色《あいいろ》が混じる。

――そこまで同情し、自己嫌悪まで感じているのなら、なぜ、力を貸してくれない？

〈気〉を読んだからこその勝手な思いだ。それは解っているのだが、つい感情が喉を突く。

「君には、血も涙もないのか!?」

お互いに相手の手を摑んで相手の動きを封じようとした。大樹はリランの手をすんでのところで避けたが、その際、リランの付け爪だか指輪だかが手の甲を擦《かす》り、薄く血が滲《にじ》んだ。

『しまった！』

リランは妃になるつもりはないと言った。そして、大樹もそれを尊重するつもりだった。けれども、リランに体を傷つけられてしまった。これはよくない。皇国の法律的に拙《まず》い。

――第七聖騎士団と聞いて、つい興奮のあまり肩を摑んだのがよくなかった。いや……。

あまりにも焔のような〈気〉が美しくて、目の前の少女が幻か何かのように思えたのだ。だから、実在を疑って、手を伸ばしてしまった。触れてしまった。肩を摑んでしまった。それが、相手の怒りをさらに買い、おまけに怯《おび》えさせてしまった。なんて酷《ひど》い失態だ。

それでも最初は彼女を再び捕まえることなど、造作もないことだと思っていた。大樹は十二歳の頃から、禁軍の連隊長や旅団長といった歴戦の勇者と組み合っても負けたことがない。大樹は彼らの誰よりも足が速く、力も強い。か弱い女性を捕まえることなど簡単なはずだった。

だが、実際は飾り爪で指を曲げられないことや数多の装飾品が重石《おもし》になっていることを考えれば、リランは大樹と互角以上の戦いをしていると言ってよかった。

故に大樹は、秒ごとに目の前の少女に女性に対する概念《がいねん》を叩き壊されている。

「――」

こみ上げてきた溜息を無理矢理大樹は飲み込んだ。猫が毛を逆立てた時のようになっている相手を、とにかく落ち着かせなければと大樹はらしくもなく焦っている。

初手で対応を間違えた己が腹立たしい。異母姉達に犯罪まがいのことをさせ、彼女を遠い共和国から後宮にまで連れてきてしまったのも、全部己が不甲斐ないばかりに生じたことだ。激しい自己嫌悪の情は、きっと彼女より自分のほうが強い。

「――っ！」

相手の瞳が見開かれ、強い視線が向けられた。その瞳は大樹の何もかもを見透かすようだ。

――〈気〉が、漏れたか？

大樹は急ぎ丹田《たんでん》に力を込め、呼吸を整えた。

皇国では人の体には〈気〉と〈血〉と〈水〉が巡《めぐ》っていると言う。人は無意識に〈気〉を周囲に放っているが、視《み》える人が視ればそれは光の膜のように全身の輪郭《りんかく》を覆《おお》っている。

故に視える者には、〈気〉で隠れている相手の位置が解るし、大まかな感情も解る。〈屍魔祖《シーモーヅー》〉ほどの強い化け物は、より細かな考えまで読むことができるらしい。

そのため、大樹は〈気〉を抑え込む訓練を幼い頃からしている。

――聖騎士も〈気〉を読むのだろうか？　それにしては、彼女は〈気〉を消していないが。

「血だって涙だってあります！」

言葉を返しながら、彼女は右足を軸《じく》に左脚で大樹を蹴ろうとした。

――いや！　いや!!　待て！　待て!!　それは拙いだろう！　素足が見えるじゃないか!!

大樹の妃になるつもりはないと言ったのに、その大樹に素足を見せるとは何事か。

共和国では年頃の娘が素足を異性に見せても問題がないのだろうか。皇国では女性のふくらはぎより上を目にしようものなら、問答無用でその女性を娶《めと》らないといけないのだが。

――女性が軍人をしていることといい、共和国と皇国では文化が違うのか……!?

一瞬で大樹は目まぐるしくもこれだけのことを考え、相手の素足が視えぬよう裳《も》を押さえるようにしながら彼女を横抱きに抱き上げた。

「な、な、な……！」

攻撃を阻止《そし》された上に横抱きにされた怒りと羞恥《しゅうち》で、彼女は言葉が出ないようだ。

大樹は大樹で、彼女で両手が塞《ふさ》がっていなければ、頭を抱《かか》えていただろう。

――見るだけでも拙いのに、触ってしまった……！　いや、しかし！　しかし、あそこで大人しく蹴られる訳にはいかなかったしだな!!　彼女を抑えないといけなかったしだ!!

断じて下心があった訳ではないと心の中で言い訳をする。咄嗟《とっさ》に抱き抱えたリランは、まるで誂えたように大樹の腕の中に収まった。あんなに手強かったのに、大樹の腕の中で真っ赤になっている彼女は吃驚《びっくり》するほど可愛《かわい》らしくて……。

──いや！　いやいやいや!!

あの蹴りを食らっていたら、さすがに気絶したのではないかと思ったのだ。擦り傷《きず》ならともかく、あれで自分が倒れていたら、リランは妃にしようがしまいが問答無用で処刑される。大樹は皇国の象徴であり、大樹への攻撃はこの皇国自体への攻撃なのだから。

──だから、断じて下心など、あった訳ではなくてだな！

「……共和国ではどうか知らないが、皇国では令嬢は人を蹴ったりしないし、そもそも人を蹴りつけるのはどうかと思う。……その、一応、俺はこの国の皇帝でもあるし」

なので、真っ赤になって硬直しているリランに、大樹はそう説明した。

──そもそも共和国では、大統領を蹴ったりしても処刑されたりしないのだろうか……？

大陸の東西で色々考え方が違うが、こんな常識的な箇所で差異があるとは思いもしなかった。

……などと抱き上げた少女から思考を逸《そ》らすのは、多分、後ろめたいところがあるからで。

「聖騎士が残ったのなら、是非《ぜひ》、会いたいと月樹《ユエシュー》異母兄上《あにうえ》──ああ、月樹異母兄上とは趙藩《ヂャオはん》王《おう》のことだが──に言った時は、人質は聖騎士ではないと言われたのだが……」

「それは、ちょっと拙いのでは？　仮にも一国のトップに正しい情報が伝わってないなんて」

そんな場ではないのに真面目《まじめ》に忠告を入れるリランは、共和国人が無条件で嫌う皇帝の大樹や皇帝家に同情してくれたことからも解るように、とても優しい人柄《ひとがら》のようだ。

「だが、オーガーを斃《たお》す方法を教えないというのは、なぜだろうか？」

言葉を探すリランの〈気〉がまた橙色に染まる。しつこいと怒っているようだ。

大樹は彼なりに懸命に彼女を怒らせまいとしているのだが、それはそれとして聖騎士団の力をなんとか借りられないかと必死でもある。怒らせると解っていても問いを重ねてしまう。

「――軍事機密、だからです」

その言葉の響きの冷たさに、反射的に荒い叫びが口を突いて出そうになって、大樹は奥歯を噛み締めた。抱き上げた体は軽く、柔らかい。大樹と対等に戦えても、やはりリランは女性なのだ。怯《おび》えさせるようなことをしてはいけないと自戒し、できるだけ平静な声を作る。

――相手は守るべき女性だ。

「君は、……君は、皇国の皇子や民なら、いくらでも死んでいいと考えているのか？」

一瞬でリランの〈気〉は自己嫌悪の濃い藍色に染まった。怯えさせることはなかったが、これでは、自分が彼女を苛《いじ》めているようで大樹は居心地が悪い。だから。

「……私には六人の弟妹がいます」

「六人!?　それは羨《うらや》ましいな！」

彼女が何かの説明のために持ち出した言葉を捉《とら》え、大樹は意識して本題から話を逸《そ》らした。

実際、末っ子に生まれたので羨ましいのは事実だ。

「――うら、やま、しい？」

すると、なぜか泣きそうな表情で聞き返されたので、大いに慌てて大樹は力強く頷いた。

泣かれたくなかった。後宮で泣いている女性は山と見てきた。慰《なぐさ》めの言葉を見つけることが、ずっと大樹にはできなかった。せめて、この腕の中の少女には泣いてほしくなかった。

「ああ。弟や妹が六人もいるなんて、羨ましい。俺は末っ子でな。……幼い頃から弟や妹が欲しくて欲しくてたまらなかったのだ。六人もいれば、楽しいことだろうな？」

「……え、ええ！　ええ!!　それは、もう、最っ！　高にっっ!!」

リランが黄金に輝く花が綻《ほころ》ぶように笑った瞬間、彼女の全身から強い花の芳香を感じた。

彼女をずっとこの腕の中に閉じ込めておきたいと、咄嗟《とっさ》に思って。

『――!!』

大樹は二十歳になる前に〈屍魔祖《シーモーヅー》〉の生贄《いけにえ》になるか、刺し違えるかの自分に、誰かの手を取る資格などないと思っていた。生母を含め後宮の数多の女性達が、数年で失うことが確定している、あるいは既に失った夫や子を思い、嘆《なげ》き暮《く》らしている姿を具《つぶさ》に見てきたからだ。

だと言うのに、なんと言うことだろうか。大樹は己が異母兄達の言う〈恋〉に真っ逆さまに落ちたことを自覚した。

「騎士団を追い出されれば、弟妹達が路頭に迷います」

しかし、リランのこの言葉にフワフワした気持ちは吹き飛んだ。自分とさして変わらない年頃の少女なのに、六人の弟妹達を抱え、彼らの面倒を見ているのだ。たった一人で。

大樹とて皇帝だ。この国を背負っている。けれども、大樹は一人ではない。異母姉も異母兄も義兄もいるし、他にも多くの臣下《しんか》がいて、彼らに助けられ、支えられている。

――リランは、凄《すご》い。

なんだかんだとほぼ一晩、彼女と語り明かして、大樹はその思いを強めた。

普通なら重荷に思うだろう六人の弟妹達のことを、リランは楽しそうに、自慢げに語るのだ。幸せで嬉しい時に人が放つ黄色の〈気〉と彼女固有の金色の〈気〉で周囲を明るく照らしながら。会ったこともない少年少女達を、大樹は活《い》き活《い》きと思い描くことができた。それほどリランの語りは生彩に富むものだったのだ。

――リランは、なんと凄い少女なのだろう……！

彼女の容貌《ようぼう》は並外れて美しかったが、それ以上に彼女の心は美しかった。六人の弟妹達を何の不満も持たずに、愛し、支え、育てるなど普通にできることではない。何より共和国人の誰もが持つ皇国に対する偏見《へんけん》を乗り越え、リランは大樹や皇国の人々に同情を寄せてくれた。

――ああ、これは恋に落ちるのもしょうがない。

リランのような少女を前に心を動かさずにいられるなど、それこそ生きる死体、〈屍魔《シーモー》〉と呼ばれる化け物くらいだろうと、大樹は思った。

あとがき

和泉統子

こんにちは。和泉統子《わいずみのりこ》です。このたびは、拙著《せっちょ》を読んで下さり、誠《まこと》にありがとうございます。
いきなりこの本の取説《トリセツ》を始めてしまいますが、本篇中の普通のカギ括弧《かっこ》「」は共和国語の会話を、二重カギ括弧『』は皇国語の会話を、そしてひげ括弧〝〟は物語内で過去のシーンの会話を示しております。

過去のシーンの会話は共和国語と皇国語で括弧記号の使い分けを考えましたが、括弧記号多過ぎ問題にぶち当たり、断念致《いた》しました。その場その場の前後関係で、この会話は共和国語だとか、これは皇国語の会話だとか、判断していただければ幸いです。

――（ダッシュ記号）以下の文は心の声です。たまに先に心の声を書いて――（ダッシュ記号）を挟《はさ》んで地の文に戻ることがあります。前者との使い分けに深い理由はなく、その場の雰《ふん》囲気《いき》です。

今回、北沢《きたざわ》きょう先生がお礼の言葉もないほど素晴らしく、繊細《せんさい》かつ豪華絢爛《けんらん》で麗《うるわ》しいイラストを描いて下さいましたが、大樹《ダーシュー》達の冠に関して北沢先生に一つお願いをしております。

皇国のモデルとなりました唐代中国の冠《かんむり》には簪《かんざし》があります。三国志《さんごくし》などに出てくる人物の冠には、横棒みたいな簪がありますよね。髷《まげ》を結って冠を被《かぶ》り、冠と髷をあの簪で刺して、冠を固定していたのだそうです。

しかし、絵映《えば》え的に大樹も月樹《ユエシュー》も髪は結わないで欲しいなと思ったのです。そうすると髷がないので簪は不要と考え、北沢先生にはそのようなデザインの冠をお願いした次第です。

北沢先生が簪を描き忘れられた訳ではございませんので、誤解なきようお願い致します。

以上、この本の取説でした。


この小説は、『小説ウィングス』二〇二一年夏号と秋号に前後篇として掲載していただきました。

『小説ウィングス』の掲載原稿執筆時、体調を崩し、かつてないほど原稿が遅れてしまい、担当さんと北沢先生には大変ご迷惑をおかけしました。また、編集部の方には、各キャラの名前の中国語読みをチェックして頂《いただ》き、お手数をおかけしました。

皆様には何かと至らぬ和泉を助けていただき、感謝の言葉しかありません。本当にありがとうございました。

『小説ウィングス』二〇〇六年春号にて、和泉は小説家になりたいという子供の頃からの夢を叶《かな》え、商業誌デビューを果たしました。

デビューが決まり、前号の予告に名前が掲載されたあと、友人達にその旨《むね》を伝えると。

「○○先生と同じ雑誌に和泉が!?」

「△△先生と和泉の名前が並んでいるだと!?」

などと、大興奮&大混乱。中には、己《おのれ》の目で和泉の名前が誌面に載ったのを確認するまで、信じてくれない友人もいたり。

その時のことが、つい昨日のことのように思い出されます。

学生時代から楽しく拝読し、尊敬し、憧《あこが》れていた諸《しょ》先生方と同じ雑誌に名を連《つら》ね、お仕事ができたことは何にも代えがたい貴重な経験でした。

そして、休刊前の最後の『小説ウィングス』にこの物語を掲載していただいたことは、大変光栄なことでした。

皆様がこの本を少しでも楽しんで頂ければ、さらに光栄に存じます。

参考文献　中国服飾史図鑑 第一巻から第四巻　黄能馥/陳娟娟/黄鋼 編著　古田真一 監修・翻訳
栗城延江 翻訳　科学出版社東京（発売元：国書刊行会）

WINGS・NOVEL

【初出一覧】
敵国の捕虜になったら、なぜか皇后にされそうなのですが!?：小説Wings '21年夏号（No.112）、'21年秋号（No.113）掲載のものを修正
恋に落ちた、その瞬間：書き下ろし

この本を読んでのご意見、ご感想などをお寄せください。
和泉統子先生・北沢きょう先生へのはげましのおたよりもお待ちしております。
〒113-0024　東京都文京区西片2-19-18　新書館
[ご意見・ご感想] 小説Wings編集部「敵国の捕虜になったら、なぜか皇后にされそうなのですが!?」係
[はげましのおたより] 小説Wings編集部気付○○先生

敵国の捕虜になったら、なぜか皇后にされそうなのですが!?

著者：**和泉統子** ©Noriko WAIZUMI
初版発行：2022年7月25日発行

発行所：株式会社 新書館
[編集] 〒113-0024　東京都文京区西片2-19-18　電話 03-3811-2631
[営業] 〒174-0043　東京都板橋区坂下1-22-14　電話 03-5970-3840
[URL] https://www.shinshokan.co.jp/

印刷・製本：加藤文明社

無断転載・複製・アップロード・上映・上演・放送・商品化を禁じます。
定価はカバーに表示してあります。乱丁・落丁本は購入書店名を明記の上、小社営業部宛にお送りください。送料小社負担にて、お取替えいたします。ただし、古書店で購入したものについてはお取替えに応じかねます。
ISBN978-4-403-54242-8 Printed in Japan
この作品はフィクションです。実在の人物・団体・事件などとはいっさい関係ありません。

SHINSHOKAN